La
SAISON
des ROSES

VICTORIA CONNELLY

La SAISON des ROSES

Traduit par MARTHE MALHERBES

Édition originale parue au États-Unis en 2015 sous le titre *The Rose Girls*,
Lake Union Publishing

Publié par
AmazonCrossing, Amazon Media EU Sàrl
5 rue Plaetis, L-2338, Luxembourg
Juin 2017

Adaptation de la couverture par *the*World*of*DOT, Milano
Photos : © Geoff du Feu/Alamy Stock Photo © www.buerosued.de

ISBN: 9781542045056

www.apub.com

« Vous vous plaignez de voir les rosiers épineux. Moi, je me réjouis que les épines aient des roses. »

Alphonse Karr

1.

Pour certaines personnes, l'été commence par le cri du premier coucou ou l'arrivée de la première hirondelle, mais pour Céleste Hamilton, l'été commençait par l'éclosion de la première rose. À vrai dire, cela n'avait rien de surprenant, car Céleste était née et avait grandi dans une roseraie, puis avait cultivé des roses toute sa vie. Le premier mot qu'elle avait prononcé était « rose », et toute la famille aimait à dire qu'ils avaient les roses dans le sang. Mais après avoir quitté la maison et épousé Liam O'Grady, elle troqua les roses pour une brocante et se lança à corps perdu dans l'affaire de son mari avec la joie de quelqu'un que l'on libérait. *Les roses appartiennent au passé*, s'était-elle dit. Sauf que le passé a parfois une drôle de façon de vous rattraper...

Et voilà que je reviens à la maison, se dit-elle, comme elle conduisait sa vieille camionnette Morris Minor sur le chemin en lacet bordé d'une végétation exubérante de la vallée de la Stour. Elle n'aurait jamais cru qu'elle retournerait à la maison, mais après la mort de sa mère et la fin de son mariage – un petit détail –, Céleste n'avait plus vraiment le choix. Elle soupira en pensant aux semaines qui l'attendaient et espérait seulement qu'elle pourrait tout régler avant que ces semaines ne se transforment en mois, parce qu'elle n'allait certainement pas rester aussi longtemps ; cela ne faisait pas du tout partie de son plan.

Je fais juste un aller-retour, se dit-elle, en pensant à la maison de son enfance, la tête emplie de souvenirs qu'elle aurait préféré oublier. *Juste un aller-retour. Aucune raison de faire du sentiment. On parlera affaires, voilà tout.* Elle baissa sa vitre et le chant mélodieux du merle résonna dans la voiture. Les haies étaient pleines de petits œillets blancs et de grandes mauves aux pétales rayés, et elle aperçut même un bouquet de digitales à l'ombre d'un bois.

En arrivant à Eleigh Tye, elle vit les jardins des cottages qu'elle connaissait bien déborder de pois de senteur, de chèvrefeuilles et de lupins, mais en dépit de leurs parfums et de leur beauté, Céleste savait que ces fleurs ne jouaient que l'ouverture de la magnifique symphonie de l'été, et elle découvrit rapidement ce qu'elle cherchait.

Elle ralentit au coin de la rue et sourit à la vue du jardin de Mme Keating. Elle admira le jaune brillant des roses de mai qui grimpaient le long de la façade du cottage au toit de chaume telles des centaines de petits rayons de soleil, obscurcissant presque entièrement les minuscules fenêtres du rez-de-chaussée. Pour Céleste, les *Maigold* de Mme Keating annonçaient la saison des roses, et chaque année, elle se réjouissait de les voir.

Sa mère, Pénélope Hamilton, avait dit à ses trois filles que la rose était la « Reine de l'été ». Effectivement, une de ses plus célèbres roses avait été nommée ainsi et leur avait permis de vivre très confortablement pendant de nombreuses années, mais les affaires marchaient moins bien ces derniers temps. À la fin, la santé fragile de sa mère avait conduit à une baisse des ventes et l'ancien manoir, la demeure familiale depuis trois générations, s'était mis à tomber en ruine. Ce fléchissement était également dû à la récession, les gens économisant sur le superflu. De même, il était devenu difficile de faire face à la concurrence avec les grandes jardineries qui surgissaient par-ci par-là et vendaient des roses qui, loin d'avoir la beauté, les couleurs et le parfum de celles des Hamilton, étaient néanmoins meilleur marché.

Céleste respira profondément en pensant au défi qui l'attendait. Était-il vraiment raisonnable de retourner à la maison ? Elle pensait avoir laissé Little Eleigh derrière elle pour toujours. Mais quel genre de grande sœur serait-elle si elle n'aidait pas Gertie et Évie ?

« Qu'allons-nous faire ? » dit-elle, adressant sa question au rétroviseur et au reflet du petit fox-terrier à poil dur assis sur le siège arrière. Il était resté bien éveillé durant tout le voyage. Elle avait quitté la maison qu'elle louait sur la côte nord du Norfolk un peu après midi et avait réussi à mettre les cartons de livres et les sacs de vêtements, qui constituaient la totalité de ses possessions, dans la minuscule voiture, laissant juste assez de place pour le chien. Il y avait aussi ce fauteuil confortable qu'elle avait acheté avec Liam, mais il ne serait jamais entré dans la Morris même si elle l'avait voulu, alors elle l'avait laissé. Cela semblait fou de devoir emballer toutes ses affaires pour les emporter à la maison familiale alors qu'elle prévoyait de les remballer quelques semaines plus tard, mais elle était incapable de payer le loyer d'un logement qu'elle n'occuperait pas, et s'il fallait en croire Gertie, elles allaient avoir besoin du moindre sou si elles voulaient réussir à se sortir du pétrin.

« On est bientôt arrivés, Frinton », lui dit Céleste, le regardant sortir le nez par la fenêtre autant que le lui permettait sa ceinture de sécurité pour chien. Frinton avait été le cadeau d'anniversaire de Liam voici deux ans et elle l'aimait tendrement. Du nom de la station balnéaire où Liam avait fait sa demande en mariage et d'où Céleste aurait dû partir en courant, c'était une petite boule de joie et d'énergie qui réussissait toujours à faire naître un sourire sur son visage, même dans les moments les plus sombres.

« Tu es le plus beau souvenir de ce mariage, tu le sais ? » dit-elle au petit chien. Elle avait été si heureuse de sa présence réconfortante au pied de son lit pendant les nuits qui avaient suivi sa rupture, un an plus tôt. *Mais je ne vais pas y penser maintenant*, se dit-elle. Des choses plus urgentes l'attendaient.

3

Ils roulèrent le long du mur penché de l'église, puis la route plongea dans la vallée, les champs verdoyants du début de l'été se déployant devant elle. Elle passa un chemin qui menait à une ferme et sourit. Elle se souvenait d'elle et de ses sœurs y allant à bicyclette pendant les vacances d'été, pour câliner les cochonnets et manger les scones et les petits pains tout juste sortis du four de Mme Blythe. Elles adoraient ces goûters faits maison. Leur mère ne faisait pas de gâteaux et, le plus souvent, elle ne cuisinait que des plats peu élaborés. Elle avait la tête bien trop pleine de roses pour penser à la nourriture. Comme elle passait près d'un portillon où elle avait échangé son premier baiser à l'âge de treize ans, elle tourna sur la droite – la haie qui bordait la route avait poussé à une vitesse impressionnante après les pluies récentes. Tout était si luxuriant. Elle ralentit et, un peu plus tard, tourna à gauche pour prendre un chemin privé bordé de marronniers. Les arbres offraient de la fraîcheur en été et dessinaient des ombres en hiver ; en automne, ils tapissaient la route de gros fruits à l'écorce lisse et brillante.

Sur un morceau d'ardoise, on pouvait lire « Manoir de Little Eleigh » et à côté, sur une horrible pancarte en bois qu'Évie avait fabriquée elle-même des années auparavant, « Roses Hamilton ». La *Rosa mundi* qui était peinte dessus commençait à s'effacer et les lettres étaient craquelées, pratiquement illisibles. Céleste prit note de la remplacer au plus tôt.

Le portail en fer forgé avait été laissé ouvert à son intention. Elle traversa les douves et contourna le parterre de roses qui bientôt révélerait les resplendissants Bourbon et Portland et leur grande variété de nuances roses. Sa mère y avait planté quelques-unes de ses sortes préférées comme la voluptueuse *Reine Victoria* et la gracieuse *Comte de Chambord*. Céleste vit que certains des boutons étaient prêts à s'ouvrir d'un jour à l'autre et, en dépit de ses doutes quant à son retour, elle ne put s'empêcher de se réjouir de pouvoir à nouveau plonger son nez dans les doux pétales, puis de respirer profondément. Il n'existe rien qui sente meilleur que le parfum d'une rose ancienne.

Après avoir garé la Morris à côté de la vieille Volvo de ses sœurs, qui était plus couverte de rouille que de peinture, elle resta assise un petit moment à observer la grande maison. Little Eleigh avait tout des demeures du XIVe siècle, même si le manoir avait été rénové et bénéficiait maintenant d'une aile Tudor et d'une autre de l'ère jacobéenne. L'ensemble était essentiellement constitué de briques rouges que les années avaient attendries et fragilisées, mais d'autres parties de la maison étaient à colombages et s'inclinaient dangereusement au-dessus des douves. Des dizaines de fenêtres de toutes les formes scintillaient sous le soleil du début de l'été et la grande porte en bois cloutée donnait à l'ensemble l'allure d'une forteresse.

L'ancienne loge était certainement la partie la plus impressionnante avec ses deux tourelles qui jaillissaient dans le ciel du Suffolk. Les visiteurs étaient toujours impressionnés par la cour qu'ils traversaient ensuite, s'émerveillant de sa grandeur médiévale. Une grandeur médiévale que l'on pouvait certes apprécier tant que rien ne tombait en ruine.

Les grands-parents de Céleste, Arthur et Esme Hamilton, avaient acheté la propriété dans les années 1960. Elle était alors dans un état déplorable. Ils avaient fait de leur mieux pour la restaurer et la rendre habitable pour leur famille, mais malgré le succès de leur roseraie, il n'y eut jamais assez d'argent pour investir dans la maison et certaines parties étaient restées dangereuses.

La mère de Céleste, Pénélope, refusait de regarder la situation en face. « La maison est restée debout pendant six cents ans. Cela m'étonnerait qu'elle s'effondre avant que je ne meure. » Telle avait été sa philosophie. Ainsi, des portes avaient été fermées et des ailes entières, abandonnées. Peut-être même que toute une armée de fantômes habitait dans une des parties de la vieille maison et qu'ils n'en avaient jamais rien su.

Avant que la vue de l'état du manoir ne décourage encore plus Céleste, une jeune femme aux cheveux blonds traversa l'allée. Frinton la repéra immédiatement et se mit à aboyer joyeusement.

Victoria Connelly

— Tu es là ! s'écria-t-elle en serrant Céleste dans ses bras dès qu'elle sortit de la voiture. Tu es vraiment ici ! Et Frinton aussi !

— Évie ! Tu es blonde maintenant, dit Céleste, touchant le halo doré des cheveux de sa sœur. Très blonde !

— J'en avais marre d'être châtain, dit Évie. C'était tellement *ennuyeux*. Ses yeux s'agrandirent soudain. Je veux dire, ce n'est pas ennuyeux chez toi. Toi, le châtain, ça te va très bien.

Céleste sourit d'un air entendu. Elle serait la première à admettre qu'elle n'avait jamais été du genre aventureux quand il s'agissait de son apparence, elle préférait que les choses soient nettes et simples. En fait, à y penser, elle avait la même coiffure, un carré à hauteur d'épaules, depuis son adolescence.

Évie ouvrit la portière côté passager et libéra Frinton encore attaché. Il sauta de la voiture et courut autour d'elle avant de chercher à attirer son attention en bondissant à ses côtés.

Juste au moment où Évie se décida à prendre le fox-terrier dans ses bras, Gertrude émergea de la loge, ses longs cheveux foncés ramassés en une queue-de-cheval et un sécateur suspendu à la ceinture. Gertie était la cadette, et quand elle ne taillait pas les roses, on la trouvait le plus souvent le nez plongé dans un livre, installée dans un coin tranquille de la maison. Assise à la façon d'une Jane Eyre sur le bord d'une fenêtre, elle rêvait d'une vie qui ressemblerait plus à un poème de Tennyson ou de vivre dans une villa sur les collines inondées de soleil de la Toscane plutôt que dans un manoir humide du Suffolk. Elle était aussi grande et mince que Céleste, mais ses traits étaient plus doux et plus fins et son expression était empreinte d'une certaine nostalgie. Peut-être parce que sa vision romantique du monde était encore intacte – elle ne lui avait pas été ôtée comme à Céleste.

Céleste regardait Gertie s'approcher d'elle, les épaules légèrement voûtées, tendue et gauche.

— Bonjour, dit Gertie.

— Bonjour, lui répondit Céleste. Tu vas bien ?

Gertie hocha la tête.

— C'est bizarre, hein ?

— Oui.

— J'ai bien peur que tout soit en désordre, poursuivit Gertie. Je n'ai pas eu le temps de ranger parce que le chauffe-eau est de nouveau tombé en panne, et il nous a fallu changer les livres de la bibliothèque de place parce que la tache humide est maintenant aussi grande que l'île de Wight.

Céleste soupira.

— Bon, laisse-moi au moins te serrer dans mes bras avant de me donner la liste des choses à faire, dit-elle en l'embrassant et tout en remarquant qu'il y avait une plume dans ses cheveux.

— Je suis si contente que tu sois à la maison, ajouta Gertie. Tu nous as manqué. Et c'était tellement dur de s'habituer à l'absence de maman.

Son visage était pâle et sombre et Céleste prit conscience que ses deux sœurs étaient encore sous le choc de la mort de leur mère. Après tout, son décès ne remontait qu'à quelques semaines.

— Tu m'as manqué aussi, dit Céleste, souhaitant être capable de ressentir quelque chose – n'importe quoi – de normal par rapport à sa mère.

— On peut t'aider à porter tes affaires ? demanda Évie.

Céleste hocha affirmativement la tête.

— On les pose dans ton ancienne chambre ? proposa Gertie.

— Oui, pourquoi ? s'étonna Céleste.

— Eh bien, on se disait que tu voudrais peut-être prendre la chambre de maman. La vue est bien plus jolie que dans la tienne et il y a plus de place aussi, dit Gertie. On en a parlé avec Évie.

— Oui. On pense que c'est triste de laisser sa chambre vide.

— Je ne *veux pas* de la chambre de maman, répondit sèchement Céleste.

Gertie et Évie la regardèrent d'un air surpris et Céleste se mordit les lèvres.

— Je serai mieux dans la mienne, expliqua-t-elle d'une voix plus douce.

— Tu en es sûre ? demanda Gertie.

— Sûre et certaine.

— Très bien, dit Gertie.

Chacune des sœurs prit une caisse de livres, traversa l'allée et passa sous la loge qui donnait sur la cour. À sa vue, Céleste tressaillit. Son cœur se mit à battre de plus en plus vite et avec une telle force qu'elle crut qu'elle allait avoir une crise de panique. Il lui semblait avoir quitté la maison hier, et pourtant trois années étaient passées depuis son départ et son mariage avec Liam. Les choses avaient l'air si différentes désormais. Ce n'était pas vraiment comme si elle était devenue adulte, mais elle s'était clairement éloignée de son ancien « chez elle » en grandissant, et elle ne pouvait s'empêcher d'avoir l'impression qu'elle était en train de revenir en arrière et que sa vie penchait dangereusement du côté du passé.

Ce ne sera pas pareil cette fois, se dit-elle, en essayant de contrôler ses émotions. Sa mère était partie désormais. Elle n'était plus là pour la critiquer ou la rabaisser. Elle était morte.

Céleste espéra que Pénélope Hamilton n'était pas du genre à revenir et à hanter les vivants.

2.

Frinton s'élança à l'assaut des escaliers devant les trois femmes, dérapant sur le parquet nu du premier étage avant de repartir comme une fusée. Il n'était jamais venu au manoir auparavant et Céleste savait qu'il allait beaucoup s'amuser à explorer tous les recoins en y fourrant sa truffe humide et froide.

— Tu feras en sorte qu'il ne s'approche pas de mes poules, dit Gertie en regardant les pitreries du fox-terrier.

— Mais oui.

— Je suis sérieuse. Il n'y a pas pire que les fox-terriers pour les poules.

— Je ferai attention. Ne t'inquiète pas, lui assura Céleste, se sentant comme une étrangère dans cette maison qui avait jadis été son « chez elle ».

Elles empruntèrent le long corridor où étaient accrochées de vieilles peintures à l'huile et des photographies de famille couleur sépia et arrivèrent à la chambre du fond. Gertie poussa la porte avec son pied et toutes les trois entrèrent, déposant les caisses de livres à terre.

— J'ai ouvert la fenêtre ce matin, mais malheureusement ça sent encore le renfermé, dit Gertie.

— Cette vieille maison sent toujours le renfermé, dit Évie. J'avais acheté de l'encens et j'en avais mis un peu partout, mais maman détestait ça.

— Oh, ces trucs étaient *affreux*, Évie ! La maison avait la même odeur que si elle avait abrité une communauté de hippies, dit Gertie.

— Eh bien, l'une d'entre nous devrait créer un merveilleux parfum d'ambiance à la rose, dit Évie. Vous savez, comme un désodorisant d'intérieur.

— C'est très bien cette odeur, ajouta Céleste. C'est celle des siècles passés, des anciennes charpentes, du plâtre et des livres. J'aime ça.

Gertie et Évie la regardèrent comme si elle était folle.

— En fait, je crois que ça sent seulement l'humidité, dit Évie en fronçant le nez.

Après deux allers-retours supplémentaires, elles eurent fini. Céleste s'assit au bout de son ancien lit, caressant le dessus-de-lit en patchwork rose et vert. Frinton était couché sur le tapis au milieu de la pièce, léchant ses pattes de devant. C'était, se disait-elle, la première fois depuis des mois qu'elle restait juste assise sans penser à rien. Elle regarda la pièce comme si elle la voyait pour la première fois.

C'était une chambre magnifique. Les quatre murs étaient ornés de lambris exquis, mais qui assombrissaient considérablement la pièce. D'autres parties du manoir étaient décorées de la même façon. Les fenêtres minuscules et les boiseries pouvaient fasciner les historiens, mais le coût en électricité était faramineux car il fallait allumer les lampes même pendant la journée.

Céleste était touchée de voir que Gertie avait posé un petit vase avec des fleurs ainsi que la dernière édition du magazine *Vos Roses* sur sa table de nuit. Elle savait que c'était Gertie, et non Évie, parce qu'Évie aurait renversé l'eau du vase – sur le magazine, évidemment. Elle sourit en pensant à quel point ses sœurs étaient différentes et comme les choses ne semblaient pas avoir bougé depuis son départ.

Depuis qu'elle était partie vivre loin du manoir, Céleste n'avait pas beaucoup vu ses sœurs. Elles avaient échangé quelques brefs coups de fil, et Gertie et Évie étaient venues lui rendre visite juste après qu'elle et Liam eurent emménagé dans la maison sur la côte du Norfolk. Mais à part cette fois-là et l'enterrement en mai dernier, elle ne les avait pas revues, et elle se rendait compte à quel point elles lui avaient manqué. Gertie courait toujours partout d'un air affolé et Évie était toujours obsédée par la couleur de ses cheveux.

Et Céleste ? Où était sa place désormais ? La dernière fois qu'elle était dans cette chambre, elle lui avait silencieusement dit au revoir et avait espéré qu'elle n'y reviendrait plus jamais. Elle n'aurait jamais supposé qu'elle s'y retrouverait un jour, et encore moins dans son ancien rôle de grande sœur qui s'occupe de tout. Elle n'était pas sûre d'être prête à endosser ce rôle-là ; elle n'était pas sûre du tout d'en être capable. Elle ferma les yeux et le regretta aussitôt, car c'est à ce moment qu'une voix du passé envahit son esprit.

Pourquoi ne peux-tu rien faire correctement ? Tu crois toujours que je vais passer après toi pour réparer les pots cassés ? Tu es censée m'aider. Pourquoi est-ce que tu ne sers à rien ?

Céleste ouvrit les yeux et se leva, chassant la voix de sa tête. Peu importait sa beauté, cet endroit n'était pas bon pour elle. Plus vite elle réglerait les choses, plus vite elle s'en irait, et mieux ce serait.

Elle s'approcha de la minuscule fenêtre treillissée donnant sur les douves et sur le jardin ceint d'un muret qui faisait la joie et la fierté de Gertie. Des trois, c'était elle qui avait la main la plus verte. Tout ce qu'elle plantait semblait prendre, et dans le potager poussaient des pommiers anciens, des poiriers en espalier, des pruniers, figuiers, cognassiers, des artichauts géants, des légumes-feuilles et des fines herbes. Bien sûr, il y avait aussi quelques rosiers pour attirer les pollinisateurs, mais Gertie avait mis le holà quand Céleste avait suggéré de transformer le potager en roseraie. Bien abrité et avec une exposition ensoleillée, il aurait pourtant été parfait.

« Les roses ne sont pas toujours ce qu'il y a de plus important dans un jardin », avait dit Gertie. « D'abord, nous devons manger et à long terme, nous économiserons de l'argent. Nous pourrons même vendre nos produits. Il y a bien assez de place pour les roses ailleurs, alors s'il te plaît, ne me prends pas mon potager. »

Céleste s'était pliée à sa demande et les roses étaient cultivées sur toute la propriété, sauf là.

Quittant sa chambre, Céleste longea le couloir et s'arrêta devant la chambre de sa mère. La porte était légèrement entrebâillée, et bien que sachant qu'il n'y avait personne à l'intérieur, elle hésita à pousser la porte. Elle prit une grande inspiration. Trop de souvenirs vivaient derrière cette porte et elle n'était pas sûre d'être prête à les affronter.

Le verre de l'ancienne horloge murale dans l'entrée était fissuré et sa caisse en bois fêlée, mais elle continuait à sonner les heures. C'était vraiment là que le cœur du manoir battait. Une vie douce s'organisait autour d'elle et bien qu'on lui jette un regard plusieurs fois par jour, c'était souvent sans se rendre compte de sa beauté majestueuse.

Elle venait juste de sonner 7 heures du soir – l'heure à laquelle Gertie avait prévu de dîner.

« Dans la salle à manger », avait-elle dit à Céleste et Évie, médusées.

Cela faisait drôle de manger là, mais Gertie avait fait l'effort de mettre la table et Céleste devait reconnaître que c'était magnifique. Elles avaient l'habitude de manger dans l'ancienne cuisine en bas des escaliers. La pièce était chauffée en permanence par un fourneau qui dégageait une chaleur agréable. Par contraste, la salle à manger était guindée et froide et le grand portrait de papy Arthur au-dessus de la cheminée donnait toujours l'impression à Céleste d'être dans le bureau du maître d'école, sur le point de se faire gronder. Papy Arthur était une des personnes les plus joviales du comté, mais le portrait était austère et ne dégageait rien de son humour et de sa cordialité. N'importe quelle personne entrant là aurait pu penser que c'était un tyran, et sa présence créait une ambiance sinistre.

La longue table en bois de chêne était couverte d'une nappe en toile blanche. Elle pouvait accueillir douze personnes, mais ce soir-là, seules les trois sœurs étaient assises à l'extrémité qui se trouvait près de la fenêtre. Céleste était en bout de table, Évie était à sa gauche et Gertie, à sa droite.

— Tu es bien installée ? demanda Gertie.

Céleste hocha la tête.

— Aussi bien que possible.

— Où vas-tu ranger tous tes livres ?

Céleste eut l'air confuse.

— Je vais les laisser dans les caisses.

— Qu'est-ce que tu veux dire ? demanda Gertie.

— Eh bien, que je ne vais pas rester.

— Ah bon ?

— En tout cas, pas plus longtemps que nécessaire. Je pensais avoir été claire.

— Non, dit Gertie. Tu ne l'as pas été.

— On pensait que tu revenais pour de bon, rajouta Évie.

— Ce n'est pas comme si tu avais un autre endroit où aller, je me trompe ? dit Gertie.

Céleste fronça les sourcils.

— Mais ça ne signifie pas que je veuille revenir ici.

En analysant la réponse de ses sœurs, elle comprit qu'elles n'étaient pas heureuses.

— Comprenez-moi, j'ai vraiment envie de vous aider, mais je n'imaginais pas rester au-delà du temps nécessaire pour régler les choses.

— De quoi tu parles ? demanda Gertie. Régler les choses ? Ces mêmes choses que tu n'as pas hésité à fuir ?

— Gertie ! s'exclama Évie d'un ton réprobateur.

— Eh bien, c'est vrai pourtant. Tu l'as dit toi-même, dit Gertie.

— Qu'est-ce que tu as dit ?

Céleste se tourna vers Évie.

— Rien dit du tout, dit Évie en jetant un regard noir à Gertie.

— Bien sûr que si. Tu as dit que Céleste avait toujours été douée pour fuir les situations désagréables.

Un silence lourd tomba parmi les trois sœurs qui se regardèrent les unes les autres.

— Tu as vraiment dit ça, Évie ? demanda finalement Céleste.

— Je ne voulais pas… commença par s'excuser Évie d'un air gêné. Je pense que ton aide n'aurait pas été de trop quand maman était malade.

— Je ne pouvais pas être auprès de vous à ce moment-là, dit Céleste. Tu le sais très bien.

— Non, je ne le sais *pas*, dit Évie, la voix soudain chargée d'émotion. Dis-moi exactement pourquoi tu ne pouvais pas être ici au moment où on avait le plus besoin de toi ? Quand *elle* avait le plus besoin de toi ?

Céleste ferma un moment les yeux.

— Ne me demande pas ça, dit-elle à voix basse.

— Et pourquoi je n'aurais pas le droit de demander pourquoi ma sœur ne pouvait pas être là quand maman était en train de mourir ? Tu aurais dû lui rendre visite, Céleste. Tu aurais dû venir la voir. Qu'est-ce qui ne va pas chez toi ?

— Évie ! s'écria Gertie. Arrête !

Évie avait les larmes aux yeux et le visage de Gertie était pâle et défait.

— Tu sais ce qu'il y avait entre nous, dit lentement Céleste. Elle n'aurait pas voulu que je sois ici de toute façon.

Évie allait dire quelque chose, mais Gertie la mit en garde.

Céleste soupira.

— Le plus important c'est que je sois ici maintenant, non ?

— Mais bien sûr, dit Gertie.

— Je ne suis pas revenue pour me battre avec vous. Nous devons tout remettre en ordre, et je sais que j'aurais dû être là plus tôt, mais nous n'avancerons pas si nous commençons de cette façon.

Évie regardait fixement son assiette et Céleste comprit que sa sœur avait traversé des moments très durs, et aussi qu'elle était très jeune encore.

— Évie ? dit-elle doucement. Je suis désolée de ne pas avoir été présente. Vraiment. Je n'ai jamais voulu vous abandonner, et je suis là maintenant, d'accord ? Elle chercha la main de sa sœur et la serra. D'accord ? répéta-t-elle.

Évie hocha la tête et la regarda, les yeux brillants de larmes.

— D'accord.

— Et si on dînait ? demanda Gertie.

Les trois sœurs échangèrent un sourire.

— Tu n'es pas encore au courant des derniers ragots du village, dit Évie, faisant clairement un effort pour changer de sujet de conversation tout en passant le sel à Céleste.

Gertie avait fait des lasagnes et Céleste s'était vraiment réjouie, mais elles devaient être froides maintenant. Elle n'arrivait pas à se rappeler quand elle avait cuisiné un vrai plat pour la dernière fois. La cuisine minuscule de sa maison de location ne s'y prêtait pas et le plus souvent elle préparait quelque chose de rapide, ou alors elle se réchauffait un surgelé aux micro-ondes.

— Je suis ravie de vous dire que j'ai eu le bonheur d'échapper aux ragots depuis un bon bout de temps, dit Céleste.

Elle était contente qu'Évie ait cessé de parler de leur mère parce qu'elle savait qu'elle aurait eu du mal à se défendre sans envenimer la conversation, et elle n'était pas prête.

— Ne sois pas rabat-joie. Je vais te mettre au courant que tu le veuilles ou pas, poursuivit Évie.

— Je n'en doute pas, dit Céleste avec un petit sourire.

— Jodie et Ken Hammond vont divorcer. Elle en a eu finalement marre que son mari la trompe. Ils sont partis en vacances à Noël pour essayer de se rabibocher, mais la rumeur dit qu'elle lui a donné un coup sur la tête avec sa guitare et qu'elle lui a dit qu'il était un menteur et un gros en…

— Mais comment tu sais tout ça ? l'interrompit Céleste.

— Tout le village le sait, répondit Évie, ignorant la suspicion de sa sœur.

— Oui, et je parie que chacun dans le village a ajouté une insulte ou un autre objet susceptible d'avoir frappé le pauvre Ken, dit Céleste en échangeant un sourire avec Gertie.

— Eh bien, si tu ne crois pas à ma première histoire, tu seras bien obligée de croire à la deuxième, parce que je l'ai vu de mes propres yeux.

— Alors, vas-y, raconte, dit Céleste.

— Voilà, je prenais un raccourci par le jardin de l'église dimanche dernier. Le service venait juste de se terminer et tout le monde sortait quand j'ai entendu ce cri terrible. Vraiment, je n'avais jamais entendu un bruit pareil. J'étais sûre que l'on avait assassiné quelqu'un.

Pour plus d'effet, Évie fit une pause.

— Eh bien, dis-nous ce qui s'est passé ! dit Gertie.

— Oui, c'était qui ? demanda Céleste.

Évie eut un petit sourire satisfait et continua.

— C'était James Stanton et il était totalement furieux. Bon, comme je voulais en savoir plus, je me suis cachée derrière cette tombe avec le grand ange et j'ai attendu. Eh bien, il est sorti en hurlant et en criant des insultes – je ne suis pas croyante, mais on ne fait pas ça dans une église !

— Il insultait qui ? demanda Céleste.

— Sa femme, bien sûr. Il était en train de pousser son fauteuil roulant et elle avait le visage plutôt rouge.

— Pauvre Samantha. J'ai vraiment de la peine pour elle, immobilisée dans cette chaise, dit Céleste.

— C'est de sa faute si elle monte des chevaux à demi sauvages pour galoper à travers tout le comté sans les faire d'abord débourrer par un professionnel, dit Gertie.

Céleste la regarda étonnée.

— Et qu'est-ce qui s'est passé après ?

— Il a continué à lui crier dessus. Il disait qu'elle était la femme la plus cruelle qu'il connaisse et que ce serait une joie pour lui de pousser sa chaise du haut du pont !

— Oh mon Dieu ! s'exclama Céleste. Pauvre Samantha !

— Ce n'est pas parce qu'elle est en fauteuil roulant que c'est une sainte, protesta Gertie.

— Je n'ai jamais dit ça, dit Céleste. Mais tu dois admettre que c'est plutôt embarrassant.

— On ne peut pas savoir ce qui se passe dans un mariage, continua Gertie. Il y a toujours deux versions dans une histoire, et je voudrais que tu cesses de colporter ces commérages, Évie.

— Je ne colporte rien du tout. Je raconte juste ce que j'ai vu et entendu.

— Et en ce qui concerne Jodie et Ken ? demanda Gertie.

— Oh, mais tout le village parle d'eux, dit Évie en secouant la tête d'un air blasé.

— Ce n'est pas une raison pour faire pareil, dit Gertie. Tu ne les as pas vus.

— Mais je ne vous ai pas encore raconté les plus beaux potins, ajouta Évie.

— On n'a pas envie de les entendre, dit Gertie.

Céleste se mordit les lèvres.

— En fait, moi j'aimerais bien.

D'un regard, Gertie lui intima de ne pas encourager Évie, mais Céleste haussa les épaules.

— J'ai besoin de savoir ce qui s'est passé pendant mon absence.

Évie inspira profondément en soutenant le regard de ses sœurs un court moment, pour se régaler encore un peu du commérage qu'elle allait leur dévoiler.

— Eh bien, la rumeur dit que James Stanton a une liaison.

Les yeux de Céleste s'agrandirent et le couteau de Gertie retentit en tombant dans son assiette.

— Et avec qui a-t-il une liaison ? demanda Céleste.

— Eh bien, c'est ça le truc, personne ne le sait !

— Alors comment tu sais qu'il en a une ? demanda Gertie.

— Parce que tout le monde en parle ! s'écria Évie exaspérée par le scepticisme de sa sœur.

— C'est ridicule.

— Ce n'est pas vrai. La plupart des choses commencent par une rumeur. Quelqu'un voit quelque chose et fait suivre l'information…

— Comme le jeu du téléphone arabe – à la fin tout est faux ! s'exclama Gertie.

— Eh bien, il a l'air de quelqu'un qui a une liaison.

— Et comment es-tu arrivée à cette conclusion ?

— Ça se voit, c'est tout, conclut Évie en haussant les épaules.

— J'adore ta logique, dit Gertie en levant les yeux au ciel.

— Alors, dit Céleste, pensant qu'il était temps de changer de sujet de conversation une fois de plus. On commence par quoi ?

— Je ne savais pas que tu voulais parler affaires, s'étonna Gertie. Du moins, pas ce soir.

— J'aurais préféré attendre demain, mais je ne pense pas que nous ayons beaucoup de temps vu l'état de l'atelier.

— Ah, dit Gertie. Tu es allée voir ?

Céleste acquiesça.

— J'ai jeté un coup d'œil avant de venir à table, mais je n'ai pas voulu regarder de trop près. Je dois avouer que le peu que j'ai vu ne m'en a pas donné envie.

Le visage de Gertie semblait s'allonger au fil des secondes qui passaient.

— Ce n'est pas le seul problème.

— Qu'est-ce que tu veux dire ? Y a-t-il autre chose que je devrais savoir ?

— Je pense que le mieux, c'est de te montrer, dit Gertie en se préparant à affronter la suite.

Céleste se leva de table et quitta la salle à manger à la suite de ses sœurs.

3.

Elles traversèrent le hall d'entrée, le bruit de leurs pas résonnant sur les dalles en pierre grise.

— On ne voulait vraiment pas t'embêter avec ça le premier soir, expliqua Gertie, mais cela occupe nos esprits depuis des mois et on pense qu'on doit t'en informer.

— Où allons-nous ? demanda Céleste.

La maison était si grande qu'elle pouvait susciter ce genre de question.

— L'aile nord, dit Évie. Les chaussures de randonnée et les masques à oxygène sont indispensables.

Céleste soupira. Il n'y avait toujours eu que des problèmes avec cette horrible aile nord. C'était la partie de la maison qui bénéficiait le moins du soleil, et l'humidité y était un souci constant. Le toit n'avait jamais été étanche et toute une armée de seaux se tenait dans ces pièces pour tenter de recueillir l'eau de pluie.

Elles empruntèrent un long couloir habillé de lambris en chêne sculpté du XVIe siècle. Un architecte leur avait dit un jour que le vieux manoir avait quelques-unes des plus belles boiseries du pays ; elles étaient sans aucun doute exceptionnellement belles, mais elles rendaient cette partie de la maison si sombre qu'on avait l'impression d'être dans un tunnel.

Gertie, qui marchait devant, s'arrêta tout à coup devant la pièce que l'on avait l'habitude d'appeler la « Chambre des Horreurs ». Céleste s'était doutée que c'était là leur destination.

— Prépare-toi, dit Évie utilisant l'expression favorite de leur grand-père.

« *Prépare-toi, le mur d'ouest s'est effondré sur les douves* », annonçait-il, ou « *Prépare-toi, le chauffe-eau a de nouveau explosé.* »

Leur vieille maison semblait continuellement offrir une occasion de se préparer à quelque chose.

Gertie ouvrit la grande porte en bois qui grinça, comme on pouvait s'y attendre. Les trois sœurs entrèrent et laissèrent leurs yeux s'ajuster à la lumière. La pièce n'était pas meublée et il y avait une odeur d'humidité tenace un peu comme dans une église vide. Le parquet était poussiéreux et des toiles d'araignées pendaient devant les fenêtres. C'était une chambre triste, mal-aimée, qui avait été oubliée et que l'on avait lentement laissée mourir.

— Eh bien, nous y voilà, dit Gertie.

Céleste détourna les yeux de la fenêtre et regarda avec horreur le morceau de mur que Gertie montrait du doigt.

— Qu'est-ce que c'est que ça ? demanda Céleste. C'est comme un grand trou noir.

Ses yeux s'écarquillèrent comme elle essayait de comprendre.

— C'est une sorte de moisissure, dit Évie. C'est dégoûtant, n'est-ce pas ? J'essaye de ne pas y penser.

— Ce n'est pas cette attitude qui nous aidera, répliqua Céleste en regardant avec répulsion l'énorme tache noire. Est-ce que ce n'est pas ce que maman faisait aussi ? L'idée qu'elle avait eue de fermer définitivement les portes des chambres qui posaient problème n'avait pas été l'une des meilleures.

Elle s'approcha avec précaution du mur noir comme si elle craignait qu'il ne l'avale tout entière.

— On a fait faire un devis, dit Gertie.

— Combien ? osa demander Céleste.

— Un nombre à six chiffres. Je ne me souviens pas exactement. Le papier est quelque part sur le bureau dans l'atelier.

Céleste inspira profondément avant de se rappeler où elle se trouvait, et espéra ne pas avoir avalé de la moisissure.

— On pourrait construire un autre mur ou accrocher une tenture, ou encore cacher la tache d'une autre façon, suggéra Évie.

— Nous ne pouvons pas continuer à tourner le dos aux problèmes, dit Céleste. Cette maison doit être assainie, sinon elle va finir par s'écrouler dans les douves.

— Il faut s'occuper de toute la maison, pas seulement de cette pièce, ajouta Gertie. Si on regarde attentivement, on remarque qu'il y a des choses horribles partout. C'est juste qu'on n'a pas eu le temps de s'en occuper, et de toute façon, on n'a jamais eu assez d'argent même si on avait voulu le faire.

— Je ne sais pas pourquoi Grand-maman et Grand-papa ont acheté une maison aussi gigantesque, dit Céleste.

— Mais c'est une maison *magnifique*, répliqua Gertie.

— Et toi, tu es une incorrigible romantique, tout comme eux, dit Céleste.

— Il n'y a pas de mal à ça, se défendit sa sœur.

— Si. Si tu n'as pas l'argent pour, lui expliqua Céleste.

— Il faut qu'on économise, proposa Évie.

— Je ne crois pas que ce sera suffisant. On économise déjà sur tout et ce serait juste une goutte d'eau dans l'océan. L'argent doit venir d'ailleurs. D'après ce que vous m'avez dit, les roses ne rapportent rien. Il ne nous reste pas un sou à la fin du mois et nous sommes même à découvert. Et je ne parle pas des remboursements. C'est bien ça ?

Gertie hocha la tête.

— Qu'est-ce que tu suggères ?

— Eh bien, pour commencer, je crois qu'il va nous falloir vendre certaines choses, dit Céleste.

Évie blêmit.

— Tu penses aux tableaux ?

Céleste acquiesça d'un signe de la tête.

— Je suis sûre que tu les regardes rarement, non ?

— Est-ce que nous ne pouvons pas vendre autre chose ? N'importe quoi d'autre ? demanda Évie.

— Autre chose ? dit Céleste. Eh bien, à moins de démonter les cheminées et de vendre nos meubles…

Gertie soupira.

— Je pense que Céleste a raison. Il faut qu'on vende les tableaux. Maman disait la même chose juste avant de mourir.

— Quels ont été ses mots *exacts* ?

— Elle a dit : « Vends le Fantin-Latour. »

— Ma foi, on ne peut pas être plus clair, dit Céleste.

Gertie s'avança et posa le bout de son doigt sur le mur.

— Oh, ne le touche pas ! s'écria Évie. Tu vas attraper un truc horrible et tu mourras d'une mort lente et douloureuse.

— C'est comme ça en a l'air : froid et humide.

Évie était sortie de la pièce, ses sœurs la suivirent.

— Il y a une carte, quelque part sur le bureau de maman, dit Gertie. C'est celle d'une maison de vente aux enchères, spécialisée en art.

— Je n'ai vraiment pas envie de vendre ce tableau, dit Céleste, mais je ne pense pas que nous ayons le choix. Grand-papa l'avait offert à Grand-maman pour son anniversaire. Vous vous souvenez de l'histoire ?

Les sœurs secouèrent la tête.

— Une grande demeure au nord du Norfolk avait été mise en vente avec tous ses meubles et objets. Tout devait partir. C'était vraiment triste. Les enchères ont duré trois jours et des gens sont venus du monde entier pour essayer d'acquérir un petit morceau de l'histoire de l'Angleterre, leur raconta Céleste.

— Et c'est là que Grand-papa a acheté le Fantin-Latour ? demanda Évie.

— Oui. Les prix étaient ridiculement bas, expliqua Céleste.

— Est-ce que les autres tableaux viennent de là aussi ? interrogea Gertie.

— Non, je crois qu'il les a achetés plus tard. Maman me racontait que chaque fois qu'une rose Hamilton se vendait à un bon prix, eh bien, Grand-papa achetait un tableau. Le tableau d'une rose. C'était sa façon à lui de fêter l'événement. De capturer une rose magnifique pour l'éternité.

— Et c'est qui la romantique, maintenant ? dit Évie avec un sourire.

— Je ne suis pas romantique. Je raconte juste ce qu'il avait l'habitude de faire, dit Céleste. Mais peut-être devrions-nous faire évaluer *tous* les tableaux. Les anciens comme les plus récents. Si ça se trouve, on est assises sur une petite fortune.

Elles arrivèrent dans le hall et restèrent près de la grande horloge. Un ancien baromètre était suspendu à côté de l'énorme porte d'entrée. Il était là depuis toujours, d'aussi loin que Céleste s'en souvienne et il annonçait constamment un changement de temps. Même si la journée était belle du matin au soir ou si un blizzard faisait rage, la petite main indiquait invariablement *Changement de temps*. Ce qui correspondait sans doute à la météo anglaise.

— Je crois vraiment qu'on devrait les faire estimer tous, dit Céleste, regardant Évie. Qu'est-ce qu'il y a ?

— Je n'arrive pas à imaginer notre maison sans ces peintures. Elles sont ici depuis toujours. Ou presque.

Gertie hocha la tête.

— Je ressens la même chose. Elles font tellement partie de la maison.

— Je sais, dit Céleste en fronçant les sourcils.

— Qu'est-ce qu'il y a ? demanda Gertie.

— J'étais en train de me demander s'il n'y avait pas un tableau qui manquait.

— Lequel ? demanda Évie.

— Eh bien, je n'arrive pas à me souvenir. Mais j'aurais pu jurer qu'il y en avait un autre quelque part, dit-elle en faisant la moue. J'ai dû l'imaginer. Il y a trop de choses dans ma tête en ce moment.

— Est-ce qu'on ne pourrait pas réfléchir un peu avant de se décider ? demanda Gertie.

Céleste soupira.

— D'accord, mais pas trop longtemps sinon toute la maison s'écroulera sur nous.

Céleste savait qu'elle devrait profiter de sa première soirée à la maison : prendre un livre au hasard dans les étagères de la bibliothèque et choisir un bon fauteuil pour le lire ou se promener dans les jardins et savourer la douceur de la soirée, mais ce n'était pas dans sa nature de rester assise et de se détendre, surtout quand elle savait qu'il y avait tant de choses à faire – l'une d'entre elles étant de convaincre ses sœurs de vendre le manoir. Elle venait juste de prendre conscience à quel point elles étaient attachées à ce vieil endroit et comme il serait difficile de leur faire comprendre la situation de façon rationnelle. Elle avait l'impression d'avoir été mise dans une position impossible : Gertie et Évie lui avaient demandé de l'aide et des conseils, mais est-ce qu'elles le voulaient vraiment ? Allaient-elles réellement l'écouter ou est-ce que face à elles, elle était seule ?

Es-tu seulement certaine de pouvoir vendre l'endroit si jamais elles étaient d'accord ? lui demanda une petite voix. Elle devait bien admettre qu'elle ne connaissait pas la réponse. Elle aimait le manoir autant que ses sœurs – elle en était certaine – mais pour elle, c'était une émotion liée à d'autres problèmes trop compliqués. Ce qui lui permettait sûrement de voir les choses de façon plus distancée que Gertie et Évie.

Elle secoua la tête. Elle était en train de se rendre folle alors qu'elle venait juste d'arriver. Elle n'avait pas besoin de répondre à toutes ces questions maintenant ; elle allait y aller progressivement. Chaque chose en son temps. Elle se rendit à l'atelier avec cette idée en tête.

L'atelier se trouvait à l'avant de la maison. On l'avait toujours appelé atelier et jamais bureau, parce que leur mère avait toujours trouvé le mot *bureau* rigide et conventionnel et avait voulu que l'endroit où elle travaillait soit un lieu d'inspiration et de plaisir. La pièce n'était pas grande. Des anciens rideaux en damas, usés jusqu'à la trame, encadraient deux fenêtres à croisée sur deux murs, les deux autres étaient couverts d'étagères de haut en bas. La plupart des vieux tomes poussiéreux traitaient de fleurs et de l'histoire de l'horticulture. Céleste les contemplait, notant ici et là la présence de poussière et de toiles d'araignées. On lui avait dit qu'il avait fallu se séparer de la femme de ménage, Mme Cartwright, quelques mois plus tôt, et son absence se voyait dans chacune des pièces. C'était une maison immense – bien trop grande pour deux ou trois personnes – et c'était un travail à plein temps de la nettoyer.

Au centre de la pièce se trouvait un grand bureau en chêne avec un plateau tapissé de cuir. Deux fauteuils assortis se faisaient face tels des généraux sur un champ de bataille. Céleste se souvenait encore du temps où elle avait occupé un de ces fauteuils et que sa mère, de manière imperceptible, poussait de son côté du bureau les factures et les papiers comme les pions d'une armée bien déterminée à avancer. Elle était supposée faire la moitié du travail – même plus de la moitié, à vrai dire – mais sa mère ne semblait pas penser qu'elle puisse avoir besoin du même espace pour le faire.

Céleste regarda le bureau. Elle savait ce qu'elle y trouverait : des tonnes de lettres et de factures impayées. Elle avait rarement rencontré des personnes qui travaillaient aussi dur que ses sœurs, et qui, cependant, étaient totalement incapables de gérer le courrier et les factures. Elles étaient douées pour tout ce qui concernait le jardin et la serre, mais pour le reste, c'était tout le contraire et c'était frustrant pour quelqu'un comme Céleste qui appréciait l'ordre et l'organisation.

Elle décida de ne pas s'installer au bureau – ce serait une position trop officielle. Elle préféra rester debout et parcourir les documents du regard. Lorsqu'elle reconnut l'écriture de sa mère, elle tendit le bras. Ses doigts tremblèrent quand elle se saisit de la feuille de papier pour la lire. C'était une des célèbres listes « À faire » de sa mère avec la répartition habituelle des travaux, au jardin et à la maison, entre Gertie et Évie. Céleste lut la page de bout en bout, mais s'arrêta sur la dernière tâche de la liste.

Appeler Céleste ?

Céleste regarda fixement les deux mots. *Appeler Céleste ?* Ainsi, pensa-t-elle, sa mère s'était posé la question, mais le point d'interrogation était révélateur. L'appel téléphonique n'avait jamais eu lieu. Est-ce que le cancer l'avait emportée si rapidement qu'elle n'avait pas eu le temps d'appeler ? Céleste savait que les dernières semaines de sa mère avaient été particulièrement difficiles ; ses sœurs lui avaient raconté que Pénélope les avait passées dans sa chambre. Alors, quand avait-elle écrit cette note ?

« Allait-elle m'appeler un jour ? » demanda Céleste à la pièce vide. Elle ne pouvait s'empêcher de se demander ce que sa mère lui aurait dit si elle lui avait téléphoné et elle ressentit une énorme tristesse à l'idée qu'elle ne le saurait jamais.

Émue, elle laissa tomber la feuille de papier sur le bureau et c'est alors qu'elle vit la carte couleur crème dont Gertrude lui avait parlé.

Julian Faraday – Maison de ventes aux enchères.

La carte indiquait aussi une adresse londonienne avec le nom d'une sorte de square qui sonnait très chic, plus un numéro de téléphone et une adresse de courriel. Ainsi, c'était l'homme qui avait le pouvoir de les sauver ? L'homme qui allait se saisir du tableau bien-aimé d'une famille, pour le vendre au plus offrant sans se préoccuper de la valeur de cette personne ?

Céleste maudit silencieusement le nom sans visage de Julian Faraday et posa la carte sur le bureau à côté du téléphone. Au plus profond d'elle-même, elle savait ce qu'elle avait à faire, mais elle ne se sentait pas encore prête à téléphoner.

4.

Gertie traversa les douves à grands pas et emprunta un petit chemin qui contournait le jardin et menait à un pré. À cette époque de l'année, il était couvert de boutons-d'or et de compagnons rouges. Gertie adorait les fleurs des champs, mais ce soir-là, elle n'avait pas le temps de s'arrêter pour les admirer parce qu'elle avait un rendez-vous.

Elle suivit la rivière Stour qui serpentait lentement au milieu de la campagne, et ce n'est que lorsqu'elle arriva près du saule pleureur qui avait été abattu qu'elle vit Mme Forbes. Gertie soupira parce qu'elle savait qu'il n'y avait aucun moyen de l'éviter à cet endroit.

Ne t'arrête pas, ne t'arrête pas, chantonna-t-elle quand l'inévitable se produisit et qu'elles faillirent se rentrer dedans.

Mme Forbes était une grande femme qui se tenait toute droite. Elle dirigeait le cours d'aérobic dans le village pour les plus de cinquante ans. Elle-même n'était pas loin de la soixantaine et tous les mercredis matin, elle aboyait sur ses élèves d'une voix si tonitruante que l'on pouvait l'entendre de l'autre côté du village.

— Bonsoir, Gertrude, dit Mme Forbes d'une voix retentissante. Alors, on fait une petite promenade ?

Mais la question qu'elle sous-entendait était : *où allez-vous donc ?*

— Oui, répondit Gertie, en ne commettant pas l'erreur fatale de s'arrêter. Bonne soirée, dit-elle en passant à côté d'elle.

Mme Forbes eut l'air surprise, mais elle n'était pas du genre à se vexer facilement et Gertie continua d'avancer par peur d'être suivie. Elle ne pouvait guère s'imaginer qu'elle était du genre à suivre quelqu'un, mais tant pis, elle ne cessa de regarder derrière elle jusqu'à ce que la haute silhouette ne devienne plus qu'un petit point dans le lointain.

Elle fut surprise de voir à quel point son cœur s'était emballé au moment de cette rencontre imprévue, et elle se dit qu'elle s'inquiétait pour rien. Mme Forbes n'était pas une cancanière et elle ne se préoccupait certainement pas de savoir où Gertie allait. Néanmoins, elle ne réussit pas à calmer son anxiété, et après un moment, elle comprit que cela faisait partie de la situation dans laquelle elle s'était mise.

Elle quitta le bord de la rivière et franchit un échalier en faisant attention à ne pas faire d'accroc à sa robe. Elle avait choisi une robe en toile bleue boutonnée sur le devant. La robe, avec ses petits boutons en nacre, était jolie, mais n'attirait pas trop l'attention. Si Évie ou Céleste l'avaient vue quitter le manoir, elles ne se seraient pas dit qu'elle allait quelque part en particulier. Le fait d'avoir lavé et séché au sèche-cheveux sa longue chevelure et d'avoir mis beaucoup de mascara, et aussi du gloss sur ses lèvres, n'avait aucune importance. Il n'y avait rien de mal à se faire jolie pour une petite promenade du soir.

Elle était en train de traverser un autre champ quand apparut un élégant lévrier noir et blanc. C'était un très beau chien, mais qui avait connu des jours meilleurs. Désormais, sa démarche ressemblait à celle d'un vieux monsieur. Gertie savait que c'était le genre de chien qui n'avait pas besoin de beaucoup de promenades. En fait, il aurait été parfaitement heureux de rester toute la journée à la maison, confortablement installé dans sa chaise préférée, mais son propriétaire avait besoin d'une excuse pour sortir de la maison et le chien était une raison qui en valait une autre.

— Hé, Clyde ! dit Gertie quand le chien s'approcha d'elle, posant sa truffe humide dans la paume de sa main. Où est ton maître ? demanda-t-elle, alors qu'elle connaissait déjà la réponse.

Il y avait une vieille chapelle en ruine derrière le petit bosquet, et contre l'un des murs de silex était appuyé un homme de haute taille, aux cheveux blond foncé. Il ne l'entendit pas approcher et Gertie eut l'occasion de le regarder sans être observée. Il portait un jean et une chemise blanc et marron à carreaux. Ses traits étaient tirés et ses yeux bleus exprimaient de la fatigue, comme s'il n'avait pas dormi depuis une semaine – ce qui était peut-être le cas.

— James ? dit-elle en s'approchant.

— Gertie, dit-il avec un petit sourire. Je pensais que tu ne viendrais pas.

— Mais bien sûr que j'allais venir. Je n'ai jamais manqué un seul de nos rendez-vous, si ?

Il alla vers elle, prit son visage entre ses mains et l'embrassa tendrement sur la bouche.

— Tu portes le parfum que je t'ai acheté, dit-il en lui caressant doucement la nuque.

Gertie hocha la tête. C'était Gardénia de Penhaligon's, un parfum délicieusement fleuri et léger.

— J'ai autre chose pour toi, dit-il en sortant une petite boîte de sa poche de jeans.

— James, tu dois arrêter de m'offrir des cadeaux !

— Mais j'en ai envie. Allez, ne dis plus rien et ouvre-le.

Il lui tendit une petite boîte bleue. Elle l'ouvrit et laissa échapper un cri. C'était un médaillon en argent en forme de cœur.

— J'ai toujours rêvé d'avoir un médaillon, dit-elle les yeux brillants.

— Je sais, dit-il. Mais je n'ai pas mis de photo à l'intérieur. En tout cas, pas de moi.

Gertie leva la tête vers lui.

— Il y a une photo ?

— Pourquoi ne regardes-tu pas ?

Gertie ouvrit avec douceur le fermoir et sourit quand elle vit ce qu'il y avait à l'intérieur.

— C'est Clyde ! s'exclama-t-elle en riant.

— J'ai réduit la photo sur l'ordinateur. Est-ce qu'il n'est pas parfait ?

— C'est vrai, il est très beau, dit Gertie quand Clyde s'approcha et lui donna des petits coups de museau comme s'il savait qu'on parlait de lui. Merci !

James hocha la tête et sourit.

— J'aimerais faire tellement plus pour toi.

Gertie secoua la tête.

— Arrête.

Il prit ses mains dans les siennes et les serra.

— Est-ce que tu sais à quel point j'ai envie d'être avec toi ?

— Arrête, James ! dit-elle.

— J'ai juste envie que nous soyons un couple normal. J'ai envie de t'emmener dans un restaurant chic…

— Tu n'as pas assez d'argent pour aller dans un restaurant chic ! le taquina Gertie.

— D'accord. Un petit restaurant sympa alors, dit-il. On s'installerait dans un coin confortable et je te chatouillerais sous la table sans que personne ne nous voie.

Gertie pouffa de rire comme s'il était vraiment en train de la chatouiller, mais ensuite, elle soupira.

— Mais tu ne peux pas me chatouiller en public parce que tu es un homme marié. Qu'importe si on nous voit ou pas.

James gémit et jeta la tête en arrière.

— Tu n'as pas besoin de me le rappeler ! Je vis avec cette réalité jour après jour !

— Eh bien, moi aussi je vis avec cette réalité, dit Gertie. Tu n'as aucune idée de ce qui se passe chez moi. Céleste est revenue à la maison et Évie n'a pas arrêté de parler de ce qui s'est passé à l'église.

— Ah, dit-il en soupirant.

— C'était horrible de devoir l'écouter alors qu'elle ne connaît pas notre vraie situation. C'est si injuste. Tout le monde plaint Samantha et personne ne se demande ce que toi, tu dois supporter.

— Hé, dit James avec douceur, ne te rends pas malade. Toi, tu la connais la situation.

— Oui, effectivement, dit Gertie, et c'est une situation injuste et affreuse.

— Je sais, dit-il.

Ils joignirent leurs têtes dans un geste empli de tendresse.

— Que s'est-il passé quand tu es rentré ? demanda Gertie.

— Après l'église ?

— Oui. Elle était furieuse ?

— Bien sûr qu'elle l'était, dit James. Et elle en savourait chaque minute. Elle n'aime rien autant que jouer la victime et il m'a fallu dire que j'étais désolé pendant toute la soirée, alors que je ne l'étais pas du tout.

— Est-ce que tu as vraiment dit que tu la pousserais du pont ?

James éclata de rire.

— Est-ce que j'ai dit ça ?

— C'est ce que prétend Évie.

— Alors, j'ai dû le dire.

Il se passa la main dans les cheveux et à nouveau, Gertie trouva qu'il avait l'air très fatigué.

— Est-ce que tu vas bien ?

Il hocha la tête.

— J'ai seulement mal dormi.

— Est-ce que tu as changé de chambre ?

— Non, dit-il. Samantha refuse. Elle fait une grosse scène à chaque fois que j'en parle. Elle dit qu'elle pourrait avoir un accident si elle se réveillait la nuit. Mais elle ne se réveille jamais la nuit. Une fois endormie, elle dort. Elle n'a pas besoin que je sois à côté d'elle.

— Il faut que tu partes – et pas seulement de la chambre, dit Gertie. Tu dois quitter la maison.

— Mais comment faire quand elle a tellement besoin d'aide ?

— Mais elle a de l'argent, elle peut payer quelqu'un pour s'occuper d'elle. Tu ne peux pas continuer à être son esclave. Pas avec ce qu'il y a entre vous.

— Qu'est-ce que les gens vont penser de moi si je la laisse ? demanda-t-il.

— Laisse-les penser ce qu'ils veulent, lui dit Gertie. Ils n'ont aucune idée de ce que tu vis. Dis-leur d'emménager avec elle s'ils sont inquiets, ils se rendront vite compte.

James soupira.

— Mais pourquoi ne nous sommes-nous pas rencontrés avant ?

— Parce que j'étais encore à l'école, le taquina Gertie.

James ne put s'empêcher de sourire.

— Je ne suis pas tellement plus âgé que toi.

— Tu as trente-huit ans. Tu es presque un vieux monsieur !

Il fit semblant d'être très offensé.

— Eh bien, si c'est comme ça, je retourne tout de suite chez ma femme !

Gertie éclata de rire avant de le rejoindre dans le silence.

— Évie a dit quelque chose d'autre, finit-elle par dire.

— Quoi donc ? demanda James.

— Elle a dit qu'elle croit que tu as une liaison.

— Oh, mon Dieu ! Elle a dit ça ?

— Elle n'a aucune preuve, évidemment. Elle a juste dit que c'était une rumeur.

— Mais d'où peut venir cette rumeur ? s'inquiéta James.

— Je ne sais pas !

— On fait tellement attention. Je ne dis jamais où je vais et je ne vois jamais personne. Et toi ?

— Non, dit Gertie, secouant la tête. J'ai vu Mme Forbes ce soir, mais nous nous sommes juste saluées et je ne crois pas qu'elle soit du genre à faire des commérages, même si elle suspectait quelque chose.

— En es-tu sûre ? Je ne fais confiance à personne dans ce village. Le moindre mot ou geste suffit à lancer une rumeur.

— Comment peux-tu dire ça ?! dit Gertie, le visage rosissant de colère. Tout ça parce que tu viens de Londres où personne ne s'adresse la parole et où tout le monde se fiche de ce qu'on peut bien faire.

— Tu es injuste ! dit James. J'ai parlé à mon voisin au moins deux fois en cinq ans quand je vivais dans mon ancien appartement.

Gertie sourit, puis elle reprit une expression préoccupée.

— Qu'est-ce qu'on va faire ?

James se pencha en avant et embrassa son front.

— Je ne sais pas, dit-il, mais il faut qu'on trouve quelque chose. J'ai tellement envie d'être avec toi.

— Alors, il faut qu'on ait un plan, dit-elle avec sérieux.

Il continua d'embrasser la peau douce de son cou.

— Un plan, dit-il.

— Oui ! dit Gertie. James ?

— Quoi ?

— Est-ce que tu m'écoutes ?

— Est-ce qu'il faut qu'on en parle maintenant ?

— Si on n'en parle pas maintenant, on en parle quand ?

— Nous passons si peu de temps tous les deux. Je n'ai pas envie de le gâcher.

Gertie essaya de ne pas sursauter au mot *gâcher* parce qu'elle voulait passer un moment agréable, mais elle ne pouvait s'empêcher d'être de plus en plus frustrée de ne pas pouvoir élaborer un plan avec lui.

— Dis-moi seulement que nous serons bientôt ensemble, dit-elle.

— Mais bien sûr que nous le serons. Très bientôt.

Et il l'empêcha de poser une autre question en l'embrassant à nouveau.

****

En pleine nuit, un énorme bruit réveilla tout le monde y compris Frinton qui sauta immédiatement sur le lit de sa maîtresse et se mit à produire un grondement effrayant. Céleste rêvait qu'elle mettait au compost une montagne de factures tout en chantant : *Ce sera bon pour les roses, ce sera bon pour les roses,* à Gertie et à Évie qui la regardaient, désespérées.

Mais la minute d'après, elle se retrouva assise dans son lit, le cœur battant la chamade.

— Tais-toi, Frinton, ordonna-t-elle au chien tout en se demandant ce qui s'était passé.

Très vite, Gertie fut dans sa chambre.

— Bon sang ! C'était quoi ça ?

— J'ai cru que c'était dans mon rêve, dit Céleste en allumant sa lampe de chevet avant de mettre un pull-over.

— Ce n'était pas un rêve. Ce bruit venait d'en bas, ou d'en haut. Je ne suis pas sûre, dit Gertie.

— Gertie ?

La voix d'Évie montait du bas des escaliers.

— Je suis dans la chambre de Céleste, cria-t-elle.

— Vous avez entendu ce raffut ?

Évie les rejoignit et la lumière révéla la pâleur de son joli visage.

— C'était difficile de ne pas l'entendre.

— Qu'est-ce que c'était ? On aurait dit qu'une partie de la maison s'effondrait, dit Évie.

— Ne dis pas ça. *S'il te plaît,* ne dis pas ça ! la supplia Céleste en mettant ses pantoufles.

Mais que les plafonds puissent s'effondrer n'était pas du domaine de l'impossible dans un endroit comme le manoir.

— Qu'est-ce qu'on fait ? interrogea Évie en se tournant vers sa grande sœur comme si celle-ci connaissait la réponse.

— On va vérifier toutes les pièces, dit Céleste.

Un moment plus tard, les trois sœurs quittèrent la chambre de Céleste avec Frinton et se mirent à ouvrir les portes des chambres les unes après les autres puis à allumer les lumières.

— Faites attention ! leur cria Céleste. Je ne veux pas que l'une d'entre vous passe au travers du plancher.

— Je ne crois pas que cela venait d'en haut, dit Évie, un moment plus tard.

— Continue de regarder, dit Céleste. Il faut qu'on en soit certaines.

Peu de temps après, les sœurs se retrouvèrent dans le couloir.

— Rien, dit Gertie.

— Les toiles d'araignées n'ont pas bougé d'un pouce, plaisanta Évie.

— Alors, ça venait d'en bas.

— Oh, est-ce qu'on doit vraiment y aller ? demanda Évie en resserrant son peignoir autour d'elle. Cette maison me file la frousse la nuit.

— Ne t'inquiète pas, dit Gertie. Tu n'es pas toute seule.

— Ah, oui ! Tu prétends que si un fou furieux est caché avec une hache dans l'ombre, tout ira bien parce qu'il y aura trois femmes en chemise de nuit en train de hurler au lieu d'une seule, dit Évie.

— J'y vais la première, dit Céleste en prenant la tête du petit convoi.

Frinton, que cette aventure nocturne rendait fou de joie, descendit les escaliers en trombe et s'arrêta en dérapant dans le hall, ses pattes de devant disparaissant sous un vieux tapis usé jusqu'à la corde.

— Il est quelle heure, en fait ? demanda Évie.

La vieille horloge sonna trois coups à ce moment précis comme si elle lui répondait.

— On commence où ? s'interrogea Gertie.

— Je ne vais nulle part toute seule, dit Évie. Ce n'est même pas la peine de me le demander !

Céleste soupira.

— Bon, on va commencer par la salle à manger, dit-elle en ouvrant courageusement la porte et en appuyant sur l'interrupteur.

C'était certainement la pièce qui risquait le moins de s'effondrer, et la rangée d'armures dans le fond de la salle était toujours debout. De toute façon, si cela avait été les armures, le bruit de leur chute aurait été totalement différent de celui qui les avait toutes réveillées.

Elles poursuivirent leurs recherches, inspectant l'atelier et regardant dans les pièces que l'on utilisait rarement jusqu'à ce qu'elles arrivent au début du long corridor sombre.

— C'est la Chambre des Horreurs, c'est ça ? demanda Évie.

— C'est plus que probable, dit Céleste. Elle tombe en morceaux depuis des années.

— Est-ce qu'on ne peut pas attendre jusqu'à demain ? Quelques heures de plus ne changeront rien, si ? dit Évie.

Mais Céleste et Gertie s'étaient déjà mises en marche et, pour ne pas rester seule, Évie n'eut pas d'autre choix que de les suivre. Heureusement, Gertie avait pensé à emporter une lampe torche car elle savait que le fonctionnement de l'électricité était aléatoire dans cette partie de la maison. Mais après avoir ouvert les portes qui donnaient sur le couloir menant à la Chambre des Horreurs, elles constatèrent que toutes les pièces étaient vides et intactes.

— Bon, eh bien, il ne reste plus qu'une dernière pièce, dit Céleste.

Leurs cœurs bien plus lourds que leurs pas, elles se dirigèrent vers la fameuse chambre.

Aussitôt après l'ouverture de la porte, Frinton se mit à aboyer, le bruit se réverbérant dans la pièce vide.

— Frinton, tais-toi ! cria Céleste.

Il regarda anxieusement sa maîtresse comme s'il voulait lui demander pourquoi elle voulait venir dans un endroit pareil alors qu'ils auraient pu être au fond de leur lit et rêver de lapins.

Gertie éclaira la pièce à l'aide de sa torche.

— Qu'est-ce que c'est que ça ? s'écria-t-elle horrifiée quand elle vit l'énorme tas de gravats au milieu de la pièce.

— C'est le plafond. Le plafond est par terre ! cria Évie.

— Oh mon Dieu ! dit Céleste en fermant les yeux.

Mais l'horrible tas de gravats n'avait pas disparu quand elle les rouvrit une seconde plus tard, et quand Gertie dirigea le faisceau lumineux vers le haut, elles virent qu'Évie avait raison. Le plafond s'était effectivement effondré.

Pendant un moment, elles ne dirent pas un mot. Même Frinton se tut.

Finalement, Gertie prit la parole.

— Il faut que tu appelles cet homme de la maison des ventes aux enchères.

Céleste, dont le visage était pâle et les lèvres serrées, acquiesça d'un air grave.

— Je l'appellerai demain.

5.

Céleste était en train de réchauffer ses mains autour d'une tasse de thé quand Gertie entra dans la cuisine. C'était le lendemain de l'effondrement du plafond et aucune des sœurs n'avait bien dormi.

— Tu vas bien ? demanda Gertie en se versant un jus de pomme et en s'asseyant à l'immense table en face de sa sœur.

— Ça va, mentit Céleste.

— Tu as une mine affreuse, si je peux me permettre.

— Merci. J'avais oublié à quel point tu peux être aimable dès le matin.

Gertie fit un petit sourire.

— Je n'ai pas très bien dormi, et toi ?

Céleste secoua la tête.

— Je ne pouvais pas m'arrêter de réfléchir.

— Réfléchir à quoi ?

— À tout, dit Céleste.

— Ah, alors ce n'est pas étonnant que tu n'aies pas pu dormir.

Céleste but une autre gorgée de thé et Gertie reprit la parole.

— Est-ce que tu as eu des nouvelles de Liam dernièrement ?

Céleste secoua la tête.

— Je n'en attends pas, à vrai dire.

— Je n'arrive pas à croire que cela fait déjà un an que vous êtes séparés, dit Gertie.

— Je sais. Je n'arrive toujours pas à croire à tout ce qui m'est arrivé.

— Est-ce qu'il sait que tu es ici ?

— Il doit s'en douter. Il savait que je n'avais pas loué pour longtemps la maison sur la côte, et je l'avais prévenu que maman était décédée.

— J'ai trouvé que c'était honteux qu'il ne soit pas venu à l'enterrement.

— Je lui avais demandé de ne pas venir. Il ne s'était jamais bien entendu avec maman, et quant à elle, sa vue lui était insupportable.

Gertie regarda sa sœur pendant un moment avant de lui avouer :

— Je suis vraiment désolée que les choses se soient passées ainsi.

— C'était entièrement de ma faute.

— Ne dis pas ça.

— Mais c'est vrai. Si je n'avais pas été si pressée de quitter la maison et de vivre ma vie, et si j'avais pris le temps de mieux connaître Liam, je n'aurais jamais fait l'erreur de l'épouser.

— Est-ce que c'était vraiment terrible à la fin ? demanda Gertie, plissant les yeux pour exprimer sa sympathie.

— C'était terrible dès le début, répondit Céleste avec le plus minuscule des sourires. Non, ce n'est pas vrai, en fait. On a eu des bons moments. Il savait… il savait me faire penser à autre chose, tu comprends ?

Gertie sourit.

— Raconte-moi.

— Eh bien, dit Céleste en pensant aux premiers jours de son bref mariage, il avait toujours des idées farfelues : il m'emmenait faire du karting, de la planche à voile ou du cerf-volant sur la plage. On était toujours occupés à quelque chose – quelque chose que je n'avais jamais fait avant.

— Ça a l'air sympa.

— Ça l'était. Mais on ne peut pas toujours s'amuser, et une fois que le temps des activités s'est terminé et que celui de la vraie vie a commencé, on s'est rendu compte qu'on n'avait rien en commun.

Céleste se souvint d'une fois en particulier.

— On était rentrés du travail, on préparait le dîner dans la cuisine et il y a eu cet affreux silence. Ce n'était pas le genre de silence confortable que connaissent les couples, mais un silence embarrassant comme si nous étions des étrangers l'un pour l'autre. Il n'y avait absolument rien dont nous aurions pu parler. Céleste haussa les épaules.

— En tout cas, je suis désolée de ne pas être venue à ton mariage, dit Gertie.

— Et moi, de ne pas avoir pu t'inviter. Tout s'est passé si vite.

— Pourquoi étiez-vous si pressés ?

Céleste réfléchit un moment.

— Je crois que j'avais peur que maman essaye d'empêcher le mariage.

— Vraiment ?

Céleste hocha la tête.

— Elle me disait toujours que je devais rester et que m'occuper de cet endroit faisait partie de mes responsabilités.

— Elle n'aurait pas dû te mettre la pression comme ça, dit Gertie.

— Je pense que c'est ce qui m'a fait commettre mon erreur avec Liam. Il me donnait la possibilité de partir d'ici, et c'est ce qui comptait à l'époque.

Gertie indiqua qu'elle comprenait.

— J'aurais voulu que tu nous confies à quel point tu étais malheureuse. Nous n'en savions rien. Absolument rien. Tu aurais dû nous le dire – on t'aurait aidée.

— Il n'y avait rien à faire.

— Tu aurais pu nous *parler*, dit Gertie.

— Je ne voulais pas créer des problèmes entre vous et maman – tes relations avec elle étaient bonnes et Évie l'a toujours beaucoup admirée.

Je ne pouvais pas gâcher tout ça avec mes problèmes. Je n'en avais pas le droit, c'est tout.

Gertie prit les mains de Céleste entre les siennes et sentit leur chaleur réconfortante.

— On peut dire que tu as échangé une situation désespérée contre une autre.

— Oui, tu as tout à fait raison, dit Céleste.

Les deux sœurs s'observèrent avec attention.

— Je suis quand même contente que tu sois de nouveau à la maison. Je sais que ça paraît égoïste et je sais que tu penses qu'on voulait que tu reviennes pour t'occuper des papiers, mais tu nous as vraiment manqué. Ce n'était pas pareil sans toi dans cette vieille maison.

— Tu n'as pas besoin de me flatter, dit Céleste avec un sourire moqueur.

— Ce n'est pas ce que je fais. Je te dis la vérité. Tu as laissé un vide en partant. Même maman l'avait remarqué.

— Oui, c'est ça !

— Mais si ! Elle ne l'aurait admis pour rien au monde, mais cela se voyait. Elle avait l'air…

Gertie s'interrompit.

— Quoi ? demanda Céleste.

— Eh bien, perdue, finit-elle par dire.

Céleste éclata de rire.

— Tu te moques de moi ! Gertie, tu racontes n'importe quoi. Maman me détestait.

— Ne dis pas ça, dit sa sœur, le visage inquiet.

— Mais c'est vrai. Elle ne supportait pas d'être dans la même pièce que moi, ce qui ne l'empêchait pas de se plaindre si je n'étais pas là pour l'aider. Elle n'était jamais contente de ce que je faisais. Je ne la rendais pas heureuse.

Gertie serra plus fort les mains de sa sœur. Céleste savait qu'elle continuait d'être tiraillée entre l'envie de la croire et l'envie de garder un bon souvenir de Pénélope.

— Mais nous, tu nous as rendues heureuses, dit-elle. Et tu nous as manqué.

— Vraiment ? Est-ce que c'est bien vrai ?

— Mais bien sûr ! Tu as manqué à tout le monde.

— Vous m'avez manqué aussi. Mon Dieu, je n'arrive pas à croire que j'ai trente ans et que je suis divorcée.

Gertie ne put s'empêcher de rire.

— Au moins, tu auras essayé. Tu n'es pas une vieille fille comme moi.

— Tu n'es pas vieille ! lui dit Céleste.

— J'ai vingt-six ans et je suis toujours célibataire, dit Gertie avec un soupir mélodramatique.

— Que s'est-il passé avec Tim ? demanda Céleste en se souvenant du commercial résolu qui avait débarqué un jour pour leur vendre du double vitrage.

— Oh, c'est terminé depuis des lustres.

— Et il n'y a personne d'autre en vue ?

Gertie regarda sa sœur, se demandant si elle pouvait lui dire la vérité, si elle comprendrait.

— Il y a quelqu'un d'autre, n'est-ce pas ? dit Céleste en se penchant en avant comme pour mieux entendre la confession de sa sœur.

— Eh bien…

À ce moment-là, Évie entra dans la cuisine, ses cheveux blond platine négligemment noués en chignon.

— Bonjour ! dit-elle d'une voix claire. Bien dormi ?

— Non, répondirent en chœur Céleste et Gertie.

— Oh là là ! J'ai dû compter les moutons après ce qui s'est passé hier soir, tellement j'étais énervée.

— Je n'ai pas dormi du tout, dit Céleste en bâillant.

— Et moi, je me suis endormie au moment où mon réveil a sonné, dit Gertie.

— Est-ce qu'on rappelle cet homme ? demanda Évie en prenant une tasse couverte de roses jaunes dans le placard.

— Quel homme ? répondit Céleste.

— Celui que nous appelons toujours quand quelque chose se casse ou ne marche plus et qui arrive dans une drôle de petite camionnette, et qui nous envoie ensuite un devis exorbitant auquel nous ne répondons jamais.

— Je pense qu'on devrait le faire, dit Gertie, et je pense qu'on devrait essayer de le payer pour faire les travaux cette fois-ci – tu ne crois pas, Celly ?

Céleste acquiesça.

— Absolument. Il faut remettre le manoir en bon état si on veut le mettre sur le marché.

— Quoi ? demanda Évie d'une voix coupante. Tu peux répéter parce que je ne suis pas sûre d'avoir bien entendu.

— De quoi tu parles, Celly ? dit Gertie.

— Oh, allez ! s'exclama Céleste. Ne me dites pas que vous n'avez jamais pensé à vendre, parce que vous y avez forcément pensé. C'est la meilleure des solutions.

Une drôle d'expression passa dans le regard de Gertie que Céleste n'arriva pas à interpréter.

— Eh bien, j'y ai pensé, mais pas sérieusement.

— Quoi ? s'écria à nouveau Évie. Je n'arrive pas à croire que vous dites des choses pareilles. Tu ne peux pas être sérieuse, Céleste.

— Je suis extrêmement sérieuse. En fait, je n'ai même jamais été aussi sérieuse de ma vie.

Évie s'affala sur un banc.

— Mais c'est dingue.

— Pourquoi c'est dingue ? demanda Céleste. Réfléchis une minute. Pense à ce que coûte cet endroit et combien il va coûter à l'avenir. Il n'y a que nous trois et je n'ai pas l'intention de rester ici. Cela semble un tel gâchis de le maintenir en état alors que nous ne l'utilisons pas. Si nous vendons le manoir, nous aurons l'argent nécessaire pour acheter un autre endroit et une maison pour chacune d'entre nous en plus. Penses-y Évie. Cette vente serait une libération et nous permettrait de faire ce que nous désirons !

— Mais la seule chose que j'ai envie de faire, c'est vivre et travailler ici, protesta Évie.

— Vraiment ? demanda Céleste.

— Oui, vraiment ! Pourquoi tu trouves ça si difficile à croire ?

— Attends ! dit Gertie en levant les mains. Je pense qu'on devrait écouter ce que Céleste veut nous dire.

— Je n'arrive pas à croire que tu te ranges de son côté.

— Je ne me range du côté de personne, dit Gertie. Mais il y a des questions auxquelles nous devons répondre.

— Comme quoi ? demanda Évie.

— Eh bien, par exemple, ce que nous voulons faire de nos vies. Voilà une question qui ne s'était jamais posée avant. On était toutes liées à cet endroit parce que c'était notre maison de famille et aussi le siège de l'entreprise familiale. Mais c'est en train de changer, non ?

— Ah bon ? dit Évie.

— Si c'est ce que nous voulons, dit Céleste.

— Je n'arrive pas à croire à ce que vous dites. Est-ce que cet endroit ne signifie rien pour vous ?

— Bien sûr qu'il signifie quelque chose, dit Céleste, mais je ne vois vraiment pas comment nous pourrions continuer à vivre ici. C'est si peu pratique.

— Et pourquoi on ne demanderait pas de l'aide à papa ? Il a bien un peu d'argent à la banque, non ? demanda Évie.

— Oui, mais tu crois sincèrement que Simone lui permettrait de nous en donner ? dit Céleste. Elle nous déteste.

— On pourrait essayer du côté d'oncle Portland ou de tante Leda, suggéra Gertie. Ils ont toujours adoré le manoir.

— Oui, mais ils ont encore moins d'argent que nous et ils ont toujours trouvé que maman était folle d'essayer de garder cet endroit. Ils ne seraient pas en mesure de nous aider.

Évie secoua la tête, ses grands yeux devenus sombres et inquiets.

— Est-ce qu'on ne peut pas au moins attendre de voir ce qui va se passer avec les tableaux ? Qui sait, ils valent peut-être des millions, ce qui résoudrait tous nos problèmes.

— J'en doute, dit Céleste.

— Mais nous pouvons quand même attendre de voir ce que l'expert dit avant de prendre une décision, non ?

Céleste regarda Gertie, assise en face d'elle, qui approuva en silence, puis elle se leva en poussant un soupir de fatigue.

— Où vas-tu ? demanda Évie d'une voix légèrement paniquée.

— Je vais appeler quelqu'un pour les tableaux.

Céleste aurait dû se rendre directement à l'atelier pour passer son coup de fil à Julian Faraday, mais elle ne le fit pas. Elle préféra traverser le hall et entrer dans le salon où se trouvait le tableau. Le salon était l'une des plus belles pièces de la maison avec ses deux grands canapés rouges recouverts d'une multitude de coussins brodés. C'était également l'une des rares pièces à être bien chauffées pendant l'hiver parce que son père, juste avant le divorce, avait insisté pour que l'on y installe un poêle à bois.

« Je ne vais pas passer un autre hiver glacial dans cette fichue maison », avait-il dit à leur mère. Le poêle avait l'air minuscule dans la cheminée gigantesque, mais il dégageait une chaleur tout à fait remarquable et ils avaient passé là un grand nombre de belles soirées, les trois filles confortablement installées sur le canapé en train de boire un chocolat chaud et de regarder des films. Leur mère ne les avait que rarement rejointes. Quand elle n'était pas à une soirée ou un dîner, comme la plupart des week-ends, on la trouvait dans son atelier – elle y passait quasiment tout son temps – où il n'y avait qu'un petit radiateur électrique qui luttait pour garder la température au-dessus de zéro. Elle restait là, enveloppée dans son manteau d'hiver et une écharpe, jusqu'au petit matin, parce qu'il y avait toujours tellement de travail à faire et qu'elle refusait d'employer quelqu'un. Il fallait qu'elle contrôle tout du début à la fin.

« Ceci est une entreprise familiale et je ne verserai pas le moindre sou pour qu'on se mêle de nos affaires », disait-elle à celui qui osait aborder le sujet.

Mais Céleste n'était pas là pour se remémorer le passé – elle était ici pour regarder le tableau. Le Fantin-Latour était accroché au-dessus d'une table en acajou couverte de petits cadres en argent. Ce n'était pas un grand tableau et cependant, il attirait l'attention de tous ceux qui entraient dans la pièce. Céleste l'étudia, en prenant conscience que cela faisait des années qu'elle ne l'avait pas *vraiment* regardé. En fait, elle n'arrivait même pas à se rappeler quand elle l'avait fait pour la dernière fois. Elle avait le sentiment qu'il faisait tellement partie de la maison que plus personne ne le remarquait, ce qui était une honte, car il était très beau. Mais peut-être que c'était là que résidait la vraie valeur d'un objet – il n'y avait nul besoin de chanter ses louanges au quotidien, mais une fois perdu, son absence pouvait attrister le cœur le plus aride.

Céleste resta devant le tableau et l'examina avec émotion. C'était une nature morte mettant en scène un simple vase en terre cuite rempli de roses ; l'arrière-plan était sombre et discret comme si rien ne devait distraire le spectateur de la beauté des fleurs.

Céleste adorait la façon dont les roses se serraient les unes contre les autres et formaient un bouquet abondant et voluptueux qui ne laissait que peu de place aux feuillages, et aucune à d'autres variétés de fleurs. La plupart des roses étaient rose pâle, mais d'autres étaient blanches ou encore couleur abricot. Une seule était rouge. Elle vibrait, unique, au cœur de cette palette de nuances pâles. Chacune des roses était parfaite dans son épanouissement et Céleste pouvait imaginer leur parfum capiteux au moment où le tableau avait été réalisé. Elle aurait voulu connaître leurs noms exacts, mais leurs fleurs doubles lui laissaient supposer que c'étaient des Centifolia ou des roses Bourbon. Peut-être que ces roses avaient aujourd'hui disparu et n'existaient plus. Peut-être n'existaient-elles que dans ce tableau.

Son grand-père s'était souvent posé la même question.

— Tu vois celles-ci ? disait-il en montrant les roses d'un blanc crémeux au premier plan.

— Oui ? répondait Céleste.

— Rose de Damas – *Madame Hardy*. Je pourrais le parier.

— En es-tu sûr, Grand-père ? demandait alors Céleste qui avait très envie de connaître les vrais noms.

— Non, avouait-il. C'est fichtrement frustrant. Qu'est-ce que j'aimerais savoir, pourtant.

Ainsi, pendant des années, la famille Hamilton ne fit rien d'autre que d'essayer de deviner le nom des roses du tableau.

— Je crois que celle-ci est une *Souvenir de Malmaison*, disait quelqu'un, juste avant d'être contredit par un autre.

— Tu as besoin de voir un ophtalmo. Elles ne sont pas du tout de cette couleur !

— Et si la rose rouge était une *Charles de Mills* ? demandait l'un.

— Elles ne s'ouvrent pas de cette façon, remarquait un autre. C'est une fleur aplatie. Je pensais que tu le savais.

Céleste sourit en se souvenant de ces querelles amicales, mais se rendit compte que ces conversations cesseraient à jamais si ses sœurs et elle vendaient le tableau, et elle sentit alors une grande tristesse l'envahir. Mais avaient-elles le choix ? Si un seul tableau pouvait leur éviter de voir la maison s'effondrer, alors elles ne pouvaient pas se permettre de le garder. C'était du bon sens. Cependant, en observant les roses du tableau, elle ne put s'empêcher de se dire qu'elle préférerait vivre dans un petit deux-pièces avec le tableau que sans lui dans cet immense manoir traversé de courants d'air.

Quittant le salon, Céleste se rendit à l'atelier et retrouva la carte qu'elle avait laissée sur le bureau. Un simple coup de téléphone, voilà tout. Il lui suffisait de soulever le combiné et de composer le numéro écrit sur la carte. Ce n'était pas plus difficile que ça.

Elle inspira une grande bouffée d'air en essayant de ne plus penser à la beauté du tableau, mais à l'aspect pratique de l'argent liquide. Elles n'avaient pas besoin d'un tableau au manoir, mais d'un nouveau toit. Elles avaient besoin de refaire l'électricité et de résoudre le problème d'humidité. Donc, le tableau devait être vendu. Elle prit le combiné et composa le numéro.

— Faraday, fit une voix flûtée un instant plus tard. En quoi puis-je vous être utile ?

— Je voudrais parler à Julian Faraday, dit Céleste.

— Je vais voir s'il est disponible, fit la voix.

Céleste fut mise en attente avec un concerto de Beethoven à plein volume. Elle patienta en marquant le rythme de la musique et en se demandant si elle ne ferait pas mieux de raccrocher. Il était évident qu'ils n'étaient pas intéressés par le tableau. Le fait d'être mise en attente était sûrement un signe. Elle devrait profiter de l'occasion pour raccrocher pendant qu'il était encore temps.

— Allô ? Ici Julian Faraday.

Céleste sursauta.

— Monsieur Faraday ?

— Oui. Que puis-je faire pour vous ?

C'était une voix agréable, chaleureuse et empreinte de patience, se dit Céleste en s'éclaircissant la gorge.

— J'ai un tableau, commença-t-elle à dire, un Fantin-Latour.

— Très bien, dit-il après un court silence. Et vous souhaitez le faire estimer ?

— Oui. S'il vous plaît, répondit Céleste. Et nous avons aussi d'autres tableaux. Enfin, peut-être. Je ne suis pas sûre.

— Est-ce que vous êtes en mesure de m'apporter les tableaux ?

— Vous voulez dire à Londres ? demanda Céleste horrifiée. C'est-à-dire…

— Vous ne pouvez pas venir à Londres ?

— Eh bien, je préférerais éviter, si c'est possible, répondit-elle.

— Où habitez-vous ? questionna la voix avec patience.

— Dans le Suffolk. Dans la vallée de la Stour. Vous connaissez ?

— Si je connais ? Je m'y rends justement ce week-end, dit M. Faraday.

— Vraiment ? s'étonna Céleste.

Mais peut-être était-il juste curieux de voir les tableaux et ne voulait pas se laisser décourager par une petite balade à la campagne.

— Puisque je serai dans le coin, je pourrais passer chez vous. Quand est-ce que cela vous conviendrait ?

Céleste prit peur. Tout semblait trop réel soudainement. Quelqu'un allait passer. Quelqu'un qui pourrait emporter leurs tableaux à jamais.

— Allô ? poursuivit-il. Vous êtes toujours là ?

— Oui, dit Céleste en se ressaisissant. Samedi matin, ce serait bien, dit-elle en se persuadant que le plus tôt serait le mieux.

— Très bien, fit M. Faraday. Est-ce qu'à dix heures ça vous conviendrait ?

— Oui, dit-elle.

— Et votre adresse ?

— Nous habitons au manoir de Little Eleigh. C'est juste au sud de…

— Sudbury. Oui, je connais. Une très belle maison.

— Qui a besoin de nombreuses réparations.

— Je vois, dit-il. Eh bien, peut-être que la maison Faraday pourra vous aider.

— Oui, dit Céleste.

— À samedi, donc.

— À dix heures.

En replaçant le combiné, elle se rendit compte qu'elle avait les larmes aux yeux.

6.

Évie Hamilton regarda dans le miroir brisé de la resserre où elle rempotait des plants et grimaça. Elle n'était pas sûre de s'aimer en blonde. Peut-être qu'elle redeviendrait rousse à la fin du mois.

Au moins pouvait-elle contrôler la couleur de ses cheveux, contrairement aux tout derniers événements, se dit-elle. Elle interrompit son travail et son regard se brouilla en songeant aux derniers mois et à tout ce qui avait changé depuis que les médecins avaient diagnostiqué un cancer chez sa mère. Tout s'était passé si vite. Très peu de temps s'était écoulé entre ses premiers malaises et ses adieux.

Évie ravala les larmes qui lui montaient fréquemment aux yeux. L'émotion la prenait encore souvent par surprise. Sa mère, une femme magnifique, qui la gâtait et n'arrêtait pas de lui répéter à quel point elle était merveilleuse, lui manquait énormément. Personne ne l'aimerait autant que sa mère l'avait aimée. Pénélope Hamilton avait toujours été là pour sa fille, que ce soit pour lui apprendre à se maquiller ou à marcher avec des talons hauts. Un peu étouffante parfois, mais ne dit-on pas que c'est une grande marque d'affection ?

« Tu me rappelles tellement moi à ton âge », disait-elle constamment à Évie. « Sauf que tu n'es pas *tout à fait* aussi jolie, bien sûr. »

Évie n'avait jamais trouvé que c'était étrange qu'elle puisse dire de telles choses parce qu'elle savait que c'était vrai. De par les innombrables photographies qu'elle lui avait montrées au fil des ans, Évie savait que Pénélope avait été extraordinairement belle et qu'elle avait souffert de perdre un peu de cette beauté quand elle était tombée malade. Cela l'avait rendu cruelle, lui faisait dire des choses qu'elle ne pensait pas et elle se comportait de façon invraisemblable. Évie ne l'avait jamais vue dans cet état, mais c'était la maladie qui en était sans doute la cause. Elle savait que Céleste ne serait pas d'accord, mais elle n'avait pas été présente à la fin, donc elle ne pouvait pas vraiment savoir.

Évie fronça les sourcils. Et maintenant, Céleste était de retour et pensait qu'elle pouvait forcer ses sœurs à prendre des décisions auxquelles elles se refusaient ? De quel droit ? Ce n'était pas parce qu'elle était l'aînée de la famille qu'elle en devenait le chef. Oui, elles avaient besoin de son aide, mais elle était déterminée à ne pas se laisser faire. Elle voulait pouvoir décider de son destin. Il était hors de question pour elle de vendre le manoir. Le manoir était leur maison. Il était tout leur univers. Leurs grands-parents étaient tombés amoureux de cet endroit. Elle savait que le manoir avait laissé de mauvais souvenirs à Céleste, il fallait donc qu'elle fasse en sorte que sa sœur en retombe amoureuse.

Évie essuya ses mains sur son jean et attrapa les clés de la camionnette. Elle aurait voulu passer plus de temps avec ses plantes bien-aimées, mais elle avait un rendez-vous avec Gloria Temple et elle ne pouvait pas se permettre d'être en retard. Si elle réussissait à convaincre cette cliente, cela ferait beaucoup de bien au porte-monnaie de la famille Hamilton et prouverait que vendre le manoir n'était pas la seule option.

Évie suivit le chemin qui longeait le muret du jardin et arriva devant la maison. La camionnette blanche avait besoin d'être nettoyée, mais elle manquait de temps. C'était un véhicule en très mauvais état et Gertrude disait toujours qu'il ne faudrait pas tarder à le remplacer, mais la camionnette ne faisait pas partie des priorités. La peinture des lettres pour « Roses Hamilton » s'écaillait, et à vrai dire, on ne lisait plus que « ose Hamil ». Les portières arrière ne fermaient plus correctement depuis des années et la rouille avait envahi toute la carrosserie. Ce n'était certes pas une bonne publicité pour leur entreprise, mais la réputation de leurs roses semblait triompher de ces petites imperfections. Heureusement, d'ailleurs.

En s'asseyant à la place du conducteur, Évie vérifia que *l'Album des roses* se trouvait bien sur le siège passager, et en le voyant elle sourit. C'était le plus précieux des livres, capturant le meilleur de ce que leur entreprise avait à offrir. Parfois, Évie s'installait confortablement sur un des canapés du salon et feuilletait l'album tant aimé. Chaque photo lui rappelait une occasion spéciale où les roses Hamilton avaient joué un rôle important. Baptêmes, mariages, anniversaires, départs à la retraite – des festivités et des réceptions rendues plus belles grâce à la présence de leurs roses.

Et il n'y a pas de plus belle rose que la rose Hamilton, se dit-elle en démarrant et en prenant la direction de Lavenham.

C'était toujours étrange de quitter le manoir. Évie était tellement habituée à y passer ses journées que des semaines entières pouvaient s'écouler sans qu'elle ne quitte la maison. Mais c'était toujours merveilleux de traverser les douves pour s'aventurer dans la vallée de la Stour et au-delà, et elle se réjouissait particulièrement de la petite sortie d'aujourd'hui.

Gloria Temple était une sorte de célébrité locale. À bientôt soixante ans, elle allait se marier pour la quatrième fois. Jeune, elle avait été comédienne sur les planches londoniennes, fascinant le public par sa beauté et son talent. Mais elle avait connu son plus grand succès dans les années 1980 quand elle avait interprété pour la télévision la mère excentrique d'une famille en difficulté vivant dans une caravane. Évie était beaucoup trop jeune pour connaître la série *Caravandales*, mais elle en avait vu des extraits et la célébrité de sa cliente l'impressionnait un peu.

Sa maison aussi d'ailleurs. Bien qu'elle ne soit pas aussi grande que le manoir de sa famille, Blacketts Hall était une spectaculaire demeure médiévale à colombages noir et blanc qui attirait de nombreux touristes.

Posée au milieu d'une grande propriété en bordure de la jolie ville de Lavenham, elle offrait une vue panoramique tout en étant parfaitement abritée des regards derrière un mur énorme et un portail qui ne s'ouvrait que pour les visiteurs qui étaient attendus.

Évie s'arrêta juste devant les grilles, baissa sa vitre et appuya sur l'interphone.

— Évelyne Hamilton pour Mme Temple, annonça-t-elle.

Les grilles s'écartèrent alors pour la laisser passer.

Elle suivit l'allée qui était bordée d'une haute haie d'ifs, parfaitement taillée, et déboucha sur un parterre de graviers devant la maison.

Évie éteignit le moteur, prit *l'Album des roses* et sortit de la camionnette. Elle tressaillit quand elle se rendit compte qu'elle ne s'était pas changée et qu'elle était toujours en jean. Elle enleva rapidement quelques traces de terre. Heureusement qu'elle portait un joli chemisier rose – celui qui lui rappelait toujours sa rose préférée, *Madame Pierre Oger*, une rose Bourbon.

Elle était en train de se diriger vers la porte d'entrée quand celle-ci s'ouvrit et que deux petits bichons frisés blancs s'échappèrent vers le jardin. Ils étaient à la hauteur des jambes d'Évie quand leur propriétaire essaya de les arrêter.

— Olivia ! Viola ! cria Gloria. Laissez notre visiteur tranquille !

— Bonjour, madame Temple, dit Évie avec un grand sourire, en espérant que les petits chiens n'avaient pas attiré l'attention de leur maîtresse sur sa tenue négligée.

— Évelyne ? s'écria Mme Temple. Est-ce que c'est vous ?

— Oui, madame Temple.

— Je ne vous avais pas reconnue. Vous avez l'air différente.

— C'est à cause de mes cheveux.

— Oui, dit-elle, cela ne vous va pas du tout.

On pouvait compter sur Gloria Temple pour vous dire la vérité en face.

— Venez, allons nous installer au salon.

Légèrement embarrassée, Évie toucha ses cheveux en suivant sa cliente à l'intérieur. Elle ne put s'empêcher de remarquer que la coiffure de Gloria formait une sorte de halo doré autour de son visage, qui aurait convenu à quelqu'un de la moitié de son âge. C'était une grande femme imposante dont la carrure avait probablement inspiré la mode des épaulettes dans les années 1980. Elle portait une robe d'un rouge grenat éblouissant et des escarpins rouges à talons hauts qui l'obligeaient sans cesse à se baisser pour éviter les poutres de sa maison.

— Je suis désolée de ne pas avoir réussi à me décider la dernière fois, dit-elle en invitant Évie à entrer dans le salon.

Blanketts Hall était peut-être une demeure médiévale, mais le mobilier était moderne. Là où on s'attendait à trouver des antiquités et des meubles de bois sombre, on trouvait des tables et des chaises en verre et en acier chromé, une table en bois clair, des canapés en cuir et des tableaux modernes aux couleurs criardes suspendus sous les poutres. Évie devait admettre que cela fonctionnait, d'une certaine façon, et en même temps, elle ne comprenait pas vraiment pourquoi quelqu'un qui aimait l'art contemporain achetait une maison du XIVe siècle.

S'asseyant sur un des canapés en cuir, Évie attendit que son hôtesse prenne la parole. Arriva une jeune fille qui portait un plateau blanc avec une théière et deux tasses blanches, un pot à lait et un pot à sucre également blancs.

— Il fut un temps où j'adorais le blanc, dit Gloria avec un geste en direction du plateau pour commencer à servir le thé. C'était aussi la seule couleur que j'admettais pour mes fleurs. Mais aujourd'hui, je pense que des roses blanches ce serait un peu virginal pour quelqu'un de mon âge, ne pensez-vous pas ?

Évie réfléchit. C'était exactement le genre de question à laquelle il ne fallait pas répondre directement.

— Vous pouvez choisir la couleur que vous voulez, dit-elle avec diplomatie.

— Et je le ferai. Il faut juste que j'arrive à me décider. Vous voyez, pour mon dernier mariage j'étais tout simplement folle des lys. On avait pris une chambre d'hôtel et je l'avais remplie de ces fleurs. Eh bien, imaginez-vous que tout le centre de Londres a manqué être asphyxié tant leur parfum était puissant, c'était incroyable ! Je ne veux pas faire la même erreur. Mais des roses… Elle prit une expression songeuse. Les roses sont l'essence même de l'amour.

— C'est ce que nous pensons, dit Évie. Il est impossible de faire un meilleur choix.

— Mais nous n'avons fait que la moitié du chemin. J'ai peut-être choisi ma fleur, mais je n'ai pas encore choisi ma couleur. Rouge, ce serait… ce serait trop rouge, vous comprenez ? Et rose, ça fait très fille.

— Et très romantique, osa ajouter Évie.

— Mais je n'ai jamais trop aimé la couleur pêche. Trop indéfinie.

— Nous avons aussi des roses orange ou jaunes, dit Évie en tournant les pages de l'*Album des roses* pour montrer à Gloria quelques-uns de leurs plus grands succès.

Elle vit avec espoir la main de Gloria hésiter sur une page représentant une superbe cascade de roses jaunes et couleur crème.

— Oui, dit-elle lentement en regardant attentivement l'image, ses yeux se rétrécissant.

— On pense rarement aux roses jaunes, dit Évie, et pourtant elles sont charmantes et sophistiquées.

Gloria acquiesça.

— C'est vrai, elles me plaisent beaucoup ces roses jaunes.

— C'est une couleur qui exprime si bien le bonheur, vous ne trouvez pas ? Et je sais que vous allez adorer les roses de notre collection, poursuivit Évie. Nous avons une rose d'un magnifique jaune profond qui s'appelle *Gainsborough*. Son parfum est extraordinaire – comme celui d'une rose de Damas. Et puis, il y a la *Suffolk Dawn* – une de nos meilleures ventes, et très demandée pour les mariages. Son parfum n'est pas aussi développé que celui de la *Gainsborough*, mais sa couleur est d'un jaune crémeux exquis – comme la primevère – et la fleur est parfaite en bouton ou éclose.

— Mais c'est absolument divin !

— J'ai apporté notre tout dernier catalogue, dit Évie. Elle plongea la main dans son grand sac, en sortit le catalogue et le feuilleta pour lui montrer toutes les roses jaunes de leur collection. Mais rien ne vaut de les rencontrer en personne, dit-elle en se référant aux roses comme si c'étaient des amis à qui l'on devait être présenté.

— Oui ! Avec très grand plaisir. Si nous prenions rendez-vous ?

Évie hocha la tête avec enthousiasme et sortit son agenda.

Dix minutes plus tard, elle revenait à Little Eleigh en empruntant les petites routes. Elle baissa sa vitre et respira l'air doux de l'été. Elle était impatiente de raconter son succès à Céleste et Gertie. Elle ne leur avait pas parlé de son premier rendez-vous avec l'actrice, préférant le garder secret jusqu'à être sûre de l'avoir pour cliente. Elle se demandait ce que Céleste dirait quand elle saurait que Gloria Temple engageait Roses Hamilton pour s'occuper des fleurs de son mariage, et si cela pouvait l'influencer au sujet de la vente du manoir.

Mais il y avait encore autre chose qui préoccupait Évie, alors qu'elle traversait le petit ruisseau à gué avant de remonter la colline de l'autre côté, et se demandait si elle devait confesser son petit secret à Céleste.

Elle secoua la tête. « Non, non », dit-elle à voix haute dans la voiture vide. Ce n'était pas le bon moment. De toute façon, elle n'était pas certaine d'être prête à raconter sa petite histoire. Pas maintenant.

7.

Gertrude avait fait des spaghettis bolognaise pour le dîner et il y avait un gros pain blanc croustillant sur la table.

— Comment tu t'en es sortie avec les papiers, aujourd'hui ? osa demander Gertie en passant le sel. Elles dînaient dans la salle à manger pour la deuxième fois et déjà, cela ne semblait plus aussi étrange.

— Eh bien, j'ai commencé, mais il va me falloir plus qu'un jour pour les classer tous.

— Bien sûr, dit Gertie. Et tu as eu le temps de repenser au tableau ?

Le silence tomba autour de la table, Gertie et Évie regardèrent Céleste en attendant une réponse. Elle poussait ses spaghettis sur son assiette en faisant des drôles de petits ronds et finalement releva la tête pour faire signe que oui.

— Il vient demain.

— Qui vient demain ? demanda Évie.

— M. Faraday de la maison des ventes aux enchères.

— Vraiment ? dit Gertie, les yeux écarquillés de surprise.

— Il sera ici à dix heures.

Gertie manqua avaler de travers.

— Qu'est-ce qu'il y a ? demanda Céleste. Vous étiez d'accord pour vendre le tableau.

— Je sais. Je ne m'attendais pas à ce que ça aille aussi vite, c'est tout.

— Oui, mais on ne peut pas se permettre de laisser la maison dans l'état où elle est. Je suggère que tu prennes rendez-vous avec l'entreprise habituelle pour qu'elle nous fasse un devis pour les futurs travaux.

— Ludkin et fils, dit Gertie. Je vais les appeler.

— Ils s'évanouiront sans doute quand ils apprendront que nous voulons vraiment commencer les travaux, dit Évie. Mais je dois vous dire qu'il va y avoir de l'argent qui va rentrer. Roses Hamilton va s'occuper de l'arrangement floral du prochain mariage de Gloria Temple ! annonça-t-elle avec un large sourire.

— Oh, Évie ! Bravo ! dit Gertie.

— Je croyais qu'elle était morte, s'étonna Céleste.

— Pas du tout. Elle est vivante et elle a très hâte d'épouser son quatrième mari, entourée d'une profusion de roses jaunes, dit Évie. Tu vois, Celly, je peux subvenir à nos besoins et à l'entretien de la maison.

Céleste regarda sa sœur.

— Ce sont de très bonnes nouvelles, Évie, mais je ne crois pas que l'argent qui va rentrer durera très longtemps. Et si notre tableau vaut quelque chose, et même si on le vend pour un très bon prix, nous n'aurons pas l'argent tout de suite et il ne durera certainement pas non plus – pas avec le nombre de travaux qui sont à faire dans cette maison. Il nous faut trouver une autre idée, une façon différente de faire rentrer de l'argent.

— D'accord, dit Gertie, mais quoi ?

— J'ai pensé au pavillon, dit Céleste.

— Tu ne penses pas vendre le pavillon, dis ? demanda Évie atterrée.

— Pas à le vendre. Pas du tout. Je ne sais pas dans quel état il est, mais pourquoi ne pas le rénover et le louer ?

Gertie fronça les sourcils.

— Eh bien, on pourrait s'il n'était pas déjà occupé.

— Occupé ? Occupé par qui ? s'étonna Céleste en fronçant les sourcils.

— Par Esther Martin, dit Gertie en prononçant le nom lentement comme si Céleste aurait dû le savoir. Allons, Céleste ! Tu as été absente pendant seulement trois ans. Toi, tu as peut-être changé, mais ici, rien n'a changé du tout.

— Elle habite *toujours* là ? s'écria Céleste.

— Mais bien sûr, dit Gertie. Où veux-tu qu'elle aille ?

Céleste leva les yeux au ciel. Le pavillon était parfait pour assurer un revenu régulier. La maison comportait deux chambres et un jardin privé, et elles pourraient le louer à un bon prix.

— Et nous ne pouvons pas la jeter dehors, dit Gertie.

— On pourrait, si elle avait un autre endroit où aller, rajouta Céleste.

Évie continua de manger ses spaghettis, mais Gertie s'était interrompue. Elle regarda attentivement sa sœur.

— Cela semble totalement absurde d'avoir toutes ces chambres vides dans la maison et qu'Esther habite un endroit que nous pourrions louer, dit Céleste.

— Qu'est-ce que tu veux dire ? demanda Gertie.

— Que ce serait plus pratique si Esther venait habiter ici avec nous pour que nous puissions louer le pavillon.

— Oh, c'est une blague, c'est ça ?

— Non, ce n'est pas une blague. C'est du bon sens, c'est tout. Nous ne voulons pas louer notre maison à des inconnus, non ?

— Et Esther, c'est qui pour toi ? insista Gertie.

— Une amie de la famille, répondit Céleste.

— Amie ? s'exclama Évie avec un rire nerveux. Elle a peut-être été l'amie de nos grands-parents, mais n'oublie pas qu'elle s'est fâchée avec maman.

— Oui, dit Gertie. Tu dois te souvenir de cette histoire, Celly. La fille unique d'Esther était amoureuse de papa, et quand il s'est marié avec maman elle est devenue missionnaire en Amérique du Sud où elle est morte d'une fièvre.

Céleste hocha la tête, elle se souvenait du destin de la pauvre Sally Martin.

— Mais Esther ne peut pas nous en vouloir. Cette histoire s'est passée il y a des années et n'a rien à voir avec *nous*, dit Céleste. Et si elle nous haïssait tant, pourquoi a-t-elle continué à vivre dans le pavillon ?

— Elle n'a nulle part ailleurs où aller, dit Gertie. Elle a perdu tout l'argent qu'elle avait placé, et grand-papa Arthur a eu pitié d'elle et l'a invitée à rester dans l'appartement du pavillon aussi longtemps qu'elle le voulait.

— Et elle l'a pris au mot, dit Céleste.

— Je ne vois pas ce que nous pouvons faire, dit Gertie. Ce ne serait pas juste de lui demander de partir.

— Mais nous avons toutes ces chambres ici. La chambre d'amis est gigantesque et elle a une salle de bains privée. Elle y serait très bien, vous ne pensez pas ?

— Mais comment ça se passera pour les repas ? Elle utilisera notre cuisine ? demanda Évie, son jeune visage reflétant l'inquiétude.

— La cuisine est assez grande, Évie, dit Céleste, et je suis sûre que nous n'y serons pas toutes en même temps.

— Oh, ça ne me plaît pas du tout ! conclut Évie.

Gertie se tourna vers Céleste.

— Elle lui a fait très peur quand elle était petite. On jouait à côté de la loge et Esther a foncé sur nous avec un balai à la main pour nous chasser de là. Elle disait qu'on faisait trop de bruit. Évie a cru que c'était une vieille sorcière folle.

— Je n'ai *pas cru* que c'était une vieille sorcière, se défendit Évie en faisant la moue.

— Non, bien sûr. Je me demande bien alors pourquoi tu pleurais aussi fort et aussi longtemps !

— Écoutez, fit rapidement Céleste pour les interrompre, rien n'est encore décidé…

— *Vraiment* ? demanda Évie d'un air sceptique.

— Il faut que je parle à Esther pour voir ce qu'elle en pense, mais d'après moi ce serait une bonne décision. Le pavillon est un très bel endroit et je suis sûre qu'on pourrait demander un loyer assez élevé. Nous ne sommes pas les bonnes œuvres, nous ne sommes pas grand-papa Arthur et elle ne peut pas attendre de nous qu'on respecte sa promesse.

Gertie et Évie dévisagèrent Céleste.

— Ne me regardez pas comme ça. Je sais ce que vous pensez – que je suis sans-cœur, dit-elle. Mais ce n'est pas vrai. J'essaye juste d'arranger les choses.

— Mais il doit y avoir une autre solution, qui serait meilleure peut-être ? dit Évie.

— Si vous avez une idée, donnez-la-moi, répondit Céleste en repoussant sa chaise et en quittant la pièce, Frinton sur les talons.

****

Céleste se réveilla au milieu de la nuit, son cœur empli de nervosité à l'idée de ce qui allait se passer le lendemain. Elle alluma la lampe sur sa table de nuit ; immédiatement, Frinton se réveilla et leva la tête de son tapis. Elle resta parfaitement immobile et observa le plafond ondulant de sa vieille chambre, mais Frinton voulait savoir ce qui se passait. D'un bond, il sauta sur le lit et posa son nez froid sur son visage.

— Oh, Frinton ! se plaignit-elle.

Mais en fait, elle était contente de la présence de son petit compagnon. Avec un soupir, elle quitta son lit et enfila un pull-over.

Le manoir n'était pas le genre de maison où l'on aimait se promener la nuit quand on était facilement impressionnable. *Les meubles sombres semblaient surgir de l'ombre comme autant de créatures malveillantes*, mais Céleste ne s'en inquiétait guère.

Une petite lampe restait toujours allumée dans le couloir et elle avança doucement pour ne pas réveiller ses sœurs. Les ongles de Frinton cliquetaient sur le parquet quand ils descendirent l'escalier et arrivèrent dans le hall. Le tic-tac réconfortant de l'horloge la salua. Elle ouvrit la porte du salon et alluma la lampe qui se trouvait près du Fantin-Latour. Immédiatement, les couleurs prirent vie. Comme elle contemplait les tons chauds du tableau, elle eut à nouveau l'impression étrange de pouvoir sentir le parfum des fleurs.

Allait-elle réussir à se séparer du tableau ? Est-ce qu'il ne serait pas mieux de vivre dans une maison à demi effondrée ?

Elle se rappela à quel point ses grands-parents avaient adoré la vieille maison, choisissant des tableaux à accrocher aux murs, des meubles chez des antiquaires et auprès de particuliers pour s'aménager un bel endroit. Ils avaient transformé le vieux manoir en une maison de famille idéale, même s'ils n'avaient pas eu les fonds pour faire tous les petits travaux qui étaient nécessaires.

Pénélope, d'un autre côté, avait seulement vu le manoir comme l'endroit qui abritait son entreprise. Tout profit y était réinvesti ou servait à acheter des choses frivoles comme les vêtements. Elle n'avait jamais trouvé la maison suffisamment importante pour y placer de l'argent et c'étaient Céleste et ses sœurs qui en subissaient aujourd'hui les conséquences.

Soudain, Céleste sentit le museau froid de Frinton contre sa jambe nue et elle eut pitié du pauvre chien.

— Retournons au lit, lui dit-elle.

Il fonça dans le hall et remonta les escaliers quatre à quatre. Céleste jeta un dernier regard au Fantin-Latour et, se sentant comme une traîtresse, elle éteignit la lumière et replongea le tableau dans le noir.

8.

Évie était sur le point de faire trop cuire ses œufs brouillés quand Frinton se mit à aboyer en haut des escaliers.

— Est-ce qu'il est arrivé ? cria-t-elle en retirant la poêle fumante du feu et en se précipitant hors de la cuisine.

Céleste, qui avait travaillé dans l'atelier, arriva dans le hall. Gertrude les rejoignit et les trois sœurs allèrent à la fenêtre pour découvrir leur visiteur.

— Mais regardez-moi cette voiture ! dit Évie, sa voix emplie d'admiration.

— C'est une MG d'époque, lui expliqua Gertie.

La décapotable était vert bouteille et la capote, d'un ton plus clair, était ouverte. Ensemble, elles regardèrent le conducteur se garer et sortir de la voiture.

Il était grand et avait les cheveux roux foncé, ils étaient légèrement ébouriffés par son trajet en plein air sur les petites routes du Suffolk. L'homme portait un costume de couleur sombre avec une chemise blanche et les premiers boutons de son col étaient défaits. Il avait l'air d'avoir la trentaine.

— Est-ce qu'il n'est pas un peu trop jeune ? demanda Évie. Je m'attendais à ce qu'il soit plus âgé.

— Du moment qu'il sait ce qu'il fait, dit Céleste.

— J'aurais préféré qu'il ne soit jamais venu, dit Évie.

Céleste se tourna vers sa sœur.

— On a parlé de tout ça, Évie. C'est la seule solution.

— Ne recommencez pas vous deux.

— Je ne recommence pas, mais vous savez ce que je pense.

— Oui, nous le savons, dit Céleste.

Les trois sœurs regardèrent l'homme prendre un sac et un dossier dans la voiture et lever la tête vers la maison.

— Vous n'avez rien à faire ? demanda Céleste.

— Non, répondirent Évie et Gertie à l'unisson.

— Eh bien, vous me rendez nerveuse.

— Le tableau est autant à toi qu'à nous, dit Évie.

Gertie soupira et eut pitié de sa sœur.

— Ne t'inquiète pas. On va te laisser. Viens, Évie.

— Mais je pense qu'on devrait au moins le rencontrer.

— D'accord, on le salue rapidement et puis on laisse Céleste s'occuper du reste.

Le bruit du heurtoir résonna dans la maison et même si elles s'y attendaient, il les fit sursauter. Céleste inspira profondément et alla répondre.

— Mademoiselle Hamilton ? Céleste Hamilton ?

— Oui, dit Céleste.

— Mon nom est Julian Faraday. Nous nous sommes parlé au téléphone – à propos d'un tableau de Fantin-Latour.

Les yeux bruns de Céleste rencontrèrent des yeux très bleus.

— Oui, bien sûr, dit-elle enfin. Veuillez entrer.

Elle lui tourna le dos au moment où il lui tendit la main.

— Voici mes sœurs, Gertrude et Évelyne.

M. Faraday sourit et les salua poliment.

— Vous avez toutes des noms magnifiques. Céleste est un prénom particulièrement inhabituel.

— Notre mère nous a donné à toutes des noms de roses, dit Évie. Céleste, Gertrude et Évelyne. Céleste est l'aînée. Elle a été nommée d'après une rose Alba, mais Gertrude et moi portons le nom de roses qui ont été créées l'année de nos naissances. Ce sont nos grands-parents qui ont instauré cette coutume. Notre mère a été nommée d'après la rose *Pénélope* – une rose Hybride Musk – et nous avons une tante qui s'appelle Louise, d'après la rose *Louise Odier*, mais il y a aussi tante Leda et oncle Portland.

— C'est merveilleux, dit M. Faraday avec un sourire qui illuminait tout son visage. Je ne savais pas que les roses avaient de si jolis noms.

— Oh, non, pas toutes, poursuivit Évie, nous avons beaucoup de chance de ne pas nous appeler *Raubritter, Complicata* ou *Bullata* !

M. Faraday rit doucement.

— C'est extraordinaire ! dit-il.

Céleste leva les mains.

— Évie, je pense que M. Faraday a compris.

— Allons dans la cuisine, il me semble que ton petit-déjeuner est en train de brûler, dit Gertie.

— Pourquoi, quand ça sent le brûlé, tu crois toujours que c'est de ma faute ? demanda Évie.

— Je disais ça complètement au hasard, dit Gertie en entraînant Évie.

— Désolée, dit Céleste une fois qu'elles furent hors de portée. Évie a tendance à trop parler quand elle est nerveuse.

— Mais je crois que j'ai appris des choses, dit-il avec bonne humeur. Je dois dire que j'ignorais que vous aviez une roseraie, dit-il. Mais je connaissais la maison, bien sûr.

— Pourquoi dites-vous bien sûr ? demanda Céleste.

— Je connais assez bien la région, j'ai une résidence secondaire à Nayland.

— Oh, je comprends, dit Céleste.

M. Faraday pencha la tête de côté.

— Vous avez un air désapprobateur.

— Ah bon ? Oui, peut-être. Il existe tant de beaux villages dont la moitié de la population passe la plupart de son temps à Londres. Du coup, ils sont à moitié vides et les prix de l'immobilier grimpent en flèche empêchant les gens du coin d'acheter.

M. Faraday s'éclaircit la voix comme s'il était nerveux.

— Eh bien, j'espère que je serai à demi pardonné si je vous dis que j'ai hérité cette propriété de ma grand-mère. Elle a vécu à Nayland toute sa vie, donc même si je ne suis pas tout à fait d'ici, je le suis un peu quand même, dit-il d'une voix calme.

— Mais combien de temps passez-vous à Nayland ? demanda-t-elle en remettant une mèche de ses cheveux derrière l'oreille, un geste qu'elle avait tendance à faire quand elle était agitée.

M. Faraday eut l'air surpris.

— J'essaye de m'y rendre la plupart des week-ends, mais malheureusement, ce n'est pas toujours possible. J'aimerais y passer plus de temps parce que c'est un endroit très beau et que j'adore aller chez les antiquaires, mais le travail me retient parfois à Londres.

Ils se dévisagèrent quelques instants comme s'ils essayaient de se faire une idée l'un de l'autre.

— Vous avez l'air très jeune pour un spécialiste, poursuivit Céleste en se disant qu'Évie avait raison. Je m'attendais à voir quelqu'un de plus âgé.

— Vous pensiez sans doute voir mon père. Il s'appelait Julian aussi. J'ai repris la maison après son départ à la retraite, mais je peux vous assurer de mon professionnalisme, mademoiselle Hamilton. Je suis un spécialiste du XIXe siècle et je crois que c'est un tableau de cette époque que vous souhaitez me montrer.

Céleste hocha la tête.

— Je suis désolée si je vous ai semblé désagréable, dit-elle. C'est juste que nous nous trouvons dans une situation épouvantable et je me sens parfois un peu dépassée.

— Je vous en prie, dit-il. Je comprends très bien.

— Et si on y allait ?

Elle sourit d'un air contrit et le conduisit au salon.

Il repéra immédiatement le Fantin-Latour et elle le regarda se diriger vers le tableau.

— C'est un bon tableau, dit-il.

— Il existe des tableaux qui ne sont pas bons ? interrogea Céleste.

— Bien sûr. En termes de marché, par exemple, il pourrait être en mauvais état, ne pas avoir les bonnes dimensions ou ne pas être terminé, mais celui-ci a la bonne taille et il est en très bon état. Les natures mortes sont toujours en vogue et la composition est excellente – un peu moins dense que d'habitude, mais très plaisante. Cela ne vous dérange pas si je le décroche ?

Céleste donna son accord d'un geste de la main.

— Le dos d'un tableau peut être tout aussi révélateur, expliqua M. Faraday.

— Je ne l'ai jamais vu, dit Céleste en s'avançant d'un pas.

— La vie secrète du tableau, dit-il en le retournant.

— Ah, et qu'est-ce qu'elle nous raconte ? demanda-t-elle en contemplant le grand rectangle brun.

— Eh bien, la toile est d'origine et en excellent état.

— C'est une bonne chose ?

— Les collectionneurs sérieux préfèrent avoir une peinture dans son état original, les consolidations de la toile peuvent avoir un effet négatif sur la valeur du tableau. Et vous voyez cette belle patine sombre ? Elle nous apprend que l'ensemble est d'origine. Le châssis aussi, dit-il en montrant du doigt le cadre en bois.

Ensuite, l'expert sortit de son sac un drôle d'appareil noir et plat.

— Qu'est-ce que c'est ?

— C'est une lampe UV qui permet de révéler les imperfections ou les parties qui ont été retouchées, dit-il en lui indiquant le faisceau lumineux bleu-vert.

— Il ne va pas abîmer la peinture ?

— Non, non. Ce n'est pas dans notre intérêt d'abîmer les grandes œuvres que nous examinons.

Céleste rougit pour avoir été si naïve et le regarda passer le faisceau sur le tableau.

— Bon, on voit quelques retouches dans l'arrière-plan, mais rien qui pourrait faire baisser la valeur du tableau. Vous êtes certaine de vouloir le vendre ?

— Oui.

— Parce que c'est un bon investissement. Il va continuer à prendre de la valeur avec le temps qui passe, dit-il.

— Oui, eh bien, le temps est quelque chose qui nous manque monsieur Faraday.

— Appelez-moi Julian, je vous prie.

Elle le regarda et acquiesça d'un signe de la tête.

— Nous avons encore d'autres tableaux, mais je ne sais pas s'ils valent quelque chose. Mais je suppose que c'est à vous de me le dire.

— Vous souhaitez que je les voie maintenant ?

— Si cela ne vous dérange pas, dit-elle. Ils sont dans une autre pièce.

Ils retournèrent dans le hall et prirent le couloir qui menait à l'atelier.

— Quelle pièce merveilleuse, dit-il dès qu'il entra. Regardez ces boiseries. Il se pencha pour les toucher. Et puis cette fenêtre, elle est magnifique. De quand date la maison ?

— Une partie date du Moyen Âge. Mais il y a aussi un peu de Tudor par-ci et un peu d'époques jacobéenne et géorgienne par-là.

— Chaque génération ajoutant à sa beauté, dit Julian.

— Et notre génération héritant du devoir de préservation, ajouta Céleste.

Elle vit le regard du spécialiste s'attarder sur le bureau.

— Je vous prie d'excuser le désordre. Ma mère est décédée récemment et… disons qu'il y a beaucoup de rangement à faire.

— Oh, je suis désolé de l'apprendre.

Elle hocha la tête et leurs regards se croisèrent.

— Vous savez, je peux revenir une autre fois, si vous préférez.

— Non, non. C'est très bien comme ça.

Elle fit une pause et, d'un geste, lui montra les tableaux.

— Eh bien, les voici. Je n'ai vraiment aucune idée de leur valeur. Notre grand-père en achetait un de temps en temps et je ne crois pas qu'il les payait très cher.

C'était une jolie collection comportant une demi-douzaine de tableaux : des natures mortes avec un motif de roses. Aucun n'était particulièrement grand, mais tous étaient charmants avec des couleurs qui illuminaient la pièce.

Julian Faraday ne disait rien et examinait chaque tableau à tour de rôle. Céleste ne put s'empêcher de se demander à quoi il pensait. Était-il en train de chercher ses mots pour lui annoncer que ces peintures ne valaient rien ?

— Connaissez-vous leurs histoires ? finit-il par demander tout en poursuivant son examen.

— Pas vraiment, en réalité. Grand-père avait pour habitude d'en acheter un quand les affaires marchaient – le plus souvent après la création réussie d'une nouvelle rose Hamilton. Acheter une œuvre d'art était sa façon de célébrer la naissance d'une nouvelle rose. Grand-mère aimait avoir toutes ces roses éternelles autour d'elle. En fait, nous pensons qu'il manque une peinture, mais nous n'en sommes pas tout à fait sûres.

— C'est une très belle histoire, dit Julian en souriant. Mais savez-vous d'où viennent les tableaux ?

— Je crois que celui-ci a été vendu par un général qui l'avait hérité de la famille de sa femme à Clevely House sur la côte.

— C'est tout à fait le genre d'histoire que l'acheteur aime entendre. La provenance est très importante quand on achète un tableau – surtout pour un tableau ancien.

— Alors, d'après vous, ils vaudraient quelque chose ? osa demander Céleste.

Julian Faraday haussa les sourcils brièvement et lui sourit chaleureusement.

— Absolument. Celui qui vient de la maison du général est un tableau de Frans Mortelmans de la fin du XIXe siècle.

Céleste contempla les roses rouge cramoisi et rose pâle qui débordaient d'un panier d'osier. C'était le tableau préféré de sa grand-mère. Elle disait qu'en le regardant, elle pensait à l'abondance de l'été.

— Un panier de roses – ressemblant beaucoup à celui-ci – est parti pour plus de trente mille euros il y a quelques années, dit Julian.

La pâleur du visage de Céleste s'accentua.

— Trente mille ! s'exclama-t-elle. Je ne crois pas que notre grand-père ait payé autant.

— Et celui-ci est un Ferdinand Georg Waldmüller, de plutôt bonne facture. La période est légèrement antérieure à celle de Frans Mortelmans.

Céleste contempla un bouquet de roses cerise, si éclatantes dans leur vase d'argent.

— J'adore l'arrière-plan sombre totalement assumé qui met si bien en valeur les fleurs, dit Julian, son visage exprimant l'enthousiasme d'un jeune homme. C'est un tableau merveilleux.

Céleste acquiesça d'un signe de la tête.

— Et je crois bien que celui-ci est un Pierre-Joseph Redouté. Début XIXe. Il était connu pour son surnom, le « Raphaël des fleurs », et avait été commissionné pour peindre les roses de l'impératrice Joséphine, si je me souviens bien.

— Exact, dit Céleste, se sentant terriblement ignorante.

— Je crois qu'on les appelle des roses-choux, non ?

— *Rosa Centifolia*, dit Céleste, heureuse de pouvoir, elle aussi, lui apprendre quelque chose.

— Absolument magnifique, les collectionneurs l'adoreront, ajouta-t-il avec un sourire. Les autres sont aussi du XIXe, je n'ai pas de doute, mais je vais quand même vérifier le nom des peintres. Quoique celui-ci soit certainement un Jean-Louis Cassel. Un peintre qui est tombé en disgrâce à un moment donné – un peu comme les préraphaélites. Difficile à croire, vous ne trouvez pas ? Comment quelque chose d'aussi beau peut être ignoré pendant si longtemps.

Céleste hocha la tête en contemplant les exquises roses blanches du tableau. C'était un de ses préférés et elle n'arrivait pas à imaginer que l'artiste ait pu tomber dans l'oubli.

— Il devrait être au musée pour que tout le monde puisse l'admirer.

— Il est suffisamment bon pour cela ?

— Ils sont *tous* suffisamment bons. Vous avez là une collection remarquable. Votre grand-père était un homme qui avait énormément de goût et qui savait très bien choisir ses tableaux.

— Je crois qu'il les achetait seulement parce qu'il les aimait. Je ne crois pas qu'il pensait à investir.

— C'est la meilleure des façons, dit Julian. Acheter quelque chose parce qu'on l'aime.

Il détourna son regard du tableau et le posa sur Céleste.

— On tombe amoureux de quelque chose et on a plaisir à le regarder.

Céleste ne put s'empêcher de sourire. Il lui sourit en retour, ce qui, pour une raison ou une autre, l'embarrassa. Elle détourna son regard.

— Bon, et d'après vous, ils valent combien ? s'enquit-elle en les contemplant à nouveau, ses yeux s'attardant sur les roses blanches du Jean-Louis Cassel.

— Eh bien, je peux vous donner une estimation maintenant, bien sûr, mais vous devez garder en tête que le monde de l'art est plein de surprises et que la chance est un facteur important au moment des enchères. Nous pouvons déjà discuter du prix de réserve – c'est le prix en dessous duquel vous ne souhaitez pas vendre. Si nous n'obtenons pas ce prix le jour de la vente, vous gardez le tableau.

— Un prix de réserve, d'accord, dit Céleste en acquiesçant d'un signe de tête.

— Les tableaux que vous avez ici doivent valoir entre dix mille et quarante mille euros chacun, quarante mille pour le Frans Mortelmans.

Céleste écarquilla les yeux de surprise.

— Quarante mille ?

— Au plus.

Céleste se concentra et fit le calcul. Il y avait six tableaux et il estimait leur valeur entre soixante mille et deux cent quarante mille euros.

— Mais le Fantin-Latour, poursuivit-il, pourrait partir pour deux cent mille ou plus.

Sous l'effet de la surprise, Céleste ouvrit la bouche. Pendant un moment, elle avait oublié le Fantin-Latour.

— Mais n'oubliez pas qu'il faudra déduire la commission et les taxes.

— Bien sûr. Il faut que j'en parle avec mes sœurs.

Julian hocha la tête.

— Je comprends.

Il fit une pause avant de demander :

— Pendant que je suis ici, y a-t-il autre chose que vous souhaitez me montrer ?

— Non, dit Céleste.

La hauteur de la somme lui avait fait tourner la tête. Cet argent signifiait qu'elles allaient pouvoir entreprendre un grand nombre de travaux et mettre la maison sur le marché, ce qui signifiait aussi qu'elle allait pouvoir aller de l'avant et vivre cette vie qu'elle s'était promise depuis son divorce avec Liam.

Reprenant ses esprits, elle raccompagna Julian à la porte.

— Donc, une fois que vous aurez parlé avec vos sœurs et décidé des tableaux que vous souhaitez vendre, je pourrai revenir et les prendre.

— Je n'ai pas besoin de vous les apporter à Londres ?

— Non, ce n'est pas la peine. Je pourrai passer quand je serai de nouveau à Nayland.

— Merci, dit Céleste. Au revoir, monsieur Faraday.

— Julian. Voici ma carte, dit-il en en prenant une dans la poche de sa veste.

— J'en ai déjà une, dit-elle.

— Celle-ci est plus récente, et mon numéro de téléphone privé est dessus.

Elle prit la carte et le regarda s'éloigner.

— C'était un plaisir de vous rencontrer – de vous rencontrer vous et vos sœurs.

— Oui. Merci d'être venu, répondit Céleste.

— J'espère vous revoir, dit-il, prenez soin de vous.

— D'accord, dit-elle, étonnée de l'intimité que cette simple phrase avait créée.

Elle le regarda traverser la cour, monter dans sa MG décapotable et lui faire un petit signe d'au revoir avant de démarrer et de quitter le manoir.

9.

Céleste trouva Gertrude dans la roseraie, ce qui n'avait rien d'étonnant. C'était le mois de juin et les roses étaient en train d'éclore. Le début de l'été était la saison préférée de tout rosiériste – leur fleur favorite était alors au sommet de sa beauté. Chaque matin était passé à se promener le long des parterres, en quête de nouveaux boutons et de fleurs sur le point d'éclore. Il n'existait rien de plus beau qu'un bouton de rose révélant au monde sa couleur pour la première fois. C'était un spectacle dont on ne se lassait pas et Gertrude, évidemment, souhaitait en profiter pleinement.

— Regarde ! cria Gertrude dès qu'elle vit Céleste. La première *Gertrude Jekyll* est en train de s'ouvrir.

Céleste sourit. C'était la rose dont Gertrude portait le nom et elle tenait une place particulière dans son cœur. Elle s'approcha, ses chaussures en toile s'enfonçant dans la terre sarclée avec soin, et se pencha pour sentir la première *Gertrude Jekyll* de l'été. C'était le parfum entêtant d'une rose ancienne, un parfum bien assorti à ses pétales roses. À côté d'elle, il y avait plusieurs boutons qui attendaient de délivrer au monde leur délicieuse fragrance. Céleste connaissait le cycle. Elles prendraient leur temps, et puis s'ouvriraient en une corolle rose d'une perfection que l'on peinait à imaginer.

— Superbe, dit-elle.

— Plus belle que notre *Reine de l'été* ? demanda Gertie avec un sourire.

— Bien sûr que non ! s'exclama Céleste. Les roses de David Austin sont belles, mais elles ne valent pas les nôtres.

Elles se regardèrent avec un sourire complice, les yeux brillants de fierté.

— Alors, comment ça s'est passé avec l'expert ? demanda finalement Gertie.

— Il vient de partir, lui dit Céleste en quittant la planète des roses.

— Et ?

Gertie quitta le parterre et rejoignit Céleste sur le chemin de briques.

— Ils valent beaucoup plus que je ne pensais. Le Fantin-Latour vaudrait un quart de million à lui tout seul.

Le visage de Gertie afficha la même surprise que celui de sa sœur quelques minutes auparavant.

— Oh, mon Dieu !

— Ce qui veut dire que nous devons les vendre, bien sûr.

— Je suppose.

— Nous ne les avons jamais correctement assurés et ça m'étonnerait qu'on puisse se permettre de le faire maintenant que nous savons ce qu'ils valent. Et puis, il y a tous ces travaux à faire, et les factures à payer…

Céleste se tut.

— Tu n'as pas envie de les vendre, c'est ça ? insista Gertie.

Céleste inspira profondément.

— Ce serait comme perdre des amis chers, mais je ne vois pas comment on pourrait s'en sortir autrement, dit-elle en secouant la tête. C'est étrange, mais quand je racontais à M. Faraday comment Grand-papa avait acheté les tableaux, j'ai repensé pour la première fois depuis des années à cette époque. Et tout à coup, j'ai eu l'impression que ce que je faisais n'était pas bien. En plus, je sais qu'Évie me détestera désormais et qu'elle ne me pardonnera jamais, mais avons-nous le choix ?

— N'y a-t-il rien d'autre que nous puissions vendre ?

— Rien qui n'ait autant de valeur, répondit Céleste.

— Maman a laissé quelques bagues.

— Tu peux les garder. Elles ne valent rien, dit Céleste en pensant à la bague de fiançailles, une pierre semi-précieuse montée sur un bandeau d'or.

Leur mère n'avait pratiquement jamais porté de bijoux quand elle travaillait, car elle préférait pouvoir enfoncer ses mains dans la terre sans risquer d'abîmer un bijou précieux. Mais elle avait quelques parures pour sortir. Céleste se souvenait de longs colliers scintillants et des faux diamants de ses énormes boucles d'oreilles. Tout cela était du toc et ne valait rien.

— Je n'aurais pas cru qu'Évie était aussi attachée aux tableaux.

— Je sais, dit Gertie. Elle était si jeune quand les grands-parents sont morts et je ne pense pas qu'elle se rappelle à quel point ils aimaient ces peintures, ni qu'elle se souvienne des histoires qu'ils racontaient à leur sujet.

— Alors pourquoi est-ce si difficile pour elle de s'en séparer ?

— Tu veux vraiment savoir ?

— Mais oui, bien sûr que je veux savoir, dit Céleste. Pourquoi tu me demandes ça ?

Gertie haussa les épaules.

— Parce que vous semblez vous éloigner l'une de l'autre et que je ne suis pas sûre que tu t'intéresses vraiment aux sentiments d'Évie.

— Comment peux-tu insinuer ça ? Je m'intéresse énormément à Évie !

Céleste prit une expression peinée.

— Dis-moi, Gertie, s'il te plaît !

— Eh bien, je pense qu'elle n'a pas envie de voir les choses changer si vite. Elle se sent très vulnérable depuis la mort de maman.

Céleste hocha la tête.

— Elle était proche d'elle. En tout cas aussi proche qu'il était possible de l'être avec maman.

— Et puis, tu arrives comme une tornade qui veut tout bouleverser. Je crois qu'elle est un peu sur la défensive.

La bouche de Gertie ne dessinait plus qu'une ligne très mince.

— Écoute, il y aura pas mal de décisions à prendre dans les prochaines semaines. Des décisions difficiles que nous préférerions certes ne pas avoir à prendre, mais qui sont nécessaires, tu comprends ?

— Je comprends, mais tu dois cesser de nous traiter comme des enfants.

— Ce n'est pas ce que je fais, si ? demanda Céleste en fronçant les sourcils.

— Tu as toujours su prendre des décisions, Celly, et nous t'avons toujours admirée pour ça, mais parfois tu es un peu trop autoritaire et nous… eh bien, nous ne sommes pas des enfants, mais des adultes.

— Désolée, dit Céleste après un silence.

Gertie fit un signe de la tête.

Les deux sœurs poursuivirent leur chemin, s'arrêtant de temps à autre pour admirer une nouvelle rose ou vérifier l'état d'un rosier.

— Mais tu as dû déjà y penser, Gertie, dit Céleste après un moment.

— Penser à quoi ?

— À vendre le manoir.

Gertie regardait devant elle, mais ne semblait rien voir.

— Gertie ? insista Céleste. L'as-tu envisagé ?

Elle prit une profonde inspiration.

— Évie me tuerait si elle savait, mais oui, en effet.

Céleste hocha la tête.

— Je m'en doutais. Tu te souviens comme tu as toujours rêvé de voyager pour voir tous les plus beaux jardins de la terre et tous les palais et châteaux ?

Gertie fit un petit sourire.

— J'en rêve toujours.

— Ces rêves peuvent se réaliser, dit Céleste. Si nous vendons le manoir, chacune pourra faire ce qu'elle a toujours voulu. Je sais que jusqu'alors, le travail et maman t'en empêchaient, mais la situation est différente maintenant.

— Je ne peux pas juste partir, dit Gertie. Même si nous tombons d'accord pour vendre le manoir – et je ne suis même pas certaine que ce soit la bonne solution – il faudra bien qu'on continue de s'occuper de la roseraie, non ? Tu ne penses quand même pas la vendre aussi ?

Le visage de Gertie avait pâli.

— Non, bien sûr que non, dit Céleste. Mais ce serait bien d'avoir un peu plus d'options. Si on vend, on pourra louer des locaux plus petits et avec l'argent économisé, on pourra employer du personnel. De cette façon, on ne sera pas toujours obligées d'être là. Penses-y.

Céleste vit sur le visage de sa sœur qu'elle y pensait fortement. Tout comme elle-même. En arrivant au manoir, elle était déterminée à remplir sa mission aussi vite que possible, et puis de partir en laissant tout derrière elle, mais peu à peu, elle avait repris le rôle qu'elle jouait avant – un rôle qui avait évolué et dont elle commençait à douter. Pouvait-elle vraiment tout abandonner à nouveau ? Elle n'en était plus tout à fait sûre.

— Évie ne sera jamais d'accord, dit Gertie, ramenant Céleste au présent.

— Il faudra bien, si on est à deux contre une.

Elle vit Gertie écarquiller les yeux de surprise.

— Ah, s'il te plaît, ne me mets pas dans cette position. Je refuse catégoriquement d'être celle qui fera pencher la balance.

Céleste rajusta ses cheveux derrière l'oreille.

— Je ne vais pas prendre de décision aujourd'hui, d'accord ? Je veux juste que tu penses à ce qu'on a dit. Tu me promets de le faire ?

Gertie la regarda comme si elle ne lui faisait pas totalement confiance.

— Je te connais Celly. Je sais comment tu es quand tu as pris une décision.

— Qu'est-ce que tu entends par là ? demanda Céleste, immédiatement sur ses gardes.

— Ça veut dire qu'une fois que tu as une idée en tête, tu fonces droit devant, tout comme tu as fait quand tu as quitté la maison pour te marier avec Liam.

— Eh ! dit Céleste, les mains sur les hanches. C'était il y a vraiment très longtemps. Je ne pense pas qu'on puisse m'accuser de m'enfuir dès que je rencontre un obstacle.

— Bien sûr que non, et personne ne te reproche ce que tu as fait. Tout ce que je dis c'est que tu as la même expression, cet air résolu que tu as quand tu es prête à tout pour aller au bout.

Céleste secoua la tête.

— C'est vraiment ce que tu penses de moi ? Tu crois sincèrement que je n'écouterais pas l'avis de mes sœurs ?

— Je l'ignore, répondit avec honnêteté Gertie, mais je sais ce que tu ressens pour cet endroit. Il n'a pas la même signification pour toi que pour moi et Évie. Il signifie autre chose pour toi, n'est-ce pas ? Et j'aimerais tant que ce ne soit pas le cas.

Céleste ferma les yeux un instant comme si cela pouvait faire disparaître les problèmes. Puis, une image lui revint en mémoire et l'ombre d'un sourire apparut sur son visage.

— Qu'est-ce qu'il y a ?

— Tu te rappelles du jour où Grand-papa est revenu avec un tableau de Jean-Louis Cassell ?

Gertie hocha la tête.

— Il était enveloppé dans des couches et des couches de papier de soie rose. Il y en avait tellement, tu te souviens ?

— Oui, c'était un peu comme Noël.

— Aussi, j'adorais quand il racontait l'histoire du Fantin-Latour, dit Gertie.

— Oui, ils étaient deux à faire monter les enchères, lui et une vieille excentrique avec un chapeau énorme assise tout au fond de la salle.

— Exactement ! approuva Gertie en riant Et Grand-père nous avait raconté que cela avait duré des heures.

— Je m'en souviens, ils avaient dû s'arrêter pour déjeuner en plein milieu des enchères pour pouvoir reprendre des forces, dit Céleste en riant aussi.

— Il racontait tellement bien, dit Gertie en s'interrompant pour inspecter un rosier *Madame Isaac Pereire* en pleine éclosion.

— Il faudra étayer les tiges.

Gertie acquiesça d'un signe de tête.

Elles firent une pause et contemplèrent les parterres de roses. Un peu partout, de minuscules touches de couleur apparaissaient parmi le feuillage vert, allant du blanc le plus pur au rouge le plus profond, porteuses de la promesse de l'été à venir.

— Tu crois que cela rendrait Grand-papa triste si nous vendions les tableaux ? demanda Gertie.

C'était une question que Céleste n'avait pas voulu se poser.

— Il n'aurait pas souhaité que nous vivions dans une maison qui n'a pas de toit, dit-elle adroitement, évitant de répondre directement.

— Non, je ne crois pas qu'il l'aurait voulu.

— Je suis sûre qu'il comprendrait, dit Céleste.

— Mais peut-être pas le fait que tu veuilles vendre la maison.

Céleste se pencha pour contempler l'adorable bouton bicolore de la rose *Honorine de Brabant* qui resplendissait en fuchsia et rose pâle – des tons chauds et frais en même temps. C'était une de ses roses préférées, et elle adorait le nom, *Honorine de Brabant*. Un nom magnifique. Elle se demandait si Grand-maman, ou sa mère, avait été tentée d'appeler une de ses filles Honorine. Elle aurait pu être Honorine Hamilton, se dit Céleste. Mais peut-être pourrait-elle garder ce prénom pour la fille qu'elle aurait un jour.

Tous les soucis d'argent s'évaporaient en regardant ce bouton de rose parfait. Voilà l'effet que faisaient ces fleurs : elles emplissaient votre cœur de beauté et il ne restait plus de place pour autre chose. Mais la rêverie de Céleste prit bientôt fin.

— Ce ne sera pas facile, dit Céleste en laissant derrière elle la magnifique rose Bourbon. J'ai vraiment besoin de ton soutien, Gertie.

— Je sais et je ferai tout pour t'aider, mais ne te sers pas de moi, d'accord ? Tu dois traiter cette affaire avec beaucoup de délicatesse.

— J'en suis consciente.

— Parce que je ne sais pas si Évie sera capable de supporter encore beaucoup de changements. Est-ce que tu vas aller voir Esther Martin ?

— Oui, j'y vais cet après-midi. Autant faire toutes les choses déplaisantes le même jour, comme ça, j'en suis débarrassée.

— Est-ce que tu veux que je vienne avec toi ? demanda Gertie.

Céleste secoua la tête.

— Non, je crois que c'est mieux qu'une seule d'entre nous lui parle.

— Et tu penses être celle qu'il faut ?

— Qu'est-ce que tu veux dire ? répliqua Céleste en fronçant les sourcils.

— Eh bien, elle t'a toujours considérée comme l'enfant que sa fille n'a jamais eue.

— Oh, c'est ridicule ! s'exclama Céleste. Notre père ne s'intéressait pas à Sally. C'est ce que maman nous a toujours fait comprendre.

— Ce qui n'empêche pas Esther d'être encore fâchée contre nous. Pour elle, nous sommes toutes responsables de la mort de sa fille.

— Dans ce cas, il est plus que temps que nous mettions les choses au clair une bonne fois pour toutes.

Gertie respira profondément.

— Je préfère que ce soit toi que moi.

****

Le pavillon, un adorable petit bâtiment presque parfaitement rond, se trouvait en bordure de la propriété. Les murs, en briques, étaient parsemés de minuscules fenêtres qui renvoyaient la lumière du soir. Sur le devant, un petit jardin débordait de roses issues de la collection Hamilton et Céleste en reconnut quelques-unes qui allaient bientôt s'ouvrir. Il y avait trois rosiers *Constable* qui allaient bien et dont les fleurs d'un rouge cramoisi allaient éclore dans les deux prochaines semaines, et plusieurs rosiers *Summer Blush* qui bordaient le chemin jusqu'à la porte d'entrée, leurs boutons roses prêts à éclater. Mais Céleste essaya de ne pas se laisser distraire par les roses. Elle avait des affaires à régler. Elle s'approcha de la porte en bois noire et toqua.

— Qui est-ce ? demanda une voix quelques instants plus tard.

— Esther ? C'est Céleste. Céleste Hamilton.

— Qui ça ? répéta la voix de l'autre côté de la porte en croassant.

— La fille de Pénélope.

— Pénélope est morte.

— Je sais, mais je suis sa fille et je suis bien en vie. Je voudrais vous parler. Est-ce que je peux entrer, s'il vous plaît ?

Céleste entendit un bruit de verrou, et finalement la porte s'ouvrit sur la silhouette mince d'Esther Martin. Ses cheveux blancs lui arrivaient aux épaules et ses yeux étaient d'un bleu pâle, mais elle ne souriait pas. Elle s'écarta un peu et Céleste supposa que c'était sa façon de l'inviter à entrer.

Le minuscule hall d'entrée abritait un grand miroir sur pied et un porte-parapluies avec trois cannes, mais sans parapluie. Céleste suivit Esther dans le salon qui donnait sur le devant de la maison. C'était une pièce charmante avec une grande cheminée et une baie vitrée qui laissait entrer beaucoup de lumière. Une pendule et des bibelots en porcelaine représentant des personnages féminins en robes de bal décoraient le manteau de cheminée, mais Céleste vit qu'ils étaient recouverts d'une épaisse couche de poussière.

— Alors, tu es l'aînée, c'est ça ? demanda Esther en s'asseyant dans un fauteuil confortable près de la cheminée.

— Oui, je suis Céleste, dit-elle en s'asseyant en face d'elle sans y avoir été invitée.

— Je n'ai pas vu tes sœurs depuis des années.

— Gertrude et Évelyne ne viennent-elles pas vous voir ? s'étonna Céleste.

— Oh si, elles viennent, mais je ne les laisse pas entrer.

Céleste fronça les sourcils.

— Mais pourquoi ?

— Qu'est-ce qu'elles pourraient bien avoir à me dire que j'aurais envie d'entendre ?

Céleste se mordit la lèvre. Les choses se présentaient mal.

— Bien sûr, il m'arrive de trouver un gâteau Victoria sur le pas de ma porte, continua Esther.

— C'est sans doute Gertie qui les fait. C'est une cuisinière extraordinaire.

— Ma Sally était une cuisinière extraordinaire, dit-elle d'un air solennel en regardant Céleste comme si elle voulait la fusiller de ses yeux bleus perçants.

— Esther, commença-t-elle par dire en s'éclaircissant la voix, est-ce qu'il ne vous arrive pas de vous sentir seule ici ?

Elle secoua la tête.

— Non, pas du tout, dit-elle sèchement.

— Ne préféreriez-vous pas vivre avec quelqu'un ?

Elle secoua à nouveau la tête.

Il n'y avait pas d'autre solution. Il fallait que Céleste lui fasse part de sa proposition.

— Si vous viviez à la maison avec nous, tout serait plus simple. Vous n'auriez plus à vous inquiéter ni du ménage ni des factures.

— Tu n'es pas ici pour savoir comment je vais, dit Esther, les yeux fixés sur Céleste. Tu es venue parce que tu veux me mettre à la porte, c'est ça ?

La gorge de Céleste se noua.

— Nous avons besoin de louer cet endroit, Esther. Le manoir nécessite une source de revenus constante que nous n'avons pas actuellement.

— Ce n'est pas mon problème, dit Esther, ses lèvres serrées l'une contre l'autre avec un air de défi.

— Cela pourrait le devenir si nous devons vendre, lui expliqua Céleste.

Un lourd silence tomba dans la pièce, puis Esther dit :

— Ton grand-père m'a promis un toit…

— Et vous continuerez à en avoir un. Personne ne vous met dehors. On a juste besoin que vous déménagiez. C'est tout.

Les deux femmes se dévisagèrent comme si chacune voulait faire reculer l'autre.

— Je ne vous le demanderais pas s'il y avait une autre possibilité, dit Céleste calmement en pensant qu'elle aurait mieux fait de ne pas mentionner la vente du manoir. Il était trop tôt et il valait mieux faire les choses les unes après les autres.

Esther contempla les arabesques du tapis sous ses pieds et leva la tête pour regarder à nouveau Céleste.

— Tu veux que je m'installe dans la vieille maison avec toi et tes sœurs ?

— Oui.

— Ce qui est sûr, c'est que tu es culottée.

— J'ai bien peur de ne pas avoir le choix. Je ne vois pas ce que nous pourrions faire d'autre.

Esther baissa les yeux sur ses mains qu'elle avait jointes. Ses doigts étaient gonflés et les articulations semblaient enflammées. Céleste sentit sa gorge se serrer. Elle était en train de demander à cette vieille femme de quitter sa maison confortable pour aller vivre dans un vieux manoir dont les plafonds s'effondraient.

— Et où exactement as-tu l'intention de me loger ?

— Il y a une très belle chambre d'amis avec une salle de bains privée au rez-de-chaussée. Elle a vue sur la roseraie et elle est baignée de soleil toute la matinée.

— Et pour les repas ?

— Il y a plein de place dans la cuisine et vous serez la bienvenue pour vous joindre à nous, mais vous pouvez aussi vous organiser différemment.

Le silence s'installa à nouveau et Céleste vit Esther se tordre les mains. Elle portait une bague avec un gros rubis à la main gauche. Céleste n'avait jamais su grand-chose du mari d'Esther, mais il était mort depuis des années et elle était veuve depuis longtemps.

— Je ne prendrai pas ma décision tout de suite, dit tout à coup Esther.

— Bien sûr que non, dit Céleste en se levant. Vous avez le temps de réfléchir.

Esther quitta son fauteuil et raccompagna Céleste dans le hall.

— Je suis sincèrement désolée de vous annoncer une nouvelle pareille, Esther. J'aurais préféré une autre solution.

— Tu aurais préféré que je tombe raide morte, par exemple ? demanda Esther, ses yeux bleu pâle impitoyablement fixés sur Céleste. Ça réglerait bien vos problèmes, à toi et à tes sœurs, n'est-ce pas ?

— Je vous en prie, ne dites pas des choses comme ça, supplia Céleste en ouvrant la porte.

Elle chercha désespérément quelque chose de gentil et d'apaisant à dire avant de partir, mais ce fut Esther qui parla la première.

— Tu es exactement comme ta mère, grogna-t-elle avant de lui fermer la porte au nez.

C'était sans doute la pire des choses que l'on ait pu dire à Céleste.

10.

Une semaine après sa première visite, Julian Faraday revint. Quand Céleste entendit la voiture se garer devant la maison, elle cessa son travail et se leva pour aller voir à la fenêtre. Il ne portait pas de costume ce jour-là, mais un jean et une chemise blanche sous un gilet bleu ciel. Céleste y regarda à deux fois. Elle n'avait jamais vu un homme porter un gilet sauf dans un catalogue de mode, et elle ne put s'empêcher de sourire en le voyant.

Elle secoua la tête, se sentant étrangement coupable d'avoir de telles pensées pour l'homme qui était venu emporter les tableaux qu'elle et ses sœurs aimaient tant. Elle ne put s'empêcher de lui en vouloir.

— Reste ici, dit-elle à Frinton quand elle quitta l'atelier, ramenant ses cheveux derrière ses oreilles.

Elle traversa le hall et ouvrit la porte sur le sourire de Julian Faraday.

— Merci d'être venu, monsieur Faraday.

— Je vous en prie, appelez-moi Julian, dit-il en lui tendant la main.

Céleste lui tendit la sienne avec un petit sourire anxieux. Il la serra.

— Elle n'est pas aussi froide aujourd'hui.

— Pardon ?

— Votre main. Elle était froide la dernière fois.

— Ah bon ? s'étonna-t-elle.

Il hocha la tête.

— Mais elle ne l'est pas aujourd'hui.

— D'accord, dit-elle en retirant sa main d'un geste brusque et en le conduisant au salon.

À peine était-il entré dans la pièce que Julian se dirigea vers le Fantin-Latour.

— Alors, vous avez décidé de vendre les tableaux ?

— Oui. Tous les tableaux de roses, dit-elle. Nous n'avons pas les moyens de les garder. Ils valent beaucoup d'argent et nous en avons si peu pour faire tourner la maison.

Il hocha la tête.

— C'était certainement une décision difficile à prendre, mais c'est sans doute la meilleure.

Céleste inspira profondément.

— C'est ce que je pense. J'ai mis un bureau à votre disposition dans l'atelier.

— Merci. Il y a quelques documents à remplir et puis nous pourrons nous occuper des tableaux.

Elle le mena à l'atelier. À peine la porte ouverte, Frinton bondit de son petit panier d'osier et fonça sur Julian en aboyant avec beaucoup d'enthousiasme.

— Oh mon Dieu, mais qu'il est beau ce petit chien ! s'exclama Julian en se penchant pour caresser la tête blanche et marron du fox-terrier.

— Et comment il s'appelle ?

— Frinton et il devrait être dans son panier.

Elle tendit un doigt vers le panier et l'animal y retourna à contrecœur.

— Il est adorable. On avait un Jack Russel quand j'étais petit. C'est le chien le plus effronté que je connaisse.

— Je crois que tous les chiens de cette race le sont.

Julian éclata de rire.

— C'est fort possible.

— Est-ce que je peux vous offrir une tasse de thé ?

— Avec grand plaisir.

Elle quitta la pièce avant de revenir quelques minutes plus tard avec un petit plateau. Elle le regarda ajouter une goutte de lait à son thé, boire une gorgée et se mettre au travail.

— Vous avez dit que votre grand-père achetait des tableaux pour célébrer les succès de vos roses, dit-il en examinant le Jean-Louis Cassell.

— Oui, c'est vrai, dit-elle en regardant le tableau avec affection. D'ailleurs, je viens juste d'en parler avec Gertie. Quand Grand-papa l'avait rapporté à la maison, il était enveloppé dans du papier de soie rose et Grand-maman avait pris beaucoup de soin à le déballer. Elle ne voulait pas déchirer le papier. Grand-papa devenait de plus en plus impatient et tout à coup il a crié : « Bon sang, femme ! Déchire-moi ce papier ! » On riait tellement, et puis on a vu le tableau et on est restés bouche bée. Il était si beau.

Céleste s'interrompit, elle se souvenait de ce moment comme si c'était hier et ses yeux s'embuèrent.

— Vous allez bien ? demanda Julian.

Céleste le regarda avec surprise comme si elle avait oublié sa présence.

— Je n'avais pas pensé à ce jour depuis des années, et aujourd'hui, j'y pense deux fois.

— Vendre des tableaux peut stimuler la mémoire.

— Ah bon ?

— Bien sûr. Acheter de l'art est un geste émotionnel, vous savez. Il y a des collectionneurs qui achètent pour investir, mais la plupart des gens – comme votre grand-père – achètent par amour et associent le tableau à une certaine période de leur vie.

— Ce qui rend la séparation plus difficile, dit Céleste, sa voix à peine audible.

Ils se turent.

— Vous avez le droit de changer d'avis à tout moment, reprit-il. Il vous suffit de me passer un coup de fil et je retire les tableaux de la vente.

— Non, répondit rapidement Céleste. Ce ne sera pas nécessaire. Nous allons les vendre.

Il fallut presque une heure pour décrocher, inspecter et emballer chaque tableau et remplir les différents formulaires. Céleste regarda Julian emballer soigneusement les peintures avant de les mettre dans un grand sac capitonné de couleur argent.

— Est-ce qu'ils vont rentrer dans votre voiture ?

— Je vais en prendre grand soin, ne vous inquiétez pas.

— Mais la capote n'est même pas relevée, remarqua Céleste. Et s'il se mettait à pleuvoir ?

— La météo n'a pas annoncé de pluie.

— Mais vous pourriez avoir un accident – la voiture pourrait se retourner – il peut vous arriver n'importe quoi.

— Je vais relever la capote si ça peut vous rassurer.

Céleste hocha la tête.

— Et, ajouta-t-il en s'éclaircissant la voix, je me demandais si vous accepteriez de me faire visiter.

— Visiter ? Visiter quoi ? demanda-t-elle.

— La maison… le jardin.

— Mais pourquoi ? insista Céleste, surprise.

Elle était très étonnée qu'un étranger puisse lui poser cette question, et comme l'idée ne lui plaisait pas beaucoup, elle cherchait comment refuser. Elles étaient tout de même chez elles.

— Eh bien, j'ai seulement pensé que…

— Vous êtes ici pour estimer et vendre nos tableaux, monsieur Faraday, notre propriété ne fait pas partie de la transaction.

— Julian, s'il vous plaît, appelez-moi Julian, mais, voyez-vous, cela m'aiderait de pouvoir mettre les tableaux en situation. « Ils ont appartenu à l'illustre famille Hamilton qui possède ce manoir et ces jardins. » Les gens *adorent* ce genre de contexte.

— Mais vous pourrez sûrement le dire sans avoir visité notre maison, dit Céleste en fronçant les sourcils.

— Oui, bien sûr, je pourrais, mais ce serait tellement mieux si j'ajoutais une touche personnelle. Vous n'essayeriez pas de vendre une rose à quelqu'un sans l'avoir vue ou sans avoir senti son parfum, non ?

Céleste le regarda avec suspicion et ne chercha pas à cacher le bref coup d'œil qu'elle jeta à sa montre.

— Écoutez, dit-il soudain d'un air confus, je ne veux vraiment pas m'imposer. Vous avez déjà beaucoup à faire et je n'ai pas le droit de vous demander cette faveur. Mais peut-être pourrais-je revenir un autre jour…

— Non, non, dit Céleste en levant une main en signe de protestation. Je vais vous faire visiter la propriété.

Sa voix était froide et formelle, même à ses propres oreilles, et elle ne put s'empêcher de se sentir un peu coupable quand il lui sourit.

— Merci, dit-il. C'est vraiment très gentil de votre part.

****

Gertrude était en train d'étaler une couche de paillis sur l'un des parterres et souriait, l'air songeur. Autour d'elle, les roses *Baronne de Rothschild* venaient tout juste de révéler au monde la splendeur de leurs doubles pétales rose tendre. Elle essayait, mais malheureusement sans aucun succès, d'oublier sa conversation avec Céleste.

Tu as déjà dû y penser, Gertie.

La voix de sa sœur résonnait dans sa tête. Bien sûr qu'elle avait songé à vendre le manoir. Pendant les dernières semaines précédant la mort de leur mère, elle n'avait même pensé qu'à ça. C'était une façon de s'évader, d'imaginer les possibilités d'une autre vie. Mais elle n'avait pas osé en parler à Évie. La vie avait été si difficile quand leur mère était malade. Et après son décès, une avalanche de papiers et de factures à payer s'était abattue sur elles. Elles n'avaient jamais eu l'occasion de parler de l'avenir – de leur avenir – parce que le présent et le passé requéraient toute leur attention.

Mais si elles vendaient…

Ce serait un avenir très différent, se dit-elle, et elle n'arrêtait pas d'y penser. Combien de fois avait-elle rêvé de partir, de quitter les murs épais du manoir, de traverser les douves une dernière fois ? Depuis qu'elle avait rencontré James, elle trouvait ce rêve encore plus attrayant. Elle imaginait quitter avec lui ce village étouffant et commencer une nouvelle vie ailleurs. Tous deux aimaient tant parler de cet autre futur qu'ils imaginaient merveilleux. Ah, s'ils pouvaient réaliser leur rêve ! Il ne suffirait pas de vendre le manoir, bien sûr, mais elle sentait tout au fond d'elle que le temps de rêver était passé. Le temps de construire un nouvel avenir était enfin venu.

Elle était en train d'imaginer une villa en pierres dorées perchée en haut d'une colline verdoyante en Toscane quand elle entendit une sorte de sifflement. Elle regarda autour d'elle, s'attendant à découvrir quelques garçons du village – ils aimaient venir jouer à cache-cache dans le jardin –, mais ce n'était pas eux. C'était James.

Nerveusement, elle regarda autour d'elle pour voir si ses sœurs n'étaient pas à proximité avant de s'approcher de la haie derrière laquelle James s'était caché.

— Mais qu'est-ce que tu fais ici ? chuchota-t-elle quand il se pencha pour l'embrasser.

— Il fallait que je te voie ! dit-il en se passant les mains dans les cheveux comme un mauvais acteur.

— Ici ? Notre liaison n'est pas officielle, tu te rappelles ? Tu ne peux pas juste passer quand ça te chante !

— Je sais, mais je ne pouvais pas attendre.

— Et si quelqu'un te voyait ? dit Gertrude.

— J'ai fait très attention.

— Tu es venu par où ?

— Par les champs, derrière la maison. Il n'y avait personne.

— Comment peux-tu en être sûr ?

— Gertie ! s'écria-t-il en la prenant par les épaules. Nous perdons du temps. Je dois partir. Je dois partir ce soir et je veux que tu viennes avec moi.

— Quoi ?

Un sourire illumina son visage.

— Viens avec moi, Gertie !

— Mais c'est le moment de l'année où nous avons le plus à faire. Toutes les roses sont en train d'éclore, nous avons des mariages, des anniversaires, des fêtes privées, les commandes des hôtels, sans parler de ce qu'il y a à faire au jardin et des ouvriers qui vont envahir la maison pour les travaux. Il m'est impossible de partir.

Il secoua la tête tout en continuant d'arborer son sourire.

— Mais bien sûr que tu peux partir ! Les roses survivront bien sans toi pendant quelques jours. Elles n'iront nulle part et tes sœurs n'auront qu'à s'en occuper. Il se pencha pour embrasser le bout de son nez.

— J'ai une conférence à Cambridge. À vrai dire, je pourrais faire l'aller-retour dans la journée, mais j'ai dit à Samantha que je serai parti deux nuits. J'ai déjà réservé un petit hôtel de charme et on irait dîner tous les deux.

Une nuit dans un charmant hôtel et un dîner romantique. Elle s'imaginait se promener main dans la main avec James – peut-être même pourraient-ils prendre une de ces drôles de barques pour faire une balade sur l'eau. Ensuite, ils iraient dans un bon restaurant où elle n'aurait pas peur de croiser quelqu'un de Little Eleigh. Ils seraient un vrai couple. Ils prendraient une chambre d'hôtel et elle passerait deux nuits avec James. Elle et lui pendant deux nuits entières. C'était si tentant.

— Viens avec moi, murmura James en lui caressant les cheveux de cette façon qui la rendait folle.

— Tes roses bien-aimées peuvent survivre sans toi, mais moi, je ne le pourrai pas.

Elle regarda son visage. Ses yeux étaient emplis d'une immense tendresse, et elle ne résista plus.

— Je vais venir avec toi, dit-elle.

— C'est vrai ?

Elle acquiesça d'un signe de tête.

— Je n'ai aucune idée de ce que je vais raconter à mes sœurs.

— Tu vas trouver quelque chose. Dis-leur que tu vas à une conférence sur les roses ou que tu as une réunion importante pour discuter de paillis et d'engrais.

Elle rit et il l'embrassa. Ils allaient partir ensemble et elle avait du mal à contenir sa joie.

****

On avait l'impression que Frinton avait trouvé un nouvel ami en la personne de Julian. Le petit chien le suivait partout et avait l'air de le considérer comme son nouveau maître. Il trottinait derrière Julian qui suivait Céleste dans les principales pièces de la maison, ses petites pattes résonnant sur le parquet ou les dalles de pierre, tandis que Julian s'émerveillait devant les différentes vues et la beauté du manoir. Il admira chaque détail. Le stuc ornemental des plafonds, les targettes finement ouvragées des fenêtres. Rien, absolument rien, n'échappait à son attention.

— Je n'ai jamais vu une aussi belle maison.

— Je crains qu'elle ne le soit pas partout, dit Céleste en le conduisant le long du couloir qui menait à l'effroyable aile nord.

En ouvrant la porte, elle barra l'entrée avec son bras.

— La pièce n'est pas sécurisée, mais je me disais qu'elle vous intéresserait. C'est la raison pour laquelle nous devons vendre les tableaux.

— Ah ! dit Julian en jetant un coup d'œil à la pièce. Je comprends, maintenant.

— Il aurait fallu s'en occuper depuis des décennies, mais nous n'avons jamais eu l'argent nécessaire, et même si nous l'avions eu, je n'ai pas l'impression que ma mère l'aurait investi dans une toiture. Ici, les roses passent avant les toitures. Le jardin est toujours passé avant la maison dans notre famille, et aujourd'hui nous devons en payer le prix fort. Elle ferma la porte et ils retournèrent dans le hall avec Frinton qui collait littéralement son nez aux talons de Julian.

— Frinton ! dit Céleste d'un ton sévère.

Mais il n'écouta pas sa maîtresse. Julian baissa les yeux et sourit.

— On dirait que je viens d'adopter un petit chien.

— Je suis désolée, il peut être vraiment pénible parfois.

— Il a peut-être senti l'odeur de Picasso, dit Julian.

— Picasso ?

— Oui, Pixie, mon chat.

— Ah ! dit Céleste.

— Il est à la maison à Nayland. Il vient partout avec moi. Une fois, j'ai essayé de le laisser à Londres, mais il s'est caché sous le lit, a refusé d'en sortir et n'a pas voulu manger. Ma voisine, qui s'en occupait, était follement inquiète. Depuis, j'ai acheté un sac de transport et je l'emmène toujours avec moi.

— Je vois, dit Céleste, surprise par ce soudain déluge d'informations. Elle ouvrit la porte d'entrée et ils sortirent.

— Ça doit être merveilleux de grandir dans un manoir entouré de douves, dit Julian. Des douves, c'est fou ! Vous devez vous sentir très en sécurité.

— Pas quand le danger vient de l'intérieur, dit-elle avant de se mordre la lèvre.

Mais pourquoi avait-elle dit une chose pareille ?

Julian se tourna vers elle avec un regard interrogateur.

— Oubliez ce que je viens de dire.

— Quand quelqu'un dit ça, la phrase prend tout à coup une énorme importance et on ne l'oublie plus.

— Ce n'est rien, lui assura-t-elle en détournant rapidement le regard.

— Voilà qui confirme ma théorie. Ce n'est pas rien, c'est très important. Son expression reflétait gentillesse et douceur.

Ils s'arrêtèrent de marcher et Céleste le regarda.

— Que ce soit important ou non n'entre pas en ligne de compte puisque cela ne concerne en rien l'éventuel acheteur – car c'est bien là le but de cette visite, non ?

Il soutint son regard quelques instants.

— Bien sûr. Je suis désolé. Je ne voulais pas être indiscret.

— Poursuivons notre visite, voulez-vous ? dit-elle après s'être éclairci la gorge et en se dirigeant vers la roseraie.

Julian dut comprendre le message parce qu'il orienta la conversation vers un sujet moins sensible – les roses.

— Ce sont vos grands-parents qui se sont lancés dans la culture de rosiers ? questionna-t-il.

— Oui, répondit Céleste. Arthur Hamilton était mon grand-père, lui et ma grand-mère, Esme, ont commencé à cultiver des roses dans les années 1960.

— Et donc, ils ont acheté cette propriété ?

— Oui, mon grand-père a hérité de son père qui avait une usine dans le Yorkshire. Il a tout vendu et il a investi son argent dans cet endroit.

— Sauf celui qu'il a investi dans les tableaux, dit Julian.

— Non, pas du tout. Il a acheté les tableaux avec l'argent qu'il a gagné avec les roses Hamilton.

Julian sourit.

— Je n'arrive pas à comprendre pourquoi je n'ai jamais entendu parler de ces roses.

— Il n'y a pas beaucoup de gens qui savent qu'il y a une équipe qui travaille pour faire une rose. Pour eux, toutes les roses se ressemblent. Ils ne se rendent pas compte qu'une personne peut mettre des années à en créer une.

Il hocha la tête.

— Je me demandais ce qui se serait passé si les filles Hamilton avaient été des garçons ?

— Que voulez-vous dire ? demanda-t-elle.

— Eh bien, cultiver des roses est un truc de filles, non ? Je ne vois pas trois frères en train de mener une affaire de ce genre.

Céleste le regarda comme s'il était fou.

— Eh bien, détrompez-vous. Tous les grands créateurs de roses sont des hommes – Alexander Hardy, Wilhelm Kordes, Joseph Pemberton, Peter Beales, David Austin. Mais il y a bien sûr aussi l'impératrice Joséphine qui a cultivé des centaines de roses dans le jardin de son château et qui avait une vraie passion pour elles. On l'a même surnommé « la marraine de ceux qui aiment les roses », je trouve ça merveilleux.

Julian rit.

— Et vous, vous aimez aussi les roses ?

— Sans aucun doute, répondit-elle.

— Je ne savais pas du tout que l'histoire des roses était aussi intéressante.

— C'est la plus fascinante des fleurs.

— Que ce serait-il passé si vous n'aviez pas aimé les roses ?

— Pas aimé les roses ? dit Céleste en fronçant les sourcils. Que voulez-vous dire ?

— Eh bien, si vous vous étiez rebellée contre votre famille ? Si vous aviez voulu faire autre chose ? Quelque chose qui n'était pas lié aux roses ?

— Je ne crois pas que cela aurait été possible. Nous avons les roses dans le sang. Nous avons grandi entourées de roses. Depuis notre plus tendre enfance, nous les avons regardées et avons respiré leur parfum, nous avons appris leurs noms et comment créer de nouvelles variétés. Certaines de nos roses font partie de la famille.

L'expression de Céleste s'empreignit de nostalgie.

— J'ai essayé de me rebeller voici quelques années. Je me suis mariée et je suis partie. C'était un soulagement de m'éloigner de la roseraie pendant un moment. J'aimais passionnément les roses, mais elles m'étouffaient et j'ai senti le besoin de m'en aller pour travailler dans l'entreprise de mon mari. Mais ça n'a pas marché.

Pendant quelques instants, elle pensa à la Céleste qu'elle avait été, loin des roses Hamilton. Si différente. Elle se demandait si elle pouvait encore changer. Elle était toujours incertaine quant à sa place dans l'entreprise de sa famille.

Elle prit soudain conscience du regard de Julian posé sur elle et eut l'impression d'en avoir trop dit. Elle accéléra le pas et le mena à un parterre de roses en pleine floraison.

— *Reine de l'été*, dit-elle un moment plus tard.

Elle ne put s'empêcher de sourire en se penchant pour respirer le doux parfum.

— Voici la rose que nous vendons le plus.

— Elle est magnifique, dit Julian en enfonçant son nez dans la fleur. Oh ! Quel parfum puissant !

Céleste ne put s'empêcher de rire devant sa réaction.

— J'aurais dû vous prévenir qu'il n'était pas nécessaire de coller votre nez dedans pour apprécier son parfum.

— Je me sens comme si j'étais ivre ! dit-il les yeux écarquillés de surprise.

— Essayez celle-ci, dit Céleste en lui indiquant une autre fleur. Elle était d'un rose plus profond et lorsque Julian se pencha pour la sentir, elle ne frappa pas ses sens aussi violemment que la première.

— Son parfum me fait penser…

Il s'interrompit pour chercher le mot exact.

— …à quelque chose comme du sorbet.

Céleste sourit et hocha la tête.

— *Pink Promise*, dit-elle. Une création de ma grand-mère.

Julian se redressa. Du moins, il essaya, mais une épine avait accroché le dos de son gilet.

— Je crois que…euh…je suis coincé.

— Attendez, dit Céleste en avançant d'un pas. Laissez-moi faire. J'ai bien peur que ce ne soit le côté négatif de cette variété, elle est particulièrement épineuse.

— C'est le prix à payer avec les roses.

— Pas avec toutes les roses, dit Céleste prête à les défendre. Voilà ! *Pink Promise* vous a relâché.

— Merci.

— Eh bien, je suppose que vous n'avez pas envie de passer tout votre week-end coincé dans un rosier, dit Céleste, haussant légèrement les épaules pour indiquer que la visite était terminée.

— Non, bien sûr, confirma Julian, ayant l'air un peu perdu.

Mais avant qu'il ne puisse ajouter quelque chose, Céleste s'était déjà remise en mouvement et se dirigeait vers le devant de la maison où sa voiture était garée.

— Merci d'être venu, dit-elle en lui tendant la main pour dire au revoir.

Julian la lui serra avec un sourire.

— Elle est chaude maintenant.

Céleste s'éclaircit la voix et retira sa main.

— Viens, Frinton !

Le petit chien qui avait passé tout son temps collé aux talons de son nouvel ami s'éloigna à contrecœur pour revenir auprès de sa maîtresse.

— Au revoir.

Elle tourna le dos à Julian et se dirigea vers la maison.

Elle était à bout de souffle en entrant dans le hall. Debout au milieu du couloir, elle écouta le tic-tac de l'horloge pour calmer les battements de son cœur. La plus étrange des sensations l'avait envahie dans le jardin au moment où ils étaient revenus vers la maison. Il y avait cette vue sur le manoir qu'elle connaissait si bien, mais là, en compagnie de Julian, cela avait été comme si elle la voyait pour la première fois : un ancien manoir romantique avec des tourelles et des fenêtres à la française, de magnifiques douves et un jardin paisible. Elle l'avait redécouvert au travers des yeux d'un étranger et une certitude l'avait envahie : elle ne détestait pas du tout la maison. Certes, elle lui avait laissé de mauvais souvenirs, mais il y avait dans son cœur de la place pour une autre émotion. Une émotion qu'elle avait essayé d'ignorer.

L'amour.

11.

Gertie était assise à sa coiffeuse. Elle portait rarement du maquillage, mais ce jour-là, elle appliqua un tout petit peu de fond de teint et agrandit ses yeux à l'aide d'un mascara. Elle devrait cependant attendre pour le gloss, car elle ne voulait pas attirer trop l'attention avant de quitter la maison. De plus, le sourire qu'elle n'arrivait pas à réprimer ne faciliterait pas son application.

Elle n'arrivait toujours pas à y croire – elle allait passer deux nuits et deux jours entiers avec James. Ils pourraient enfin être ensemble sans avoir à regarder leur montre ou s'inquiéter d'être vus l'un avec l'autre. De plus, James avait vraiment besoin de s'éloigner de Samantha pendant quelque temps. Il était si tendu dernièrement, elle savait que cela lui ferait un bien fou de passer un peu de temps ailleurs – ailleurs et avec elle. Ils auraient ainsi l'occasion d'envisager l'avenir. Et d'en parler.

Gertie soupira d'aise et vaporisa quelques gouttes du parfum que James lui avait offert au creux de son cou, libérant les notes de tête, gardénia et rose, de ce parfum qui lui rappelait l'été.

Alors qu'elle se brossait les cheveux, elle se rappela sa première rencontre avec James. Lui et Samantha étaient arrivés à Little Eleigh deux ans auparavant. C'était après la chute de cheval de Samantha. Ils avaient acheté et aménagé pour elle une maison à rénover qui se trouvait en bordure du village. Gertie le voyait parfois passer en voiture, mais ils ne se parlèrent pour la première fois qu'au moment de la fête du village où elle participait à un concours de gâteaux. Il se trouvait près de la table où elle était en train de disposer soigneusement les pâtisseries qu'elle avait préparées. Les juges allaient arriver d'une minute à l'autre.

— Vous avez déjà fait ce genre de choses ? lui avait-il demandé.

— Une ou deux fois, avait-elle répondu.

— Et vous avez gagné ?

— Une ou deux fois. Vous participez ?

Il avait ri.

— Faire des gâteaux ? Vous voulez rire ? Mais je ne suis pas trop mauvais en jardinage.

— Ah, bon ?

Il fit un signe du côté de la rangée des concombres.

— Le deuxième sur la gauche.

Gertie s'était extasiée :

— Mais quel magnifique concombre !

Leurs regards s'étaient croisés et ils avaient éclaté de rire en même temps. Un des juges avait été obligé de leur demander de partir.

— Je m'appelle James, lui avait-il dit quand ils quittèrent le hall ensemble.

— Moi, c'est Gertie.

Il lui avait serré la main et l'avait gardée entre les siennes un peu plus longtemps que nécessaire. Ils ne s'étaient pas quittés des yeux. Bien qu'elle sache que c'était un homme marié et que sa femme était invalide, Gertie avait compris immédiatement qu'elle était perdue.

C'était une situation affreuse et elle savait exactement ce que penseraient ses sœurs et les habitants de Little Eleigh s'ils apprenaient leur liaison. Mais personne ne savait ce qui se passait réellement entre James et Samantha. Il lui avait un peu parlé de leur vie et elle savait à quel point il était malheureux, déjà avant l'accident de Samantha.

« On allait se séparer », avait-il raconté à Gertie. « On ne l'avait pas vraiment formulé, mais c'était prévu et puis, cet accident est arrivé et nous n'avons plus jamais abordé le sujet. Depuis, nous vivons cette vie qui n'en est pas en une. Nous ne nous supportons plus et pourtant, ne savons pas comment échapper l'un à l'autre. Et tout à coup, tu es arrivée, et la vie est redevenue belle. »

Gertie sourit en se rappelant ces mots qui l'avaient énormément aidée pendant la maladie de sa mère.

« J'avais oublié comment sourire et rire depuis des mois, des années ! », lui avait-il confié. « Mais tu m'as rappelé qu'il existait sur terre de la bonté et du bonheur, ainsi que des blagues idiotes sur les concombres. »

James avait été si réconfortant pendant la maladie de Pénélope. Il savait ce que signifiait être responsable de quelqu'un qui souffre et il avait fait en sorte que Gertie ne perde jamais le sourire, même dans les moments les plus difficiles. Il avait été si gentil et tendre avec elle. Elle ne l'oublierait jamais.

Gertie se leva. Elle avait préparé un sac de voyage minuscule qu'elle devait sortir de la maison sans que ses sœurs ne le voient. Son plan était de téléphoner à Évie plus tard dans la journée pour lui dire qu'elle avait rencontré une amie de longue date et qu'elle allait passer la nuit chez elle. Elle ne savait pas encore très bien comment elle expliquerait sa deuxième nuit d'absence.

Elle descendit l'escalier et évidemment, Évie était dans le salon comme si elle attendait de pouvoir lui bondir dessus.

— Je m'en vais, dit Gertie l'air de rien.

— Tu rentres tard ? demanda Évie.

— Très tard, je crois.

— Passe une bonne soirée, alors. J'espère que ce sera sympa.

— Oui, moi aussi, dit Gertie avec un petit sourire, avant d'aller à son rendez-vous secret.

****

Après le départ de Gertrude, Évie se rendit à l'atelier où elle pensait trouver Céleste. Elle ne se réjouissait pas d'aller voir sa sœur, elle l'admettait. Elle savait qu'à cette heure-là, Céleste avait dû céder les tableaux de la famille, et elle ne pouvait pas le lui pardonner.

Poliment, elle frappa à la porte avant d'entrer.

— Tu travailles encore ? demanda-t-elle avant d'aller voir Frinton pour le gratter derrière l'oreille à l'endroit qui était si doux.

— Non, pas vraiment, dit Céleste. Je n'arrive pas à me concentrer.

— Je vois qu'il a pris les tableaux, dit Évie en montrant d'un signe de la tête le mur nu.

Sa gorge se serra. L'œil n'était plus attiré par des œuvres d'art, mais par six grands rectangles de papier peint chatoyant, nouvellement exposés à la lumière.

— Oui. Il a dit qu'on pouvait changer d'avis à tout moment.

— Il a dit ça.

— Oui.

— Mais tu ne le feras pas ? dit Évie.

Céleste secoua la tête.

— Nous n'en avons pas les moyens et tu le sais.

Évie contempla la boule de poils à ses pieds.

— Évie ?

— Oui ! Je le sais, ajouta-t-elle d'un ton plus doux.

Céleste soupira.

— Les tableaux ne manqueront pas qu'à toi, Évie. Ils me manqueront à moi aussi.

— Vraiment ?

— Évidemment ! Pourquoi tu continues à me faire jouer le mauvais rôle ? Je n'ai pas envie de les vendre. Cela n'a jamais fait partie de mes projets, mais ils peuvent nous faire gagner des centaines de milliers d'euros.

Évie écouta attentivement.

— Oui, bon. En tout cas, cette pièce a l'air horrible maintenant.

— C'est vrai, dit Céleste. J'ai l'impression d'avoir été cambriolée par ma faute.

— Maman aurait détesté les vendre.

— Tu n'en sais rien, Évie.

— Oh, mais toi, tu en es certaine ?

— Je pense seulement…

— Après être partie si longtemps, tu sais ce que maman aurait voulu, c'est ça ?

— Ce n'est pas ce que je dis, expliqua Céleste en essayant désespérément de ne pas monter le ton et de ne pas aggraver la dispute. Je pense seulement que maman aurait pris la bonne décision, tout comme nous essayons de le faire aujourd'hui.

Elle remarqua qu'Évie se calmait un peu.

— Du moment que la maison est sauvée.

Elle vit Céleste se mordiller la lèvre.

— Malheureusement, il se peut que cela ne suffise pas, dit Céleste.

Évie se redressa de toute sa taille.

— Eh bien, il vaudrait mieux que ça suffise, parce que si ce n'est pas le cas, je ne discuterai pas de la suite, dit-elle en quittant la pièce avant que sa sœur n'ait le temps de répondre.

12.

Gertie se rendit dans le comté voisin, le Cambridgeshire, avec la petite camionnette blanche. James lui avait envoyé par texto le nom du village où elle pourrait se garer et où il viendrait la chercher. Sa BMW gris métallisé était déjà là lorsqu'elle arriva. Elle attrapa son petit sac de voyage qu'elle avait réussi à sortir en cachette de la maison et ferma la camionnette.

— Je me sens un peu comme une espionne, dit-elle en ouvrant la portière de la voiture de James et en s'asseyant à côté de lui.

— Du moment que personne ne nous espionne, *nous*, dit James en se penchant pour l'embrasser, lui offrant au passage ce sourire qui la faisait fondre.

— On est passés dans un tout autre comté, dit Gertie. On devrait être en sécurité, non ? Ou est-ce que je dois mettre une casquette et des lunettes de soleil ?

Elle blaguait, mais tout au fond d'elle, elle ne pouvait s'empêcher d'avoir un peu honte, car même si elle avait des centaines d'excuses, elle avait quand même une liaison avec un homme marié.

— Ne te cache pas, lui dit James. Tu es si jolie.

Gertie sourit avec bonheur du compliment.

— Tu sais, je n'étais pas sûr que tu viennes, poursuivit-il.

— Pourquoi ça ? demanda-t-elle.

Il haussa les épaules.

— Je me suis dit qu'en fin de compte, tu n'aurais peut-être pas envie de quitter tes roses.

Elle éclata de rire.

— Tu es bien plus important que mes roses ! dit-elle. Tu es mon avenir !

Il sourit brièvement.

— Et tu sais, j'ai cette impression très forte que dans pas trop longtemps, nous allons être ensemble – mais vraiment ensemble. Pas toi ?

Il se tourna vers elle.

— Bien sûr ! dit-il.

Gertie poussa alors un soupir de joie tandis qu'il faisait démarrer la voiture.

Le paysage qui se déroulait devant leurs yeux, plat et monotone, était très différent du paysage accidenté de la vallée de la Stour, mais il possédait, à sa façon, une sorte de beauté rude qui mettait en valeur un ciel vaste avec des nuages aux formes très variées. La beauté du ciel bleu lavande était rehaussée par l'orangé du couchant.

Ils traversèrent un petit village, puis tournèrent dans une rue bordée d'arbres. L'hôtel se présentait sous la forme d'une immense maison de style géorgien avec de grandes fenêtres à guillotine et était entouré d'arbustes parfaitement taillés qui présageaient d'un très beau jardin.

— James ! C'est merveilleux ! dit Gertie, en constatant qu'il lui était impossible de cacher sa joie et son enthousiasme comme elle en avait eu d'abord l'intention.

— J'avais très envie de te faire plaisir, dit-il en prenant sa main et en l'embrassant.

Elle lui renvoya un sourire éclatant.

Après avoir garé la voiture, James entraîna Gertie par-delà la pelouse jusqu'aux magnifiques bords de la rivière.

— C'est vraiment superbe, dit Gertie en découvrant la vue impressionnante sur l'hôtel. J'ai l'impression d'être une femme très gâtée.

— Voilà qui est bien, dit-il en la serrant dans ses bras. Tu sens si bon.

— C'est le parfum que tu m'as offert.

— Non, ce n'est pas ça, dit-il.

— Non ? Elle leva la tête vers lui.

— C'est toi ! Le parfum Gertrude. Le meilleur parfum au monde.

Elle éclata de rire.

— Et de quoi est composé le parfum Gertrude ?

James prit un air songeur.

— C'est une composition impossible à décrire.

— Oh, fit Gertrude, incapable de cacher sa déception. Tu ne veux pas essayer de le faire quand même ?

— D'accord, dit-il. Laisse-moi réfléchir. En fait, c'est un parfum qui ressemble à toutes les bonnes choses de la vie, comme le soleil et le rire.

— On ne peut pas sentir le soleil et le rire ! s'écria-t-elle en faisant semblant de marteler sa poitrine de coups.

— Hé ! dit-il. C'est ma description, d'accord ?

— D'accord, dit-elle. Continue.

Elle adorait être le centre de son attention.

— Bon, j'ai déjà parlé du soleil et du rire.

— Oui, quoi d'autre ?

— Il y a l'odeur du gardénia, évidemment, et des roses. Puis, un soupçon de Suffolk et ses saules pleureurs, ses champs d'orge, ses douves et…

— Je ne veux pas sentir comme nos douves ! protesta Gertie.

— Je ne parle pas vraiment de l'odeur, dit-il. C'est plutôt une sensation. Tu comprends ? Ce sont les choses que je vois quand je pense à toi.

Elle lui sourit avec malice.

— Ce que tu peux être romantique.

— Seulement avec toi, dit-il et ils s'embrassèrent.

Ils retournèrent à l'hôtel et prirent leurs bagages dans la voiture. Lorsqu'ils s'approchèrent de la réception, une jeune femme les accueillit avec un sourire discret.

— M. Stanton, annonça James.

La réceptionniste tapota le clavier de l'ordinateur de ses ongles longs et hocha la tête.

— Chambre dix-huit, au premier étage.

Gertie poussa un soupir de soulagement. Cela avait été si facile et pas du tout embarrassant. James n'avait pas annoncé au monde qu'elle était Mme Stanton ou qu'ils s'appelaient M. et Mme Dupont.

James prit leurs deux sacs et ils montèrent un bel escalier décoré avec des portraits de maître et des études d'épagneuls et de faisans.

— J'ai attendu ce moment si longtemps, dit-il à peine la porte de la chambre refermée. Mon Dieu, ce que tu m'as manqué.

Gertie s'avança vers lui et ils s'enlacèrent.

— Toi aussi, tu m'as manqué.

— C'était une semaine horrible, lui dit-il en embrassant le bout de son nez.

— Samantha ?

Il hocha la tête.

— Elle a été très pénible.

Gertie le regardait avec compassion. Elle savait que Samantha pouvait être difficile à vivre. Elle était comme un rosier grimpant récalcitrant qui choisissait une direction et refusait d'en prendre une autre. Et Gertie savait qu'elle rendait la vie impossible à James qui ne pouvait rien faire, car qui aurait le cœur de quitter une femme en fauteuil roulant ?

Il soupira et Gertie vit à quel point il était fatigué et tendu.

— Viens là, dit-elle en lui retirant sa veste. Laisse-moi te masser les épaules, ça va t'aider à te détendre.

— Ah, ça fait du bien.

— Oui ?

— Oh, oui, dit-il en se retournant. Tu es si merveilleuse.

Gertie sourit et ils se regardèrent dans les yeux.

— Est-ce que tu as parlé à Samantha ? osa finalement lui demander Gertie.

James eut l'air ennuyé et soupira.

— Est-ce qu'il faut qu'on en parle maintenant ? J'ai tellement envie d'oublier tout ça et de profiter d'être avec toi.

Gertie le regarda la gorge serrée. Elle avait hâte d'être avec James et il avait promis qu'ils seraient ensemble un jour, mais il était impossible de savoir quand ce jour arriverait parce qu'il n'en parlait jamais.

— Samantha sera bien obligée de te laisser partir, lui dit-elle en caressant tendrement son visage. Elle ne peut pas te garder prisonnier si tu es malheureux. Ce ne serait pas juste. Elle ne peut pas attendre ça de toi et en même temps, te rendre la vie difficile comme elle le fait.

— Chut, dit-il en embrassant la paume de sa main. Je bannis son nom de cette chambre, d'accord ? Pendant toute la durée de notre séjour. Je suis avec toi maintenant et rien d'autre ne compte.

Il se pencha vers elle et Gertie le laissa l'embrasser. C'était merveilleux, bien sûr, mais elle ne put s'empêcher de souhaiter que pour elle aussi rien d'autre ne compte.

****

La maison paraissait calme sans Gertie, pensa Céleste. L'horloge venait de sonner neuf coups et Gertie avait téléphoné pour dire qu'elle avait rencontré une vieille amie à Cambridge et qu'elle ne rentrerait pas.

Donc, il n'y a que Évie et moi, se dit Céleste. Ce qui ne la réjouissait guère. Il était clair qu'elle irritait sa sœur. Dès que Céleste lui disait quelque chose, elle se mettait dans tous ses états, alors elle décida de lui donner un petit peu d'espace. Elle emporta une tasse de thé au salon, Frinton sur les talons.

Alors que son petit compagnon s'installait sur le tapis, Céleste remarqua quelque chose sur la table basse qu'elle reconnut immédiatement.

C'était un vieil album de photos et Céleste était presque certaine qu'il ne se trouvait pas là le matin même. Elle se demanda si Évie l'avait feuilleté. Elle le prit et s'installa sur le canapé près de l'énorme cheminée. *Un album photo est rare ces jours-ci,* se dit-elle. En tout cas, un vrai, pas un de ces albums virtuels sur lequel il fallait cliquer et qui ne marchait pas s'il y avait une coupure de courant ou si la connexion internet ne fonctionnait pas. Comme c'était agréable de tourner les pages et de regarder les images du passé.

L'album était en cuir noir et contenait des centaines de photos en noir et blanc que Céleste n'avait pas vues depuis des années. Il y avait grand-papa Arthur, si jeune et si beau, posant dans le jardin avant qu'il ne soit réaménagé. Et là, grand-maman Esme, appuyée contre une des tours avec un grand sourire aux lèvres, ses longs cheveux noirs – les cheveux de toutes les femmes Hamilton – tombant en vagues lustrées sur ses épaules. Ils venaient sans doute d'emménager, pensa Céleste et elle se dit que l'endroit devait avoir l'air formidable après leur modeste maison dans le Nord. Acheter un manoir. Quelle folie.

« Une merveilleuse folie », dit Céleste à voix haute.

Frinton leva la tête et la regarda un petit moment.

Elle avait oublié que ses grands-parents étaient si jeunes quand ils avaient acheté le manoir. Esme n'avait pas l'air d'être beaucoup plus âgée que Céleste et ils avaient déjà deux enfants : oncle Portland et tante Leda. Quelle aventure cela avait dû être, mais aussi quelle bataille, de rendre la maison habitable, d'aménager le jardin et de démarrer la roseraie tout en élevant les enfants. Céleste prit alors conscience qu'il avait toujours fallu se battre pour la maison. Et que chaque génération avait sa bataille.

Elle continua à feuilleter l'album ; elle prenait plaisir à voir les photos de ses grands-parents travaillant au jardin, les enfants dansant autour d'eux.

— Ils adoraient cet endroit, dit une voix dans l'encadrement de la porte.

Céleste sursauta avant de voir Évie qui l'observait.

— Est-ce que tu as sorti cet album pour moi ? demanda Céleste.

Évie ne répondit pas mais s'approcha de Céleste et s'assit sur le canapé à côté d'elle.

— Regarde celle-là, dit-elle en lui prenant l'album des mains et en tournant les pages. C'est une photo de maman bébé.

Céleste regarda la photo et reconnut à peine le bébé assis dans un landau avec les tourelles en arrière-plan.

Puis, Évie montra une autre photo des quatre enfants Hamilton : Portland, Leda, Louise et Pénélope, se tenant par la main devant les douves, leurs petites silhouettes se reflétant dans l'eau.

— Oh, comme elle est belle ! On devrait la faire encadrer.

— Je sais. Trois générations ont vécu ici. C'est fou, hein ?

— Oui, c'est vrai, dit Céleste avec simplicité.

— Et il pourrait y en avoir une quatrième si nous réussissons à entretenir cet endroit.

— Évie… commença à dire Céleste d'un ton qui voulait la mettre en garde.

Mais sa sœur l'interrompit d'un geste de la main.

— Ne dis rien ! Mais penses-y, d'accord ?

Céleste n'était pas d'humeur à se battre. Elle hocha donc la tête et dit :

— D'accord.

Elles restèrent sur le canapé et continuèrent tranquillement de tourner les pages de l'album et d'admirer les photos.

— Voici la dernière photo de maman, dit Évie quand elles arrivèrent aux dernières pages. Gertie voulait qu'elle soit dans l'album. Elle l'a prise juste avant que maman n'arrête la chimio. On s'était promenées dans le jardin et la lumière était si belle. C'était sa dernière sortie. Elle avait vraiment l'air d'aller mieux, tu ne trouves pas ?

— C'est vrai, dit Céleste en contemplant le visage pâle, mais toujours magnifique de sa mère.

— Après cela, sa santé s'est dégradée très vite, dit Évie. On lui amenait des fleurs du jardin, mais plus rien ne la faisait sourire. Elle était capricieuse – plus que d'habitude – et nous criait dessus quoi que nous fassions. Elle souffrait tellement à la fin.

Les yeux d'Évie se remplirent de larmes.

— Oh, Évie !

Céleste posa un bras autour de ses épaules.

— Tu aurais dû être là, Céleste, dit-elle en pleurant. Je ne comprends pas pourquoi tu n'étais pas avec nous pour nous aider.

— J'aurais tant voulu être présente.

— Non, ce n'est pas vrai. Ne me mens pas.

— Évie, écoute-moi…

— On était tellement fatiguées, Gertie et moi. Pourquoi n'étais-tu pas là pour nous aider ? Maman était…

Évie s'interrompit, les larmes coulant sur ses joues.

— … Elle était difficile. Vraiment difficile. On avait besoin de toi, Céleste. Où étais-tu ?

Céleste se mordillait la lèvre, ne sachant pas quoi répondre. Évie repoussa son bras et se leva du canapé.

— J'ai besoin d'air, annonça-t-elle, essuyant ses larmes d'un geste énervé. Est-ce que je peux sortir Frinton ?

— Bien sûr.

Elle regarda sa sœur prendre Frinton et quitter la maison.

****

Évie se promena dans le jardin jusqu'à ce que l'animal commence à montrer des signes de fatigue, malgré son endurance. Mais cela lui faisait du bien de sortir après sa dispute avec Céleste et de regarder la nuit tomber lentement sur le jardin pendant que son cœur retrouvait un rythme normal. La roseraie connaissait un moment de grâce particulier le soir, quand les fleurs exhalaient une fragrance si puissante qu'elle parfumait la nuit entière. Évie aimait se tester en essayant de deviner l'origine de chaque parfum qu'elle respirait.

Il y avait les effluves riches et profonds de la rose *Madame Isaac Pereire* et le musc fruité de *Pénélope* – celle qui avait donné son nom à leur mère –, et dansant lentement dans l'air, elle capta les notes de miel de leur propre création, *Moonglow*.

Les roses blanches étaient particulièrement resplendissantes dans la nuit tombée, car leur beauté lumineuse restait visible longtemps après le coucher du soleil, éclairant le jardin de leur lueur fantomatique. Il y avait la rose Hamilton *Eden* avec ses pétales incurvés ; un rosier grimpant classique, *Iceberg*, qui tombait de la pergola en une cascade blanche ; et la sublime rose de Damas, *Madame Hardy*, avec ses fleurs doubles et son doux parfum citronné.

Évie s'arrêta pour admirer chacune d'entre elles et enfonça son nez dans les pétales doux et frais. Il fallait savoir prendre son temps pour apprécier des moments pareils même si un petit fox-terrier n'arrêtait pas d'aboyer pour attirer votre attention, et même si votre cœur avait du mal à retrouver son calme.

Parfois, respirer le parfum d'une rose était comme se perdre dans un autre monde. Tous les autres sens semblaient s'effacer au profit de celui de l'odorat, et celui-ci régnait en maître jusqu'à ce que le parfum de la rose vous fasse tourner la tête – et c'était exactement ce dont elle avait besoin.

— Chut, Frinton ! dit-elle en plongeant le nez dans une *Alba Maxima* éclose – une de ses roses favorites et une des plus anciennes. « La rose des jacobites », murmura-t-elle, sachant que l'origine de la fleur remontait à une époque lointaine.

Frinton continua d'aboyer.

— Vraiment, les chiens n'ont pas d'âme ! Et aucun sens de ce qui est beau ! Elle haussa les épaules en signe de déception, mais ne put s'empêcher de sourire quand elle vit que Frinton avait trouvé un bâton qu'il secouait comme si c'était son plus grand ennemi.

— Allez viens ! cria-t-elle.

Tous deux traversèrent la pelouse qui se trouvait à l'arrière du manoir et descendait vers la rivière.

La nuit tombait lentement sur les champs au-delà de la rivière et un faisan surpris sortit de son abri. Frinton lâcha son bâton et regarda l'oiseau en se demandant si cela valait la peine de traverser la rivière à la nage pour le poursuivre. Il décida que non et enfonça son nez dans une touffe d'herbes qui sans aucun doute sentait le lapin.

— Toi aussi, ça te plaît d'être ici, hein, Frinton ? dit-elle au petit chien. Tu ne veux pas t'en aller, hein ? Eh bien, il va nous falloir persuader ta maîtresse qu'elle aime cet endroit autant que nous, qu'est-ce que tu en penses ?

Le petit fox-terrier continua de renifler l'herbe et Évie respira profondément. Après les longs mois d'hiver et les vents glacés de l'East Anglia, c'était merveilleux de pouvoir se promener si tard dans le jardin et de sentir sur sa peau la douceur de l'air. C'étaient des soirées comme celle-ci qui lui permettaient de supporter les courtes et sombres journées de l'hiver ; le dernier avait été particulièrement rude et long. Voilà pourquoi les cultivateurs de roses travaillaient tard pendant l'été, prenant plaisir à profiter du meilleur de l'année – ces mois précieux où les roses étaient les plus belles et les plus fraîches.

Évie ramassa le bâton baveux de Frinton et le jeta le long de la rivière. Elle le regarda courir pour le chercher, une petite tache blanche dans l'obscurité naissante. C'est alors que son téléphone sonna au fond d'une de ses poches. Elle sursauta quand elle vit qui appelait.

« Lukas », murmura-t-elle.

Il avait passé un mois avec elles au mois de mars au moment de la taille. C'était un étudiant en art qui travaillait pour financer son voyage en Grande-Bretagne et il avait voulu voir le comté qui avait influencé les peintres Constable et Gainsborough – sauf qu'il s'était plus intéressé aux contours d'Évie qu'à ceux du paysage ondulant du Suffolk. Cela avait été difficile de lui résister parce qu'il était beau avec ses cheveux blonds et ses yeux verts, mais elle n'avait pas voulu commencer une relation sérieuse. Tout d'abord, la santé de sa mère déclinait rapidement et elle demandait une attention constante. Évie était tout le temps fatiguée et une relation amoureuse était la dernière des choses auxquelles elle pensait. Cela avait été agréable de flirter un peu, mais elle avait été contente et plutôt soulagée de dire au revoir à Lukas, même si elle lui avait vaguement promis de rester en contact.

— Oh, là là ! dit-elle en soupirant quand elle lut le message bref, mais passionné qu'il lui avait envoyé. Elle avait espéré qu'il l'oublierait, mais apparemment c'était loin d'être le cas.

13.

Le lendemain matin, Céleste s'octroya une pause, ce qu'elle faisait rarement, et partit se promener dans le jardin. La rosée qui se déposait sur les champs de la vallée de la Stour au petit matin avait été vaincue par le soleil, et la roseraie était resplendissante.

Il faut que je passe plus de temps ici, se dit-elle tout en sachant que ce n'était pas possible, évidemment, et qu'elle ne le ferait jamais.

Comme elle tournait au coin du parterre où leurs célèbres rosiers *Reine de l'été* fleurissaient, elle vit l'endroit, près des douves, où sa mère s'était tenue avec ses frères et sœurs, main dans la main. C'était une si jolie photo ! Céleste sentit ses yeux s'embuer. Puis, elle se rappela que sa sœur avait évoqué la possibilité d'une quatrième génération au manoir de Little Eleigh, et cela lui fit l'effet d'un coup de poignard dans le cœur. Elle pensait en toute sincérité que cela n'arriverait jamais.

Elle allait rentrer quand elle vit un homme venir vers elle.

— Julian ? dit-elle.

— Céleste ! s'écria-t-il. Je suis allé à la maison et Évie m'a dit que je vous trouverais ici.

— Est-ce que vous avez oublié quelque chose ? lui demanda-t-elle, très surprise de le voir.

— D'une certaine façon, répondit-il en lui saisissant la main. Je voulais seulement vous poser une question.

— Laquelle ?

— Je me demandais ce que vous penseriez d'une vente privée. En particulier pour le Fantin-Latour. Nous avons quelques très bons clients et je pourrai me renseigner, si vous le souhaitez.

— C'est très aimable à vous, merci. Mais vous auriez dû nous téléphoner.

Il haussa les épaules.

— Aucun problème, dit-il. Je ne rentre à Londres que ce soir et c'est toujours un plaisir de venir ici. C'est un endroit si charmant.

— Bon, eh bien, merci, répéta Céleste, pensant qu'il allait partir.

Au contraire, il abrita ses yeux du soleil et contempla le jardin avant d'emprunter le chemin qui longeait les douves.

— N'est-ce pas un jour parfait ? dit-il en relevant ses manches, révélant des bras étonnamment bronzés. C'est par des journées comme celles-ci que je rêve de vivre à la campagne toute l'année.

— Vous voulez quitter la ville ? demanda-t-elle sans réfléchir.

— Mon Dieu, oui ! répondit-il avec un gros soupir. Ne vous méprenez pas, j'adore mon travail. Je ne vois pas ce que j'aurais pu faire d'autre toutes ces années, mais il y a quelque chose en moi qui attend plus de la vie. Il n'y a pas que le travail qui compte. J'ai cet appartement superbe avec un balcon, mais je ne vois que d'autres appartements. Il n'y a pas un seul arbre en vue. Seulement des briques et du béton.

— Je ne pense pas que je pourrais vivre ainsi.

— Non, fit Julian, et je commence à me dire que moi non plus.

Elle lui jeta un coup d'œil et le vit pour la première fois comme un être humain et non plus comme l'homme qui vendait seulement leurs tableaux.

— Ainsi, vous aimeriez avoir un jardin ? lui demanda-t-elle, leurs pieds foulant le gravier du chemin qui bordait un parterre de roses d'un rouge profond.

— Eh bien oui, mais pas aussi grand que celui-ci. En fait, celui de Cottage Myrtle me convient très bien. Il est assez petit, mais il y a une jolie pelouse, quelques parterres de fleurs et un endroit pour installer une table et des chaises. Il est magnifique à cette époque de l'année. J'aimerais beaucoup y vivre tout le temps.

Tout à coup, il s'arrêta de parler et se mit à sourire quand il découvrit la vue derrière le tournant.

— Waouh ! dit-il. Je n'ai jamais rien vu de pareil. Vous ne m'avez pas montré cette partie la dernière fois ?

— Euh, non, dit Céleste, un peu gênée qu'il s'en soit rendu compte. J'étais trop occupée.

— C'est extraordinaire !

Son visage prit cette expression d'étonnement que Céleste avait l'habitude de voir chez les gens qui découvraient la roseraie pour la première fois, et son cœur se réjouit autant que le sien : c'était effectivement une vue splendide et elle ne manquait jamais de lui élever l'esprit.

Il y avait des roses partout. Des roses s'enroulant autour de bancs sculptés qui débordaient de pots en tout genre, grimpant aux murs et le long de troncs d'arbres. Il y avait des arches, des treillis, des obélisques et des rondeaux de bois – tout et n'importe quoi était destiné aux roses. Le jardin entier leur était dédié, et elles vibraient de toutes les couleurs, dans toutes les nuances, allant du blanc le plus pur au plus profond des rouges en passant par des jaunes crémeux et des roses romantiques.

Julian n'en finissait pas de s'émerveiller.

— Celle-ci ressemble tellement à l'une des roses du Fantin-Latour, dit-il.

— Oui, c'est ce que nous avons toujours pensé, mais nous n'en sommes pas sûres, dit Céleste en se radoucissant à son égard.

Son enthousiasme pour les roses semblait réel, et il y avait aussi autre chose. Sa sincérité. Oui, elle aimait ça aussi.

Elle contempla les nombreux pétales de la rose, comme les froufrous d'une robe de bal renversée, et lui demanda soudain :

— Où sont les tableaux maintenant ?

— À Nayland, chez moi.

— Et ils sont en sécurité ?

— Bien sûr, dit-il. Tout est assuré. Vous n'avez pas besoin de vous inquiéter.

— J'ai bien peur d'être une de ces personnes qui s'inquiètent tout le temps, et les tableaux sont toujours les nôtres jusqu'à ce que nous les vendions.

— Oui. Mais ils sont en sécurité. Je vous en prie, ne vous inquiétez pas. Vous avez suffisamment de soucis comme ça. Laissez-moi m'occuper des tableaux. C'est le moins que je puisse faire.

Ils passèrent sous une arche envahie de larges fleurs d'un rose saumon.

— *Albertine*, dit Céleste.

— Pardon ?

— La rose, dit-elle en faisant un geste en direction des fleurs.

— Ah oui, fit-il. Très jolie. Elles ressemblent à celles que j'ai à Cottage Myrtle.

— Vous avez un rosier *Albertine* ?

— Eh bien, je n'en suis pas sûr. Je ne suis pas un grand connaisseur.

Ils continuèrent à déambuler le long de l'allée bordée de rosiers en pleine floraison.

— Et comment s'appelle celle-ci ? demanda Julian en se penchant pour prendre dans sa main la lourde corolle d'une fleur pourpre.

— C'est un géranium, dit Céleste.

— Magnifique.

— C'est une plante qui va bien avec les roses.

— Ah ! Elle n'a donc aucune valeur en elle-même ? Elle est là seulement pour mettre en valeur les roses ?

— Oui, c'est vrai, dit Céleste. Ici, tout tourne autour des roses, vous savez.

— Donc les autres fleurs jouent pour les roses le rôle du cadre pour un tableau ?

Céleste sourit.

— C'est une jolie manière de voir les choses. Les roses sont les plus belles fleurs au monde, évidemment…

— Évidemment, reprit-il avec le même sourire qu'elle.

— …Mais il est possible de mettre en scène leur beauté en les entourant d'espace ou de fleurs aériennes avec des couleurs complémentaires – comme les géraniums ou les clématites pourpres. Clématites et roses, voilà une de mes compositions préférées. Mais aussi, roses et lavande, roses et cataire ou *verbena bonariensis*.

Julian hocha la tête avec l'air de celui qui commençait à comprendre.

— Laissez-moi donc vous montrer quelques-unes de nos plus anciennes roses, puisque cela vous intéresse, dit-elle en traversant la pelouse en direction de la partie du jardin qu'elle préférait.

C'était un endroit spécial parce que son grand-père l'y emmenait souvent pour lui raconter les histoires des plus anciennes roses du monde et lui apprendre leurs noms. Elle avait adoré l'écouter.

— Ces roses-là remontent au Moyen Âge, expliqua-t-elle à Julian, l'esprit de son grand-père revivant en elle. La rouge, c'est une *Rosa Gallica Officinalis*, aussi connue sous le nom de la *Rose de l'apothicaire*, et on pense qu'il s'agit de la rose rouge de la Maison des Lancaster.

— Ah, la guerre des Deux-Roses, dit Julian reconnaissant enfin quelque chose.

— On aime bien la combiner avec une rose bicolore, la *Rosa Mundi*, une autre rose Gallica, très jolie, et une spore de la rose rouge.

— Spore ?

— Un rejeton, si vous préférez. Et voici les roses victoriennes – les Bourbon sont parmi les plus belles avec leurs pétales doubles et cette couleur profonde et riche, sans parler de leur parfum paradisiaque. Il ne devrait pas exister de jardins sans au moins une douzaine de rosiers Bourbon.

Julian se pencha et respira.

— Absolument délicieux, dit-il. Il m'en faut pour mon jardin.

— Gertie se fera un plaisir de vous aider à faire votre choix.

Ils prirent un autre chemin, passèrent sous une autre arche, le parfum des roses semblant saturer l'air.

Julian hocha la tête d'un air entendu.

— Je crois que je commence à comprendre la magie des roses.

— Elles peuvent vous faire perdre la tête. On raconte l'histoire d'un cultivateur de roses appelé Joseph Pemberton qui était amoureux des roses dès son plus jeune âge. En allant à l'internat, il avait pris avec lui une *Souvenir de Malmaison* enfermée dans une boîte en fer-blanc. Elle se décomposa bien sûr, mais le parfum, lui, dura jusqu'aux vacances de Noël.

— Et est-ce que vous avez déjà fait quelque chose de ce genre ? s'enquit Julian avec un sourire.

Céleste fit oui d'un signe de la tête.

— J'ai bien un herbier avec des roses pressées et séchées quelque part, mais c'était toujours triste de les aplatir, alors j'ai arrêté et depuis j'essaye juste de me souvenir d'elles. Je pense que c'est à cause de ça que grand-papa Arthur achetait tant de tableaux représentant ces fleurs. Les hivers peuvent être longs et solitaires sans leur compagnie. À moi aussi, les longues journées d'été dans le jardin me manquaient. Rien ne me donne autant la sensation de paix que ces fleurs. Elle sourit légèrement. Je peux être de très mauvaise humeur, mais un tour dans le jardin et la vue d'une rose peut transformer n'importe quelle contrariété en un moment de joie. Elle eut l'air songeuse quelques instants et puis ajouta : être assise dans un jardin clos un jour ensoleillé, c'est comme être au paradis.

Ils s'arrêtèrent près d'un buisson aux roses écarlates.

— Comment s'appellent celles-ci ? demanda Julian.

— Ce sont des *Hybrides de thé*. Elles sont très en vogue en ce moment, lui expliqua Céleste. Mais je préfère les roses anciennes. Bien qu'elles soient adorables, vous ne trouvez pas ?

Ils étaient en train de revenir vers la maison quand Julian s'arrêta et dit :

— Le manoir est vraiment immense.

Céleste acquiesça d'un signe de tête.

— Je me suis souvent demandé comment cela aurait été de grandir dans une maison moderne – un petit pavillon normal avec le chauffage central et du double vitrage. On aurait sans aucun doute été moins stressés dans la famille, il y aurait eu moins de pression, et on n'aurait pas passé notre temps à se crier dessus.

— Mais à part les problèmes d'argent, vous vous entendiez bien ?

— Oh, oui, dit Céleste.

— Moi, je m'entendais très bien avec mon père, révéla Julian. Il était doux et bienveillant, mais complètement pris par son travail. Il s'y consacrait à cent pour cent. Il ne connaissait pas d'autre pourcentage.

Céleste sourit avec compréhension.

— Il était passionné par l'art et nous avions donc un centre d'intérêt commun – et un sujet de conversation permanent. Mais il était incapable de se détendre. Il travaillait tout le temps. Il ne faisait jamais autre chose. Il avait toujours un tableau à aller chercher ou une idée pour améliorer la situation de l'entreprise. Cela n'a surpris personne quand il a été emporté par sa deuxième crise cardiaque, dit-il en soupirant. Il me manque. Sa voix me manque. Et je sais que je ne suis que l'ombre de l'homme qu'il était.

Il s'interrompit et eut l'air déconcerté.

— Excusez-moi.

— De quoi ?

— De radoter comme je le fais.

— Mais pas du tout, dit-elle. De toute façon, c'est intéressant.

— Vraiment ? fit-il avec un très léger sourire.

Céleste sourit également et il sembla se détendre.

— Et vous aimez votre travail ? lui demanda-t-elle pour l'encourager à continuer.

— Absolument. Mais je rêve d'ouvrir un magasin d'antiquités. Vous savez – quitter Londres et monter une affaire ici, dans le Suffolk.

Son expression devint pensive.

— Et abandonner votre maison de ventes aux enchères ?

— Pas tout à fait. Je continuerais à prendre part aux décisions, mais je ne serais plus présent en permanence.

— Eh bien, le Suffolk regorge d'antiquaires, dit Céleste. Est-ce que vous pensez pouvoir gagner votre vie de cette façon ?

Il sourit.

— Si j'arrive à faire ce que j'aime vraiment, je serais heureux de me contenter de peu.

Elle hocha la tête en signe d'assentiment.

— Je ressens la même chose vis-à-vis des roses. Aucune de nous n'ambitionne de devenir riche, mais nous voulons faire du mieux que nous pouvons. Oh ! Et puis, nous voudrions garder un toit au-dessus de nos têtes.

Julian soutint son regard quelques instants.

— Excusez-moi de vous poser cette question, mais avez-vous déjà pensé à vendre le manoir pour acheter quelque chose de plus petit ?

Céleste se détourna de lui.

— En fait, nous sommes en train d'en discuter, lui confia-t-elle. Mais ça ne se passe pas très bien. Je me rends compte que le manoir ne fait qu'engloutir notre argent tout en s'effondrant, mais mes sœurs en sont folles. C'est difficile d'imaginer la société Roses Hamilton basée ailleurs, mais on doit y réfléchir – et très vite d'ailleurs, parce que je ne vois pas trop comment nous pouvons continuer à vivre ici.

— C'est un endroit très particulier, dit-il.

Céleste acquiesça.

— Oui, nos grands-parents y avaient mis tout leur cœur.

— Et vos parents, ils ressentaient la même chose ?

Céleste prit une grande bouffée d'air.

— Je crois que notre père n'était pas très attaché au manoir, ce n'était pas la maison de sa famille. Il acceptait d'y vivre à contrecœur pour maman et passait autant de temps que possible ailleurs. Son travail le conduisait souvent à Londres. Et quand ils ont divorcé, il a quitté la maison très vite. Je n'avais pas l'impression qu'il faisait vraiment partie de la maison ou de la société d'ailleurs, et quand il est parti, maman a tout fait pour que nous reprenions le nom de sa famille à elle, Hamilton. Papa ne le lui a jamais pardonné. Elle disait que c'était plus pratique pour la société, mais je ne crois pas que c'était la seule raison.

— Et il vit à Londres maintenant ?

Céleste sourit.

— C'est plutôt drôle, mais oui. Il a acheté le plus adorable des cottages à Clare et il vit là-bas avec sa nouvelle femme, Simone.

Ils continuèrent de marcher le long des douves en direction de la loge.

— Bon. Et comment vous vous en sortez ?

Céleste haussa les épaules et Julian hocha la tête d'un air compréhensif.

— Quand ma mère est décédée, commença-t-il par dire, c'était comme si le monde avait cessé de tourner. Aucun d'entre nous ne savait quoi faire. Ça a duré longtemps. La douleur était insoutenable. Rien ne vous prépare à affronter une telle situation, et il n'y a pas de bonne ou de mauvaise façon de le faire. Chacun est différent. Alors, ne vous inquiétez pas si cela prend du temps. C'est normal.

— Merci, dit-elle d'une toute petite voix.

C'est ce que l'on disait dans ces cas-là, non ?

— Vous étiez proches l'une de l'autre ? demanda-t-il.

Céleste ouvrit grand les yeux.

— Désolé, ajouta-t-il rapidement, je ne voulais pas être indiscret.

Elle respira profondément. Elle avait passé toute sa vie à se demander comment répondre à cette question. Elle se sentait toujours perdue quand les gens lui parlaient de sa mère. Que devait-elle dire ? Qu'elle ne l'aimait pas, la ridiculisait et l'insultait ? Est-ce que c'était là le comportement habituel d'une mère ? Céleste avait eu assez d'amis pour savoir que non. Elle avait été chez eux et vu que les mères étaient gentilles et aimantes ; qu'elles pouvaient être drôles et ouvertes d'esprit. Qu'elles pouvaient être *réelles*. Et c'était là, le problème de Céleste. Sa mère n'avait jamais eu l'air réelle. Elle n'avait rien d'authentique, c'était déconcertant et perturbant pour une enfant, mais c'était ainsi. Comment l'expliquer à cet homme ? Elle préféra ne rien lui dire, c'était plus simple.

— C'est très aimable à vous d'être passé, lui dit-elle quand ils arrivèrent à sa voiture. Tenez-moi au courant pour les peintures, voulez-vous ?

— Oui, bien sûr, dit-il.

Il fit une pause avant de reprendre.

— Céleste ?

Elle lui avait déjà tourné le dos, mais se retourna.

— Oui ?

— Si vous voulez parler, de quoi que ce soit, je sais très bien écouter. À part les tableaux, il existe d'autres sujets de conversation. On peut parler de plein de choses.

Il lui sourit et lui fit un signe de la main avant de monter dans sa voiture et de partir, laissant Céleste complètement abasourdie.

14.

De retour à Little Eleigh avec la camionnette de la société, Gertie emprunta les routes de la vallée de la Stour et passa devant l'église avec son mur incliné, avant de descendre la colline et de traverser la rivière. Elle avait l'impression d'être partie depuis très longtemps – bien plus longtemps que deux jours et deux nuits.

Tournant dans l'allée bordée d'arbres qui menait au manoir, elle consulta sa montre. Il était 13 heures passées, et c'était lundi. Ils avaient essayé de retarder le départ le plus longtemps possible, mais après un moment, James avait dit qu'il lui était impossible de rester.

— Est-ce que nous ne pouvons pas déjeuner ensemble ? lui avait demandé Gertie.

— J'aimerais bien, avait-il répondu en lui embrassant le bout du nez, mais il faut vraiment que j'y aille. Samantha…

— Je sais, avait dit Gertie avec un soupir. Elle ne se rend pas compte de la chance qu'elle a de t'avoir tout le temps.

James avait éclaté de rire.

— Elle ne voit pas les choses comme ça. Je crois plutôt qu'elle m'en veut d'être là.

— Comment peut-elle t'en vouloir alors que tu fais tellement pour elle ?

Gertie avait passé ses doigts dans ses cheveux blonds.

— Parce qu'elle n'a pas aussi bon cœur que toi, lui avait-il dit. Je n'ai jamais rencontré quelqu'un d'aussi adorable et généreux que toi, Gertie.

— Alors, reste avec moi. Pour toujours.

— C'est ce que je vais faire. Et très bientôt.

— Tu sais que notre rêve de quitter le pays et de vivre ailleurs pourrait très bien se réaliser plus tôt que prévu, lui avait-elle raconté.

— Ah bon ? dit-il, surpris. Pourquoi tu dis ça ?

— Oh, c'est juste que j'y pense souvent, avait-elle dit.

Elle n'avait pas voulu dévoiler leur idée de vendre le manoir au cas où cela ne se ferait pas, mais elle avait besoin de sentir que les choses avançaient entre elle et James.

— Et tu sais, j'y pense sans arrêt. Ça me rend folle de joie de nous imaginer ensemble pour toujours !

— Moi aussi. Parle-moi encore de ta petite villa.

Elle avait alors dit en riant :

— Eh bien, c'est une petite maison dans les collines au-dessus d'un joli village avec des volets bleus et une vigne grimpante. Il y a aussi un jardin qui serait parfait pour les roses.

— Évidemment !

— Évidemment ! Nous ferons pousser nos propres fruits et légumes et on dînera sur la terrasse tous les soirs.

— Juste nous deux.

— Oui.

— Voilà une des raisons pour laquelle je suis dingue de toi, avait-il dit en l'embrassant tendrement.

En passant le portail et les douves, Gertie essaya de revivre les moments qu'elle avait partagés avec James.

— Je n'ai pas envie de rentrer, lui avait-elle dit le matin quand ils avaient quitté l'hôtel avec leurs sacs. Est-ce qu'on ne peut pas rester ici pour toujours ?

— J'aimerais bien, mais c'est impossible. On pourra revenir une prochaine fois.

— *Très* prochaine, alors, avait-elle dit.

Mais quand ? Il n'avait rien promis et elle savait qu'elle ne le verrait certainement pas avant la semaine suivante.

Elle se gara et descendit de la camionnette. Quelque part, elle se sentait humiliée de sortir avec un homme marié. Au fond, elle était romantique et elle avait une autre vision de l'amour. Mais la vie était compliquée et imprévisible. Elle ne collait pas à son idéal romantique et elle devait l'accepter. James était peut-être marié, mais le mariage était terminé – il le lui avait dit des milliers de fois. Il fallait juste qu'elle soit patiente et attende le bon moment.

« Et alors, nous serons ensemble », dit-elle à voix haute avant de prendre une grande inspiration, car elle savait que si elle acceptait de vendre le manoir, son rêve serait à portée de main.

C'était l'heure du déjeuner. Gertie pouvait entendre les voix de ses sœurs qui montaient de la cuisine, et les aboiements de Frinton qui les prévenaient de son arrivée.

— Gertie ! s'écria Évie en se précipitant pour la saluer. Comment c'était à Cambridge ?

— Bien, répondit-elle en caressant la tête de Frinton qui n'arrêtait pas de bondir pour être plus près d'elle.

— Ah oui ? dit Évie. Tu as conclu l'affaire ?

Gertie secoua la tête en signe de négation et alla se chercher une soupe de légumes en conserve.

— Non, pas encore.

— Non ?

— Non, fit Gertie.

Évie observa sa sœur, la tête penchée sur le côté et en plissant les yeux.

— Il n'était pas question de roses à Cambridge, hein ?

Gertie était occupée à remuer sa soupe et ne se retourna pas.

— Qu'est-ce que tu veux dire ?

— Que tu n'es pas allée à Cambridge pour un rendez-vous d'affaires. Et que tu n'es pas non plus restée avec une vieille amie. Je me trompe ?

— Qu'est-ce qui te fait dire ça ? dit Gertie en tournant un regard blessé vers Évie.

— Parce que ce que tu dis est vague et que tu es bizarre.

— Pas du tout.

Céleste, qui avait tranquillement observé la scène en buvant une tasse de thé, prit la parole.

— Évie, laisse-la tranquille.

— Ah, tu connais donc le grand secret ?

— Je pense seulement que tu ne devrais pas mettre ton nez dans les affaires des autres, dit Céleste.

— Je parie que c'est un vieux professeur de Cambridge qui porte une veste en tweed et qui t'emmène faire des tours en barque pour te lire de la poésie et te raconter que tu ressembles à une vierge de la légende du roi Arthur ! poursuivit Évie en rigolant. En tout cas, ce n'est pas une vieille amie qui t'aurait offert le joli médaillon que tu portes.

Gertie porta la main à son cou.

— Tu dis vraiment n'importe quoi, Évie. Je me le suis acheté moi-même, il y a des mois.

— Vraiment ?

Gertie hocha la tête.

— Tu es une terrible menteuse, dit Évie en se mettant à rire.

— Évie, arrête ! dit Céleste. Tu n'as rien à faire au jardin ?

— Si, sans doute ! dit-elle en grimaçant à l'idée d'être renvoyée.

— Dans ce cas, je te suggère de t'y atteler.

Évie soupira et dit :

— Oh ! là là ! Celly, on dirait maman.

— Ne me dis plus jamais ça, rétorqua Céleste, et elles se fixèrent toutes deux sans ciller.

— Désolée, dit Évie, je me suis trompée. Tu n'es pas du tout comme maman. Elle était toujours gentille avec moi ! Et toi, tu es toujours méchante !

Évie quitta la pièce en maugréant.

— Est-ce que tu vas bien ? s'enquit Gertie en s'asseyant en face de Céleste avec sa soupe.

— Très bien, dit-elle.

Leurs regards se croisèrent et elles se sourirent.

— Et toi ?

Gertie hocha la tête et commença à manger. Céleste la regardait et se demandait si elle allait lui dire quelque chose.

— Tu as passé un bon week-end ? demanda Gertie.

— Oui, dit Céleste. J'ai classé une montagne de papiers.

— Ce n'est pas ce que je voulais dire, dit Gertie en souriant. Évie m'a envoyé un message disant que Julian était passé ce matin.

— Ah tiens, elle a fait ça ?

— Alors ?

— C'était pour affaires, dit Céleste.

— Pourquoi n'a-t-il pas juste téléphoné ? demanda Gertie.

Céleste observa de près son doigt qu'elle avait éraflé le matin même avec l'épine d'une rose hybride musc.

— Je suppose que c'était plus facile de parler en personne, déclara-t-elle. Il est charmant.

— Il n'est pas ici pour être charmant. Il est ici pour vendre nos tableaux au meilleur prix. Celle… tu sais qu'il t'apprécie.

Céleste secoua la tête en signe de désaccord.

— Je n'en sais rien.

— Mais bien sûr que si ! Tu sais toujours quand tu plais à un homme, dit Gertie avec douceur.

— Bon, eh bien, je ne suis pas intéressée, d'accord ? J'ai bien trop à faire et je n'ai pas le temps de penser aux hommes. De toute façon, je ne crois pas que je puisse encore tomber amoureuse.

Gertie eut l'air abasourdi.

— Tu ne parles pas sérieusement ?

— Je n'ai pas le temps d'y penser en ce moment, déclara Céleste.

— Mais l'amour ne se prévoit pas. Il te tombe dessus. Tu ne peux pas l'inscrire dans ton agenda. L'amour, ce n'est pas comme ça. L'amour arrive quand tu t'y attends le moins, dit Gertie. L'amour, c'est compliqué, imprévisible et merveilleux.

— Et chronophage, ajouta Céleste.

Gertie sourit.

— Il y a toujours le temps pour l'amour, dit-elle.

— Plus pour moi, dit Céleste.

Gertie poussa un soupir.

— Tu changeras d'avis quand tu rencontreras le bon.

Céleste contempla le fond de sa tasse de thé en espérant que la conversation était terminée.

— Tu sais, Évie avait raison, dit soudain Gertie, d'une voix qui était à peine plus qu'un murmure.

— Qu'est-ce que tu veux dire ? demanda Céleste en relevant la tête.

Gertie se mordit la lèvre avant de répondre :

— Je suis bien allée à Cambridge pour voir quelqu'un.

Céleste fronça les sourcils.

— Qui ça ?

— Je ne peux pas…

Elle s'interrompit.

— Tu ne t'en souviens pas ? dit Céleste avec un sourire. Tu étais ivre et tu ne sais plus qui c'était ?

Gertie tendit le bras pour saisir la main de sa sœur.

— Non !

— Alors quoi ? Tu ne peux pas me le dire ?

Gertie garda les yeux baissés et de son doigt suivit les nœuds de la vieille table en bois.

— C'est un peu compliqué, finit-elle par dire.

Céleste était sur le point de lui demander pourquoi c'était compliqué quand son téléphone sonna.

— Zut. Il faut que je décroche. J'ai essayé de joindre ce type toute la matinée.

Elle se leva et posa une main sur l'épaule de Gertie avant de quitter la pièce.

— On oublie l'amour, alors, dit Gertie à sa sœur qui s'éloignait.

****

Dans la nuit, après que tout le monde s'était couché, Céleste se réveilla à cause d'un bruit qui semblait venir de la chambre d'à côté. C'était troublant car c'était la chambre de sa mère.

Elle alluma sa lampe de chevet et vérifia l'heure sur le réveil. Il était un peu plus de 2 heures. En grommelant, elle sortit du lit, attrapa un pull-over, l'enfila par-dessus sa chemise de nuit et mit ses pantoufles. Le dernier endroit qu'elle avait envie d'inspecter au milieu de la nuit était bien la chambre de sa mère. En fait, c'était le dernier endroit où elle souhaitait aller à tout moment de la journée, mais l'heure tardive ne faisait qu'ajouter à son malaise.

— Frinton, appela-t-elle doucement.

Mais le petit chien ne broncha pas.

— Traître ! ajouta-t-elle en entendant ses ronflements.

Elle traversa le couloir en faisant grincer le vieux parquet et vit de la lumière qui provenait de la chambre de sa mère.

— Évie ? dit-elle avec surprise quand elle découvrit que c'était elle qui était là.

Évie tourna vers elle un visage couleur de cendre et Céleste se rendit immédiatement compte qu'elle avait pleuré.

— Qu'est-ce que tu fais ici ? lui demanda-t-elle.

Mais ce qu'Évie était venue faire se voyait très bien, car les portes de l'armoire étaient grandes ouvertes.

— Je n'arrivais pas à dormir, dit-elle d'une toute petite voix qui rappela une fois de plus à Céleste à quel point sa petite sœur était jeune.

— Alors, tu es venue ici ? lui demanda Céleste en penchant la tête.

Évie resta silencieuse pendant un moment, mais sa main continuait de palper les vêtements qui étaient si bien rangés dans l'armoire.

— Elle me manque, dit-elle finalement. Je n'arrive pas à croire qu'elle soit partie. La maison est si vide sans elle.

Céleste la regarda sortir de l'armoire une veste en velours rouge avec des boutons dorés. C'était le vêtement typique de Pénélope : beau, brillant et tape-à-l'œil. Il y avait aussi la petite jupe écossaise qu'elle portait souvent. Beaucoup trop courte, elle la faisait ressembler à une écolière – ce qui, d'après Céleste, lui plaisait sûrement.

— Tu te souviens de celle-ci ? demanda Évie en tenant une robe vert émeraude à bout de bras. Elle lui allait si bien. Elle la portait pour ton seizième anniversaire, tu n'as pas oublié ?

— Non, dit froidement Céleste. Mais je suis étonnée que tu t'en souviennes aussi. Tu étais si jeune.

— Oh, mais si ! protesta Évie, puis elle fronça les sourcils. Peut-être que j'ai seulement le souvenir des photos. Je n'en suis plus sûre maintenant. De toute façon, elle était belle avec cette robe. Comme une star de Hollywood.

Céleste considéra sa sœur qui tenait la robe contre elle, une expression empreinte de nostalgie sur le visage et les yeux emplis de larmes.

— C'est toi qui devrais l'avoir, Celly, dit elle soudain. Tu fais la même taille que maman et elle t'irait vraiment bien.

— Je ne la veux pas, dit Céleste.

— Mais elle est tellement belle, dit-elle en tenant la robe à bout de bras la faisant miroiter dans la lumière de la chambre. Ce serait tellement triste que plus personne ne la porte.

— Je ne veux vraiment pas de cette robe, Évie.

— Mais…

— Je ne pourrais jamais la porter.

Leurs regards se croisèrent et il y avait eu quelque chose dans le ton de la voix de Céleste qui finalement fit réagir Évie. Elle remit la robe dans l'armoire.

— On devrait se recoucher, tu ne penses pas ?

Évie fit oui en refermant les portes de l'armoire. Juste avant que Céleste n'ait éteint la lumière, elle remarqua une photo dans un cadre doré sur la table de nuit. C'était une photo de Pénélope.

— Évidemment, dit Céleste.

— Quoi ?

— Oh, rien.

****

Céleste mit plusieurs heures à s'endormir après avoir dit bonne nuit à sa sœur. Le passé et le fameux jour où sa mère avait porté la robe vert émeraude tournaient en boucle dans sa tête.

« Ma robe », murmura Céleste dans la nuit. Elle n'avait pas voulu raconter toute l'histoire à Évie parce qu'elle n'était pas sûre qu'elle la croirait. Elle continuait d'idolâtrer Pénélope et Céleste ne voulait pas gâcher ses précieux souvenirs auxquels elle s'accrochait si fort.

Si seulement, elle aussi, avait des souvenirs précieux, pensa-t-elle. Les siens étaient pour la plupart douloureux, comme le souvenir lié à la robe émeraude.

Son père l'avait emmenée faire des achats pour ses seize ans et Céleste savait exactement ce qu'elle voulait : une robe neuve – quelque chose de sublime et de sophistiqué. La robe vert émeraude était parfaite, glissant sur ses courbes féminines et lui donnant l'impression, pour la toute première fois, d'être vraiment belle. Mais sa mère n'avait pas été d'accord.

« C'est beaucoup trop élégant pour toi », lui avait dit Pénélope. « Elle n'est pas du tout faite pour toi. » Et impuissante, Céleste avait regardé sa mère emporter sa robe.

Mais elle n'aurait jamais pensé que Pénélope la porterait elle-même et descendrait les escaliers, sa robe flottant autour d'elle, au moment de l'arrivée de ses amis. Bien sûr, tout le monde trouva qu'elle avait l'air fantastique. « Tu as tellement de chance d'avoir une mère pareille », lui avait fait remarquer une de ses amies. Céleste avait seulement souri, sans dire un mot. À ce moment précis, elle avait souhaité qu'il n'y ait pas de fête du tout. Ensuite, il y eut l'histoire humiliante du gâteau. Céleste avait demandé un gâteau rose en forme de cœur, sa mère amena un gâteau vert en forme de grenouille. En plus, l'un des yeux manquait, parce qu'on l'avait laissé dans la cuisine et que l'un des chats l'avait mangé.

Céleste eut envie de rentrer sous terre en se souvenant à quel point l'anniversaire avait été ridicule. Le gâteau était clairement destiné à un enfant, et à seize ans, Céleste n'était plus une enfant. Elle apprit plus tard que Pénélope avait oublié de commander le gâteau. Lorsqu'elle s'en était souvenue, le seul gâteau encore disponible était celui en forme de grenouille.

Peu après, elle s'était mise à crier pour qu'ils fassent moins de bruit. Et ils n'en faisaient vraiment pas beaucoup. Il y avait juste quelques filles enthousiastes essayant de faire la fête, mais c'était déjà trop pour Pénélope. Elle annonça soudainement qu'elle avait une migraine et s'allongea théâtralement sur le canapé en criant à sa fille d'aller lui chercher des comprimés.

Céleste ferma les yeux, se souvenant de la scène comme si c'était hier. Comme par miracle, Pénélope avait réussi à se remettre sur pied quand était venu le moment d'occuper la piste de danse qu'ils avaient aménagée dans le hall. Elle ne l'occupa pas en dansant comme tout un chacun, mais en se réservant l'exclusivité du seul garçon présent ce jour-là, avec lequel elle flirta plus ou moins.

Elle voyait encore le visage tout rouge du garçon quand sa mère lui avait pris les mains pour un slow joue contre joue. Et Céleste était restée là, dans sa vieille robe d'été avec la tache de mûre au-dessus du genou gauche, à regarder sa mère, en robe vert émeraude, danser un slow avec son premier petit ami, à l'anniversaire de ses seize ans.

15.

Les jours d'été passaient lentement. Céleste classait les papiers et mettait la comptabilité à jour, faisant de son mieux pour remettre de l'ordre dans l'empire Roses Hamilton. Gertie travaillait dans le jardin, gardant les allées en parfait état pour les visiteurs et s'occupait de la vente des rosiers en bac. Enfin, Évie jonglait entre les préparatifs du mariage de Gloria Temple et les commandes des restaurants, hôtels et autres particuliers romantiques.

Le ciel était resté parfaitement bleu depuis des jours et seules quelques traînées de nuages blancs étaient apparues ici et là. Même si la plupart des cultivateurs de roses adoraient ce genre de temps, Gertie ne pouvait s'empêcher de remarquer que la pelouse n'était plus verte, mais brune, et que l'arrosage n'y changeait rien. C'était le prix à payer pour un bel été dans la vallée de la Stour, et c'était tout de même mieux que des nuages gris et une pluie incessante qui empêchaient les boutons de roses de s'ouvrir. Non, le soleil était le bienvenu.

Ce qui n'était pas le cas d'Esther Martin, le jour de son emménagement au manoir, que Céleste avait tant redouté.

— Ceci est notre dernier repas juste entre nous, déclara Évie dans la cuisine au moment du petit-déjeuner.

— Ne sois pas si inquiète, lui dit Céleste. Nous ne nous rendrons sans doute même pas compte de sa présence. Je parie qu'elle se lève à l'aube et qu'elle aura déjà fini de petit-déjeuner quand on arrivera. De toute façon, si tu veux essayer de sauver cette maison, c'est un des moyens d'y arriver.

— Et alors, qui emménage dans le pavillon ? voulut savoir Gertie.

— Quelqu'un va d'abord venir pour faire des travaux, dit Céleste. Juste pour rafraîchir l'ensemble. Esther a habité très longtemps dans cette maison et la moquette et le papier peint ne sont plus en très bon état d'après ce que j'ai pu voir.

— Mais c'est cet agent qui va la mettre sur le marché ? demanda Gertie.

Céleste acquiesça.

— Oui, ils savent tout sur les contrats et la façon de choisir le bon locataire. J'ai pensé que ce serait le plus simple.

— J'espère qu'ils auront le droit d'avoir des animaux de compagnie, dit Évie. Je n'imagine même pas louer une maison où les animaux ne sont pas acceptés. Ce serait horrible.

— Les animaux sont acceptés, lui assura Céleste en grattant Frinton derrière les oreilles.

Elle sourit quand il poussa sa tête vers elle pour réclamer encore plus de caresses.

— Voilà au moins une chose de bien.

— Qu'est-ce que tu entends par là ? demanda Céleste.

Évie soupira.

— Je ne comprends pas pourquoi tu fais déménager Esther si tu penses sérieusement à vendre le manoir. Qu'est-ce qui lui arrivera à ce moment-là ?

— Je n'ai pas vu aussi loin, à vrai dire, dit Céleste. Mais louer le pavillon est un bon moyen pour gagner rapidement de l'argent et payer les factures les plus urgentes.

— Eh bien, je ne voudrais pas être à ta place quand tu vas installer Esther, dit Évie.

— Ah ! dit Céleste avec ce ton qui inquiétait toujours Évie. Je voulais justement te demander si tu voulais bien t'en occuper.

Évie resta bouche bée.

— Tu plaisantes, c'est ça ?

Céleste secoua négativement la tête.

— Esther Martin me hait cordialement.

— Eh bien, je ne peux pas dire qu'elle m'adore ! fit remarquer Évie.

— Oui, mais il va falloir que tu le fasses. J'ai des coups de fil à passer.

— Celly ! Ne me demande pas ça ! C'est cruel !

— Ce n'est pas cruel, c'est nécessaire.

Évie rouspéta et dit en boudant :

— C'est injuste. Pourquoi je dois toujours faire les choses les plus désagréables ?

— Ce n'est pas le cas. C'est quand la dernière fois que tu as fait une demande de découvert auprès de la banque ou appelé un fournisseur qui n'a pas été payé pendant huit mois pour lui dire que tu es terriblement désolée ? Et c'est quand la dernière fois que tu as jeté un œil dans la fosse septique et pris les mesures qui s'imposaient ? Ou que tu es allée au grenier voir si les vrillettes des bois étaient revenues ?

— Ah ouais ? Et c'est quand la dernière fois que tu as tenu une bassine sous la tête de maman pendant toute la nuit parce qu'elle était malade ? Ou que tu l'as portée jusqu'en haut des marches parce qu'elle était trop faible pour les monter ? cria Évie.

Un lourd silence tomba dans la pièce.

— Évie…

— Je m'en vais. Et ne t'inquiète pas. Je vais faire le sale boulot à ta place. J'ai l'habitude.

****

Le petit camion des déménageurs se gara devant l'entrée à onze heures du matin. Les quelques meubles et cartons d'Esther furent déchargés et portés dans la chambre qui lui avait été attribuée au rez-de-chaussée. Ses biens se résumaient à peu de chose par rapport à la longueur de sa vie, mais le pavillon était une petite maison et la chambre où elle emménageait était encore plus petite. Même si c'était la plus grande du manoir, avec sa propre salle de bains, il n'y aurait plus beaucoup de place une fois que tout serait installé.

— Madame Martin ? dit Évie en allant à sa rencontre la main tendue.

Elle portait un petit sac à main et une canne. Madame Martin ne sourit pas. Elle ne leva même pas les yeux sur Évie.

— Suivez-moi, dit Évie. Il n'y a pas beaucoup à marcher.

— Je peux marcher pendant des kilomètres si j'en ai envie, aboya Esther.

— Bien sûr, dit Évie, n'en croyant pas un mot.

Elle n'avait jamais vu Esther Martin se promener le long des chemins autour du manoir. Elle semblait vivre en recluse et c'était difficile de l'imaginer partir en randonnée avec une canne.

Elles arrivèrent dans la chambre où les déménageurs avaient installé les meubles. Évie dut admettre que cela avait l'air très confortable. Le joli lit en fer forgé avait trouvé sa place dans un coin et le canapé jaune et les fauteuils étaient positionnés de façon à offrir une belle vue sur le jardin.

— C'est une de mes vues préférées, dit Évie en regardant par-delà les douves, vers la promenade des roses avec les arches couvertes de fleurs blanches et roses. Vous allez être bien ici, vous ne croyez pas ?

Esther ne répondit rien, mais s'assit pesamment dans un des fauteuils et laissa échapper un énorme soupir.

— Est-ce que vous voulez que je vous aide ? demanda Évie en jetant un regard vers les cartons entassés sur le sol.

— Quoi ? répliqua Esther d'un ton sec.

— Est-ce que vous voulez que je vous aide à déballer les cartons ? demanda à nouveau Évie.

— Non, aboya-t-elle. Je ne veux pas qu'une Hamilton mette son nez dans mes affaires.

Évie soupira, elle trouvait Esther Martin insupportable.

— D'accord, dit-elle en faisant de son mieux pour rester calme. Est-ce que je peux vous offrir une tasse de thé ?

— Je sais me faire une tasse de thé toute seule, je ne suis pas invalide.

— Je n'ai pas dit ça. Je voulais juste…

— J'ai dit non !

— D'accord ! aboya à son tour Évie avant de se mordre la lèvre.

Elle avait promis de ne pas perdre son calme et elle avait failli misérablement. Elle respira un grand coup avant de reprendre :

— J'espère que vous aimerez la façon dont la chambre a été arrangée. Sinon, nous pouvons toujours changer les meubles de place.

— Alors, remettez-les dans le pavillon, fit Esther.

— J'ai bien peur que ce soit impossible.

— C'est ma maison. Votre grand-père m'a promis que ce serait chez moi tant que je vivrais.

— Je sais, dit Évie, je suis terriblement désolée, mais nous sommes vraiment dans une situation désespérée et nous avons besoin de cet argent.

— Quelle raison pitoyable pour rompre une promesse.

— C'est la seule que nous ayons.

— Pourquoi ne vendez-vous pas quelque chose ?

— Oh, nous le faisons aussi. Nous nous séparons de quelques-uns de nos tableaux.

Esther eut l'air surprise, elle fixa Évie de ses yeux perçants.

— Pas les tableaux avec les roses ?

— Si, malheureusement.

— Mais votre grand-père adorait ces tableaux.

— Je sais, dit Évie. Cela n'a pas été facile de s'en séparer. J'aurais vraiment préféré les garder, mais cette maison a besoin de tellement de réparations.

Esther n'eut pas l'air convaincue.

— Il y a toujours quelque chose à faire.

— Un jour ou l'autre, je vous montrerai l'aile nord, dit Évie. Peut-être que vous aurez une solution miracle.

C'est alors qu'un carton ouvert attira son attention. Il était grand et avait l'air lourd, et elle se rendit compte qu'il contenait des livres. Beaucoup de livres. Instinctivement, elle tendit la main et pencha la tête de façon à pouvoir lire les titres. Il y avait des livres de Nancy Mitford, de Stella Gibbons et d'autres de Barbary Pym. Évie fronça les sourcils. Elle ne s'y connaissait pas autant en littérature que Gertie, mais elle savait que ces livres étaient des romans plutôt drôles. Elle sourit. Elle ne savait pas qu'Esther Martin était une dévoreuse de littérature humoristique.

— Pose ces livres ! cria soudain Esther du fond de son fauteuil.

Évie soupira et remit les livres dans le carton.

— Je peux vous aider à les déballer si vous voulez. Gertie dit toujours que les livres habillent une pièce.

— Ils habillaient le pavillon jusqu'à hier, dit Esther.

Évie choisit de ne pas répondre.

— Peut-être que je pourrais vous les emprunter. Je n'ai pas souvent le temps de lire, mais j'aimerais bien profiter de ceux-là.

Esther se tourna vers elle et lui lança un regard méchant.

— Si c'est ta façon de te racheter pour m'avoir jetée hors de chez moi, eh bien ça ne marche pas. Maintenant, laisse-moi.

Évie pâlit et quitta la pièce. Elle ferma la porte en résistant à l'envie de la claquer. Si Esther Martin était mufle, Évie, elle, ne l'était pas.

Elle revint quelques minutes plus tard avec une tasse de thé posée sur un plateau avec un joli pot de lait en faïence assorti, et un sucrier avec une cuillère en argent.

— J'ai dit que je ne voulais pas de tasse de thé, dit Esther dès qu'elle la vit.

— C'est vrai, dit Évie. Vous avez répondu que vous ne vouliez pas de tasse de thé, mais j'ai décidé de ne pas vous écouter et de vous en faire une quand même. Elle posa le plateau sur un tabouret près d'elle. Je vous laisse vous servir, pour le lait et le sucre, d'accord ?

Esther laissa échapper un grognement de mécontentement et Évie sourit.

— Gertie compte sur vous pour le dîner ce soir.

— Non, merci.

— Eh bien, il faudra lui dire que vous ne viendrez pas. Comme elle vous préparera quand même quelque chose, je vous conseille d'accepter.

— Mais pourquoi ne me laissez-vous pas toutes tranquille ?

— Parce que ce ne serait pas correct, dit Évie comme si elle énonçait une évidence, et aussi, j'ai dans l'idée que vous n'avez pas envie d'être seule. Pas vraiment envie.

— Oh, tu crois me connaître, c'est ça ? Quel âge as-tu ? Dix-sept ans ? Tu crois connaître la psychologie des gens ? Bah !

— En fait, j'ai vingt et un ans, et je crois que je sais plutôt bien juger du caractère des gens. Voilà.

— Ah bon ?

— Tout à fait ! dit Évie.

Elles semblaient se jauger du regard. Esther fut la première à craquer, baissant les yeux et frottant la paume de sa canne qui était appuyée contre son fauteuil.

— Bon, je vous laisse vous installer, dit finalement Évie.

Esther grommela quelque chose et Évie, secouant la tête en signe de désespoir, quitta la pièce, déterminée à chercher un coin avec beaucoup d'orties à désherber pour passer sa colère.

****

Céleste venait juste de raccrocher le téléphone, faisant de son mieux pour s'excuser auprès de la compagnie qui leur fournissait les bacs en plastique des rosiers. Elle avait trouvé leur facture impayée en dessous d'un tas de papiers sur le bureau de sa mère et, confuse, s'était excusée interminablement de ce qu'elle appelait « un regrettable oubli », mais qui n'était juste qu'un autre exemple de la mauvaise gestion de la société Roses Hamilton sous la direction de ses deux sœurs.

Cela n'était jamais arrivé quand c'était elle qui s'occupait des papiers, mais en même temps, elle n'avait pas eu à gérer la maison et l'entreprise tout en s'occupant d'une mère malade.

Pendant un moment, elle pensa à sa confrontation avec Évie et à la façon dont sa petite sœur s'était fâchée. Céleste se sentait tellement coupable de ne pas avoir été à ses côtés au cours des dernières années, et particulièrement des dernières semaines de la vie de leur mère, quand Évie avait le plus besoin d'elle. Mais comment pourrait-elle lui expliquer ce qu'elle ressentait pour sa mère ? Sa sœur ne comprendrait jamais.

Assise de son côté du bureau, Céleste contempla la chaise vide en face d'elle qui avait jadis été occupée par sa mère. Elle pouvait presque entendre sa voix.

« Tu ne fais pas les choses correctement », lui avait dit une fois Pénélope et elle l'imaginait lui dire exactement la même chose. « Tu n'as jamais vraiment su comment faire avec tes sœurs. Tu n'as jamais eu confiance en toi, comme elles ou moi. Tu as toujours été la plus faible, Céleste. »

Elle secoua la tête. *Toujours* et *jamais*. Voilà les deux mots que sa mère lui envoyait constamment à la figure dans le but de la blesser.

« Tu ne t'es jamais vouée corps et âme à cette entreprise », disait-elle. « Tu as toujours été égoïste » était une de ses phrases préférées. « Tu ne m'as jamais fait de compliment » en était une autre, car sa mère faisait partie de ces gens qui avaient constamment besoin d'être félicités. Il fallait la complimenter sur tout, dans le cas contraire, la vie devenait un enfer.

— Tu es morte ! cria Céleste dans la pièce vide. Tu es *morte* ! Alors, laisse-moi tranquille !

Elle cligna des yeux pour faire disparaître l'image et la voix de sa mère, tandis que son cœur battait la chamade. Elle avait eu raison. Sa

mère continuait de hanter cette pièce, et l'ignorer ne la fera pas disparaître. Elle se pencha en avant et se prit la tête entre les mains. Elle ne
se sentirait jamais chez elle ici. Même si c'était le seul chez-soi qu'elle
connaisse. Aussi longtemps qu'elle se rappellerait le passé, il envahirait
et occuperait toute son existence.

Elle se secoua. Elle n'avait pas le temps de penser à tout cela maintenant. Elle allait passer un nouvel appel pour s'excuser auprès d'un
autre fournisseur lorsqu'elle entendit une voiture dans la cour. C'était
sans doute une livraison pour Gertie ou Évie qui n'avait rien à voir avec
elle, mais elle ne put s'empêcher de regarder par la fenêtre. À sa grande
surprise, elle vit la MG verte de Julian Faraday se garer avec précision
devant l'entrée. *Il ne manquait plus que ça,* pensa-t-elle en sortant de la
pièce pour aller ouvrir. Frinton aboyait bruyamment dans le hall.

— Céleste ! dit Julian avec un grand sourire quand elle ouvrit la
porte. Comment allez-vous ?

— Je suis surprise, répondit-elle. Est-ce qu'on vous attendait ?

— Eh bien, je passais par là et je me suis dit que vous aimeriez
connaître les dernières nouvelles concernant les tableaux.

— Ah, d'accord, dit Céleste.

— Est-ce que je peux entrer ?

Elle ouvrit la porte suffisamment pour qu'il puisse entrer et Frinton
bondit de haut en bas, le long de son pantalon en velours bleu marine.

— Salut, toi ! dit Julian en caressant la tête de l'animal, recevant un
coup de langue en retour.

Céleste le conduisit au salon et ils s'installèrent face à face sur les
deux canapés.

— C'est une pièce charmante, dit-il. J'aime beaucoup la petite
table et l'horloge.

Il hocha la tête d'un air appréciatif à la vue de la petite horloge
française posée sur le manteau de cheminée.

— Et voilà un très joli bol à punch, dit-il en faisant un signe en direction d'un grand bol bleu et blanc placé sur une table à côté de la cheminée.

— Vous dites que vous avez des nouvelles à propos des tableaux ? lui demanda Céleste, n'ayant nulle envie de rester là toute la journée à discuter de vaisselle.

— Ah oui. Vous vous rappelez que nous avions évoqué la possibilité d'un acheteur privé. Eh bien, il y a quelqu'un qui est intéressé par le Fantin-Latour.

— Vraiment ?

— Si vous êtes prête à le vendre directement. Notre galerie travaille avec une liste de clients qui sont intéressés par les belles choses et ils sont souvent prêts à payer rubis sur ongle.

— Et cette personne a vu le tableau ?

— Pas encore, dit Julian. Nous lui avons déjà envoyé des photos et des informations aux États-Unis et elle compte prendre l'avion dans quelques semaines.

— Incroyable, dit Céleste. Venir de si loin pour un si petit tableau.

— Ce n'est pas n'importe quel petit tableau, dit-il.

— Oui, vous avez sans doute raison. Mais quand même, j'ai du mal à l'imaginer accroché dans une autre maison que la nôtre. N'est-ce pas étrange ?

— Pas du tout. Ce serait le contraire qui serait étrange.

— Mais il faut qu'on le vende, dit Céleste, pensant à voix haute.

Elle ne pouvait pas faire marche arrière maintenant – pas quand quelqu'un traversait l'Atlantique avec un chéquier.

— Est-ce qu'on vous a déjà fait un devis pour l'aile nord ?

— Pas encore. Ce n'est pas très bien, mais j'ai attendu que nous ayons de l'argent sur le compte. Je sais que je ne devrais pas, mais j'ai vraiment peur de ce qu'ils vont dire, je suis sûre que le montant sera bien plus élevé que ce à quoi nous nous attendons.

Ils restèrent silencieux quelques instants avant que Céleste ne s'éclaircisse la gorge.

— Alors, nous avons terminé ? demanda-t-elle.

— Pardon ? dit Julian.

— Pour les nouvelles au sujet du Fantin-Latour, dit Céleste. C'était bien la raison de votre visite ?

— Oui, dit Julian en souriant. Je pensais que c'était mieux de vous en parler.

Céleste hocha la tête affirmativement.

— Eh bien, merci d'avoir pris le temps de passer, dit-elle en se levant.

Julian eut l'air désemparé.

— Bon...

— C'est bien tout ce que vous aviez à me dire ? dit-elle en voyant son expression.

— Oh oui, dit-il. C'est tout.

Ils traversèrent le hall et Julian s'arrêta pour contempler le baromètre.

— Il indique *Changement de temps*, dit-il.

— Il indique toujours *Changement de temps*, lui expliqua Céleste. Qu'il pleuve, qu'il vente ou qu'il fasse beau.

— Je connais quelqu'un qui pourrait vous le réparer.

— Oh non ! dit Céleste. Il me plaît comme ça. C'est un baromètre qui vous rend optimiste quand le temps est mauvais et qui vous fait penser à profiter du soleil quand il fait beau.

Julian sourit.

— C'est une très jolie façon de voir les choses.

Ils sortirent de la maison. Le soleil était chaud et il y avait une légère brise qui portait le parfum des roses jusqu'à eux.

— *Gertrude Jekyll*, dit Céleste, et *Évelyne*.

— Pardon ?

— Le nom des roses que l'on sent.

— Les roses qui ont donné leurs noms à vos sœurs ?

— Absolument. Deux des fragrances préférées de Mère. Nous faisons en sorte qu'il y en ait beaucoup près de la maison. Regardez !

Elle lui montra un parterre où des rosiers portant des fleurs rose profond et abricot poussaient à profusion.

— Et où est la vôtre ?

— Le rosier *Celestial* est juste de l'autre côté, mais je crains que les roses n'aient commencé à flétrir. Elles ne fleurissent pas plusieurs fois comme les roses David Austin. Mais elles sont belles à leur façon.

— De quelle couleur sont-elles ? demanda Julian.

— D'un rose coquillage. Les pétales sont presque translucides. C'est une rose solide et saine.

— Comme vous ? dit Julian.

— Je ne suis pas sûre d'être bien solide, dit Céleste.

— Je dirais plutôt que vous l'êtes devenue avec tout ce que vous avez vécu ces derniers temps, dit-il, leurs chaussures crissant sur le gravier du chemin.

— Je n'avais pas le choix, dit-elle en haussant les épaules.

— Eh bien, vous auriez pu sombrer. D'autres l'auraient fait.

— Sombrer ?

— Oui. Abandonner, vous enfuir, devenir folle.

— Ce n'est pas mon genre, dit-elle.

— Vous voyez que vous êtes solide ! dit-il avec un sourire.

Elle haussa les épaules.

— J'essaye seulement de faire ce que j'ai à faire. Si seulement…

Elle s'interrompit. Julian la regarda quelques instants avant de la pousser à continuer.

— Si seulement quoi ?

— Rien, dit-elle, prenant soudain conscience qu'ils étaient arrivés dans le jardin.

Elle s'arrêta et se retourna pour contempler le manoir, ses tours crénelées et ses fenêtres à meneaux parfaitement reflétées dans l'eau des douves.

— C'est affreux à dire parce que j'aime vraiment cet endroit, mais ce n'est pas chez moi, vous comprenez ? Quand j'ai grandi ici, c'était la maison de mes grands-parents et ensuite, celle de mes parents. Je ne faisais que passer. Quand je suis partie pour me marier, je ne pensais plus jamais revenir, et depuis que je suis rentrée, je n'ai pas l'impression de faire partie de cette vie.

Julian fronça les sourcils.

— Je suis certain que vos sœurs ne ressentent pas la même chose. Je parie qu'elles sont heureuses que vous soyez là.

— Elles apprécient que je les aide à tout remettre en ordre.

Elle se mordit la lèvre. Mais qu'avait donc cet homme pour qu'elle se confie ainsi à lui ? Était-ce parce qu'il était plus facile de parler à un étranger qu'à un proche ?

— Vous avez l'air si tendue, Céleste. J'ai l'impression que vous n'arrivez pas à vous relaxer.

Ils retournèrent à la maison, passant sous une arche croulant sous des roses d'un blanc crémeux au parfum de paradis.

— Ce n'est pas vrai, dit-elle.

— Non ? Eh bien, pourtant c'est l'impression que vous donnez.

— Peut-être qu'il me faut juste un peu plus de temps que les autres, c'est tout, ajouta-t-elle en respirant profondément. Sentez-moi ça.

Julian inspira à son tour.

— C'est divin.

— Oui. Voilà ce qui m'aide à me détendre. Parfois je vais dans le jardin et je ne fais rien, sauf respirer. C'est curieux, non ?

— Pas du tout, dit-il.

— Je m'assois sur un banc chauffé par le soleil, je ferme les yeux et je respire. Cela sent toujours merveilleusement bon, même quand les roses ne sont pas écloses.

— Comme l'odeur de la terre après la pluie, dit Julian.

— Oui… exactement, dit Céleste.

Ils échangèrent un long regard.

— C'est la raison pour laquelle je veux quitter la ville, dit-il en arrivant près de sa voiture. Je veux pouvoir sentir autre chose que l'odeur de cuisine de mon voisin.

Céleste rit.

— C'est la première fois que je vous entends rire, dit-il.

Elle cessa immédiatement. La conversation avait pris un ton bien trop intime à son goût.

— Je dois y aller, dit-elle. J'ai du travail.

— Bien sûr. Je vous tiendrai au courant pour le Fantin-Latour.

— Merci, dit-elle, en le regardant monter dans sa voiture et lui faire un signe de la main avant de traverser les douves et de prendre l'allée.

— Que voulait Julian ? demanda Évie en sortant de la loge pour rejoindre Céleste.

— Il avait des nouvelles concernant le Fantin-Latour. De bonnes nouvelles, je pense, dit Céleste.

— À propos d'une vente ?

Céleste hocha la tête d'un signe affirmatif.

— Comment est-ce qu'il pourrait s'agir d'une bonne nouvelle ? s'insurgea Évie en jetant un regard noir à Céleste avant de partir vers le jardin, sans doute pour passer sa colère sur un pauvre buisson en fleurs.

16.

Gertie fixait son téléphone. James ne l'avait pas appelée de toute la semaine et ne lui avait envoyé qu'un petit message. Elle s'assit sur le banc en fer forgé, dos au mur qui entourait le jardin. Quelques années auparavant, elles avaient planté une bordure avec uniquement des fleurs blanches, en l'honneur du célèbre jardin blanc de Sissinghurst dans le Kent. Les trois sœurs y étaient allées plusieurs fois, et c'était toujours pour elles une grande source d'inspiration. En plus de roses magnifiques, on y trouvait des lys, des tulipes, des digitales, des pieds-d'alouette, des anémones, des allium ou encore du jasmin. Le soir, quand les fleurs semblaient presque lumineuses, phosphorescentes, le jardin offrait un spectacle flamboyant.

Mais Gertie n'était pas réconfortée par la beauté qui l'entourait. Elle ne s'intéressait qu'à son téléphone et ne voulait qu'une seule chose : qu'il sonne. Un signe qui indiquerait qu'elle était importante et qu'elle méritait que l'homme qu'elle aimait s'intéresse à elle.

Elle releva la tête, les yeux dans le vague. Elle ne remarquait pas les blancs pétales devant elle, mais imaginait un autre endroit très loin d'ici. Elle et James avaient souvent parlé de quitter Little Eleigh parce qu'ils savaient que leur relation ne serait jamais acceptée au village. Les souvenirs des habitants y remontaient très loin. Gertie serait à jamais considérée comme la femme qui avait volé le mari d'une autre – le mari d'une invalide. Il y aurait des ragots, même si personne ne lui tournerait ouvertement le dos. Donc, bien que cela lui brise le cœur de quitter la maison, elle serait prête à faire le sacrifice. Ils avaient tellement parlé de partir à l'étranger – dans un village du sud de la France ou en Italie, quelque part où ils pourraient être eux-mêmes et prendre un nouveau départ. Gertie avait toujours rêvé de vivre à l'étranger, et c'était un rêve auquel elle s'accrochait quand elle se sentait seule ou incertaine par rapport à l'avenir. Il lui avait aussi été d'un grand secours quand la maladie de sa mère s'était aggravée. *Si je survis à tout cela, j'y vais.* Mais rien ne s'était passé comme prévu. Il y avait eu tant à faire après la mort de Pénélope, et Gertie ne s'était pas résolue à tourner le dos à ses responsabilités.

Si seulement James voulait bien lui dire quand serait le bon moment. Elle avait l'impression de retenir son souffle depuis un long moment et de n'avoir toujours pas eu le droit de recommencer à respirer.

Si seulement je pouvais tout raconter à Céleste, se dit-elle, pensant sincèrement que le poids de son secret serait plus léger si elle pouvait le partager avec sa chère sœur. Céleste avait toujours su très bien écouter. Discrète en ce qui concernait sa propre vie, elle était la meilleure des confidentes, car elle ne jugeait jamais.

Gertie avait toujours parlé à sa sœur aînée de ses peurs et de ses doutes – ses peurs par rapport à l'école, à ses amis et à l'avenir et ses doutes par rapport à ses petits amis. Elle avait toujours été là, calme, rassurante et donnant de bons conseils. Mais elle avait assez à faire en ce moment et Gertie ne voulait pas lui causer davantage de soucis. En tout cas, pas tout de suite.

Elle regarda sa montre et soupira. Elle avait passé suffisamment de temps à se tourmenter, il était temps d'y aller. Il y avait encore beaucoup à faire avant de rejoindre leur père pour le dîner.

****

Marcus Coombs était un homme court et trapu avec des petits yeux, un grand nez, et une tête encore plus grosse. Mais en dépit de son apparence bizarre, il avait un rire communicatif et chaleureux, et les gens l'appréciaient immédiatement. On ne pouvait pas dire la même chose de sa seconde femme, Simone.

— Je la déteste, grogna Évie quand elles furent en route pour la maison de leur père.

— On sait que tu la détestes, dit Gertie, tu nous le dis à chaque fois qu'on y va.

— Je ne comprends pas pourquoi papa ne peut pas venir chez nous, dit Évie.

— Je ne crois pas que Simone le laisserait venir tout seul, dit Céleste.

— Pourquoi ? demanda Évie.

— Eh bien, il pourrait décider de rester avec nous et de ne pas retourner chez elle.

— Je ne lui en voudrais pas, dit Évie en pouffant de rire.

— Elle doit lui mener la vie dure, affirma Gertie.

— Pas plus que maman, fit Céleste en se disant que la vie avec leur mère avait dû être l'enfer pour lui.

Elle s'était souvent demandé comment leur père avait réussi à rester si longtemps avec Pénélope qui était capricieuse et l'insultait sans cesse. Mais il avait donné l'impression d'avoir la peau dure. Jusqu'au jour où il en avait eu assez, bien sûr. Céleste s'en souvenait très bien. Son départ s'était déroulé dans un calme glacial. Son père avait simplement pris sa valise avant de descendre les escaliers en sifflotant.

« Où crois-tu donc aller ? lui avait crié Pénélope.

— Ailleurs. Je te quitte », avait-il répliqué comme si c'était une évidence. Céleste, qui avait quinze ans, l'avait vu depuis le salon jeter un dernier regard au baromètre. Il avait hoché la tête d'un air avisé devant l'indication *Changement de temps* avant d'ouvrir la porte et de sortir tranquillement.

Les cris n'avaient commencé que plus tard dans la soirée quand leur mère s'en était prise à Céleste.

« C'est de ta faute », avait dit Pénélope à sa fille. « Il ne supporte plus d'être dans la même maison que toi. Tu gâches la vie de tout le monde. »

Ce n'est que des années plus tard que son père se confia à Céleste.

« Ta mère n'était pas la femme la plus facile à aimer », lui avait-il avoué « Pourtant j'ai essayé, j'ai vraiment essayé. » Et Céleste savait qu'il disait la vérité, car elle aussi avait essayé d'aimer sa mère et elle avait échoué.

— Pourquoi on doit y aller ? gémit Évie, ramenant Céleste au temps présent.

— Parce que nous sommes adultes et que de temps en temps, nous devons faire ce genre de choses, lui expliqua Céleste.

— Mais Simone nous déteste autant que nous la détestons.

— Oui, mais papa l'aime et nous devons essayer de faire un effort pour lui.

— Mais elle ne fait jamais aucun effort pour nous, dit Évie lorsqu'elles arrivèrent devant Oak House, et chaque fois que papa quitte la pièce, elle dit un truc méchant.

— Elle ne les dit pas vraiment, elle préfère les sous-entendus, vous ne trouvez pas ? demanda Gertie.

Céleste hocha la tête.

— Comme la dernière fois où elle a dit que tu avais l'air de bien te porter.

Évie éclata d'un rire nerveux.

— Oui ! Quand elle a dit que ça m'allait bien d'avoir pris un peu de poids.

— Et la fois où elle a admiré ma robe, ajouta Gertie, pour dire ensuite qu'elle espérait qu'elle existait en petite taille pour qu'elle puisse avoir la même.

Céleste sourit d'un air entendu.

— Je ne crois pas que la minceur de Simone soit naturelle.

— Mais non, dit Évie. N'a-t-elle pas prétendu une fois qu'elle n'aimait pas le chocolat ? Comment faire confiance à quelqu'un qui n'aime pas le chocolat ? Ce n'est pas normal, si ?

— Certainement pas, répondit Céleste qui se réjouissait de la bonne ambiance qui régnait.

— Et si elle dit une fois de plus que mes ongles ressemblent à ceux d'un homme, je hurle, je le jure, dit Gertie.

Ensemble, les trois sœurs éclatèrent de rire avant de sortir de la voiture.

Oak House se trouvait en bordure d'un joli village situé dans le « Haut Suffolk » – une région au nord-ouest d'un comté qui était célèbre pour ses collines verdoyantes. La maison en elle-même n'était pas belle. En tout cas, elle ne l'était pas pour Céleste qui était insensible à tout ce qui était construit après 1910 – comme cette maison de toute évidence.

Elle avait encore du mal à comprendre pourquoi son père avait acheté une maison « faux Tudor » quand il avait vécu dans un vrai manoir du Moyen Âge pendant tant d'années. Elle regardait cette façade en noir et blanc à pignons et ne pouvait s'empêcher de frémir devant tant de modernité. C'était pareil à l'intérieur : les murs étaient proprement plâtrés et les parquets ne grinçaient ni ne penchaient. En même temps, Oak House n'avait jamais connu l'humidité ou les vrillettes de bois et il n'y avait pas la moindre chance d'avoir froid dans ces pièces parfaitement isolées et chauffées.

— Mon Dieu, je préférerais passer un après-midi avec Esther Martin, dit Gertie en s'approchant de la porte d'entrée qui était abritée par un petit porche propret où Simone avait placé un pot de bégonias.

Céleste n'aimait pas les bégonias. Principalement parce que les bégonias n'étaient pas des roses.

— Je suis allée voir Esther ce matin vite fait pour voir comment elle allait et elle a failli me mordre, dit Céleste.

— J'ai abandonné, dit Gertie. J'ai essayé – j'ai vraiment essayé d'être gentille, mais elle est la personne la plus désagréable que je connaisse.

— Vous ne pouvez pas lui en vouloir d'être en colère. Elle vient d'être chassée de chez elle, la défendit Évie.

— Mais ce n'était pas chez elle, dit Céleste.

— Eh bien, Grand-papa lui avait dit que ça le serait.

— Oui, c'est facile de faire des promesses quand on ne sait pas de quoi est fait le futur, dit Céleste. J'aurais fait de même, j'en suis sûre.

— Tu crois ça ? demanda Évie en pressant la sonnette.

Céleste la fusilla du regard, mais n'eut pas le temps de répondre car la porte s'ouvrit.

— Les filles ! s'écria leur père en ouvrant grand ses bras. Entrez, entrez ! Simone a cuisiné pour vous toute la journée. Allez donc l'embrasser.

Évie fit la grimace, mais elle sentit une main dans son dos qui la poussa vers la cuisine.

Les trois sœurs passèrent la porte ensemble.

— Mes chéries ! dit Simone, sans même se retourner ou venir vers elles pour les embrasser, ce qui convint parfaitement aux filles.

— Bonjour Simone, dit Céleste d'un ton neutre.

Gertrude fit de même et Évie grogna quelque chose d'indistinct.

— Ça sent délicieusement bon, n'est-ce pas les filles ? dit leur père en entrant dans la cuisine. Qu'est-ce que c'est, chérie ?

— Du risotto aux champignons, répondit-elle en lui jetant un regard sombre. Je te l'ai déjà dit, mais tu n'écoutes jamais.

Céleste frémit en entendant son père se faire réprimander. Mais il ne réagit pas et leur proposa quelque chose à boire.

— Allez-vous asseoir dans la salle à manger, les filles, cria Simone.

— Elle sait que je ne supporte pas les champignons ! siffla Évie en quittant la pièce. Je l'ai indiqué clairement la dernière fois en les laissant tous sur le bord de mon assiette.

— Elle a sans doute oublié, dit Gertie.

— Ouais, c'est ça ! Elle veut seulement me tester. Elle sait bien que nous sommes polies quand papa est là, et elle adore nous provoquer pour voir comment nous allons réagir.

Dans le couloir, un napperon en dentelle cachait le radiateur. La télévision dans le salon était, quant à elle, enfermée dans un meuble élégant. Rien n'était montré, tout était dissimulé.

Cinq minutes plus tard, ils étaient tous assis autour de la table avec quelques cuillerées de risotto aux champignons dans leur assiette.

— Tu n'as pas faim, Évelyne ? demanda Simone. Tu as peut-être déjà mangé ? À ton âge, ce n'est pas l'appétit qui manque pourtant ?

Leur père rit, sans sembler remarquer la petite pique envoyée par sa femme.

— Vous voulez bien m'excuser ? dit Évie en se levant de table.

Céleste et Gertie lui lancèrent un regard pour la mettre en garde.

— J'aimerais utiliser la salle de bains, expliqua-t-elle.

— Ah ! dit leur père en balayant l'air avec sa fourchette. Nos toilettes en bas sont hors d'usage. Le plombier vient demain. Va dans la salle de bains au premier. Tu sais où c'est ?

Évie fit un signe affirmatif et quitta la pièce.

La salle de bains du premier était le royaume de Simone – comme toute la maison, en fait. Évie ne voyait guère l'influence de son père. Tout révélait le goût de sa femme. Les rideaux et coussins à fanfreluches, le service à fleurs et les serviettes brodées.

Elle parcourut des yeux les étagères couvertes de flacons et de produits cosmétiques. Simone avait sans doute besoin de chaque crème et lotion pour ne pas ressembler à la méchante sorcière d'Oz, se dit Évie en pouffant de rire. *Mais qu'est-ce que son père pouvait bien trouver à cette femme ?* se demanda-t-elle pour la énième fois.

Évie soupira. Elle fut prise d'un léger malaise, mais le risotto aux champignons n'y était pour rien. Elle se passa de l'eau sur le visage et regarda son reflet. Ses yeux semblaient plus grands et plus sombres que jamais depuis qu'elle avait les cheveux blonds. Elle n'était pas sûre de beaucoup aimer cette couleur. Elle se trouvait très pâle ces derniers temps. Bien plus pâle qu'elle n'aurait imaginé être. Cela changerait peut-être.

Son téléphone se mit à sonner. Elle le sortit de sa poche et vit que c'était un message de Lukas.

`Tu me manques. Je reviens.`

Évie ronchonna. Elle n'avait vraiment pas besoin de ça. Qu'est-ce qui lui prenait ? Elle ne lui avait jamais donné le moindre encouragement. À part celui d'avoir passé quelques nuits avec lui. Mais elle lui avait clairement expliqué qu'elle ne cherchait pas à avoir une relation ; c'était la dernière chose dont elle avait envie.

Pendant quelques instants, elle repensa à sa démarche quand il travaillait au jardin. Il avait une drôle de façon de marcher, un peu comme s'il avait toute la vie devant lui, ce qui exaspérait Évie bien qu'il ait toujours terminé son travail à temps. C'est juste qu'il ne donnait pas l'impression de travailler. Il faisait partie de ces gens toujours relax, toujours détendus. Évie se dit qu'elle devrait s'en inspirer, car elle n'était pas du tout comme ça. Son style à elle, c'était d'être toujours pressée et stressée, ce qui signifiait que les affaires marchaient, mais parfois elle aurait bien aimé faire une pause et juste être – eh bien – juste être elle-même.

« Mais tu vas le faire bientôt », dit-elle à son reflet. « Mais pas aujourd'hui. »

Quittant la salle de bains, elle allait redescendre quand elle ne put s'empêcher de remarquer que la porte de la chambre de son père était entrebâillée. L'indiscrétion avait toujours été un défaut chez Évie, ce qui l'avait souvent mise dans des situations délicates. Néanmoins, elle ne put résister à l'envie d'aller jeter un coup œil.

La chambre était décorée dans le style préféré de Simone avec un dessus-de-lit à fleurs et une armoire intégrée. Il n'y avait aucune des horreurs que l'on trouvait habituellement dans une chambre à coucher, comme une chaussette abandonnée ou un tiroir qui ne s'alignait pas sur les autres. Tout était si parfait qu'Évie savait qu'elle ne pourrait jamais dormir dans une telle chambre.

Dégoûtée, elle allait partir quand quelque chose attira son regard. Sur le mur d'en face était accroché un tableau de roses qu'elle reconnut immédiatement. Elle poussa un léger cri avant de s'approcher, marchant sur l'épaisse moquette et contemplant le simple bouquet délicatement peint à la peinture à l'huile. La composition était classique et correspondait tout à fait à ce que son grand-père aimait en peinture. Évie sut immédiatement qu'il s'agissait d'un des tableaux de sa collection. C'était évident. *Mais que faisait-il à Oak House ?*

Elle sortit à nouveau son téléphone et prit quelques photos avant de redescendre au rez-de-chaussée. Assise en bout de table, Simone la fusilla du regard quand elle entra dans la salle à manger, mais elle se mit à sourire quand son mari leva la tête de son assiette.

— Ah, te voilà Évelyne. On se disait que tu étais peut-être tombée dans le trou.

Évie grommela et s'assit.

— Ton risotto est froid, remarqua son père.

— Comme c'est dommage, dit Évie, récoltant un regard sévère de la part de Céleste.

— Je me demande vraiment si tu mérites un dessert, dit Simone comme si Évie était encore une enfant.

Son père s'esclaffa avant de prendre son journal, ce qu'il faisait parfois entre les plats pour ne pas avoir à faire la conversation. Évie en profita pour attirer l'attention de ses sœurs en agitant frénétiquement les mains.

— Qu'est-ce qu'il y a ? demanda Céleste sans aucune subtilité.

Évie s'éclaircit la voix.

— Il faut que je vous parle, dit-elle en leur faisant signe de la suivre dans le hall d'entrée.

Elles quittèrent la table après s'être excusées auprès de leur père qui semblait n'avoir rien remarqué.

— Mais bon sang, Évie ! Qu'est-ce qui se passe ? souffla Céleste une fois dehors.

— Je viens de voir le tableau dont tu parlais.

— Quel tableau ? demanda Céleste.

— Le tableau de roses qui manquait.

— Qu'est-ce que tu veux dire ? Où ça ?

— Au premier étage – dans la chambre de papa et de Simone.

Céleste fronça les sourcils.

— Tu en es sûre ?

— Oui. Absolument !

— Parle moins fort ! la prévint Céleste.

Évie grommela.

— Il faut que vous alliez voir. Il est à nous ! J'en suis sûre, chuchota-t-elle en articulant exagérément.

— D'accord, d'accord, dit Céleste. J'irai voir. Va t'asseoir et quoi que tu fasses, ne dis plus un mot.

Elle retourna dans la salle à manger avec Gertie et Céleste monta les escaliers. La porte de la chambre était toujours entrebâillée. Elle inspira profondément avant d'entrer. Tout comme sa sœur, elle ne put s'empêcher de remarquer la décoration de la pièce et le nombre de coussins qui s'amoncelaient sur le lit. Simone faisait partie de ces gens qui avaient plus de coussins que d'amis, mais elle n'était pas ici pour les compter. Elle découvrit rapidement le tableau dont Évie lui avait parlé.

Oh, non ! se dit-elle, car c'était effectivement le tableau qui manquait à la collection de son grand-père. Ce qui était très bizarre. Elle savait que sa mère n'aurait jamais donné ce tableau à son père, et Céleste était presque certaine qu'il n'avait rien à voir avec cette histoire. Il ne savait sans doute même pas qu'il était accroché dans sa chambre. Il ne remarquait jamais ce genre de choses. Alors, comment était-il arrivé ici ? Céleste se projeta mentalement dans le passé. Son père avait eu la clé du manoir longtemps après avoir quitté sa mère et il avait fait plusieurs allers-retours pour récupérer ses affaires. Mais voyait-il déjà

Simone à cette époque ? Et était-elle venue un jour avec lui pour voler la peinture ?

Avec douceur, Céleste décrocha le tableau du mur et l'examina. Elle le retourna et remarqua la minuscule inscription à l'encre dans le coin en haut à gauche.

À Esme, avec tout mon amour, Arthur.

Non, pensa-t-elle, sa mère n'aurait jamais laissé ce tableau quitter la maison.

Après avoir remis le tableau en place, Céleste retourna en bas, mais elle n'eut pas l'occasion de parler à ses sœurs, car le dessert était servi.

— Toi aussi, tu as eu besoin de la salle de bains ? demanda Simone. Je dois dire que c'est étonnant d'avoir des problèmes de vessie à vos âges.

Évie leva les yeux au ciel, et elles mangèrent leur strudel aux pommes en silence.

Ce n'est qu'une demi-heure plus tard que les trois sœurs eurent la possibilité de se parler à nouveau. Simone préparait le café dans la cuisine et leur père faisait la sieste dans son fauteuil préféré, sa respiration bruyante indiquant qu'il était profondément endormi.

— Alors ? dit Évie. Tu l'as vu ?

— Oui. C'est bien le nôtre, répondit Céleste.

— Je te l'avais dit ! Il faut que tu le prennes.

— Je ne peux tout de même pas le décrocher et le mettre sous ma veste, dit Céleste en prenant un air offusqué.

— Pourquoi pas, dit Évie. Il est à nous.

— Céleste a raison. On ne peut pas juste le prendre comme ça.

— Mais pourquoi ?

— Parlez moins fort ! les prévint Céleste quand leur père s'agita après une expiration particulièrement bruyante.

— Si ce tableau vaut autant que les autres, nous ne pouvons pas nous permettre de le laisser ici. Qu'est-ce qui se passera si Simone décide de le vendre ? Qu'en penseras-tu alors ? demanda Évie.

Céleste secoua la tête pour indiquer son désaccord.

— Elle ne ferait pas ça. Surtout, si elle l'a depuis longtemps.

— Mais elle pourrait en avoir assez et décider de le vendre, dit Gertie. Est-ce qu'elle ne collectionnait pas ces affreuses figurines en porcelaine avant de s'en lasser et de les vendre sur un coup de tête ?

Céleste hocha la tête. Elle avait oublié cette histoire.

— Alors, qu'est-ce qu'on fait ? lui demanda Évie d'une voix pressante.

— Je ne sais pas, répondit honnêtement Céleste.

— Eh bien, ne réfléchis pas trop longtemps, sinon je vais prendre une décision à ta place.

17.

Évie n'avait pas la moindre idée de la raison pour laquelle elle devait désormais s'occuper d'Esther, mais à chaque fois qu'il y avait quelque chose à faire, ses sœurs se trouvaient toujours au fond du jardin ou étaient plongées sous une montagne de papiers. Elle soupira en portant l'aspirateur dans la chambre de leur nouvelle locataire qui était partie à la cuisine.

Franchement, elle avait assez de choses à faire sans être en plus la femme de ménage attitrée d'Esther. Par exemple, s'occuper de Gloria Temple qui allait arriver d'un moment à l'autre pour choisir les roses de son mariage. Mais tout en allant et venant dans la chambre pour vérifier si tout était parfait, elle ne put s'empêcher d'éprouver de la pitié pour Esther. Elle avait quand même été obligée de quitter la maison qui lui avait été promise, pour se retrouver contrainte à vivre avec une famille qu'elle détestait. *Elle ne doit vraiment pas être à son aise*, se dit Évie.

« Un peu comme moi », chuchota-t-elle en se demandant comment cela allait se passer le jour où Céleste mettrait sa menace de vendre le manoir à exécution. *Où iraient-elles ?* Évie était incapable d'imaginer une vie hors de ces murs rassurants. Elle n'avait jamais connu d'autre domicile et elle savait qu'elle aurait le cœur brisé si elle devait partir d'ici. *Est-ce qu'Esther ressentait la même chose ?*

Mais quand même, ce n'était pas une raison pour être désagréable à ce point. *L'impolitesse n'a aucune excuse,* décréta-t-elle.

Elle secoua la tête avec perplexité en se demandant – une fois de plus – comment on pouvait ressentir autant de haine. Ce n'était pas comme si elle et ses sœurs étaient directement responsables de la mort de sa fille. Bon sang, même son père n'était pas responsable ! Après tout, ce n'était de la faute de personne si quelqu'un tombait vainement amoureux et partait ensuite en Afrique pour contracter une horrible maladie.

Évie s'arrêta devant une petite table en bois d'acajou sur laquelle Esther avait disposé des photos encadrées. On la voyait, elle, le jour de son mariage – plus jeune et plus jolie –, mais avec la même moue renfrognée qui semblait fixée en permanence sur son visage. Elle examina son mari qui avait l'air résigné comme s'il savait qu'il ne serait jamais totalement heureux avec l'épouse qu'il avait choisie. Mais peut-être qu'Évie avait trop d'imagination. Ils avaient sans doute eu une vie merveilleuse et été plus heureux que la plupart des couples, cependant Évie avait du mal à le croire.

Une autre photo attira son regard.

« Sally », dit-elle en prenant le cadre en argent ovale. Elle examina le visage pâle de la très regrettée fille d'Esther. Elle était debout sous un arbre qui avait une forme bizarre. Évie n'avait jamais vu quelque chose d'aussi exotique – le tronc était long et mince et la couronne de feuilles très plate. Sally tenait un grand chapeau de paille à la main et portait une robe d'été avec un motif bleu et blanc, ses longs cheveux dans le dos. Elle ressemblait à une chanteuse folk des années 1970 et son petit sourire en fit naître un autre chez Évie juste avant qu'elle ne s'assombrisse et ne se rende compte qu'il devait être horrible de perdre sa fille.

— Je t'ai mis un livre de côté.

Évie faillit tomber à la renverse quand Esther entra dans la chambre. Reposant rapidement le cadre sur la table, elle se retourna au moment où la harpie aux cheveux d'argent passait la porte.

— Quel livre ?

— Un des livres de la caisse que tu avais regardée. Il est sur la table basse, dit Esther en faisant un signe de la tête.

Évie traversa la chambre pour aller le chercher.

— Jerome K. Jerome, lut-elle. C'est un drôle de nom.

— C'est un homme singulier. Et un drôle de livre.

— Ah bon, c'est amusant ? dit Évie en découvrant l'improbable titre : *Trois hommes dans un bateau*.

— Oui, dit Esther. Si tu as un peu d'humour, tu penseras comme moi. Lis attentivement les passages avec le chien, ça pourrait te rappeler quelque chose.

Évie leva les sourcils d'un air interrogateur et regarda Esther s'installer avec difficulté dans son fauteuil.

— Je ne suis pas sûre d'être d'humeur à rire de quoi que ce soit en ce moment, dit Évie.

— Essaye. C'est dans des moments pareils que les livres peuvent vous sauver la vie.

Évie se mordit la lèvre, se demandant si elle faisait allusion à la mort de sa fille ou de son mari, et elle ne put s'empêcher de ressentir de l'empathie pour la vieille dame.

— Merci, dit-elle. Je vous le rendrai dès que je pourrai.

Esther balaya l'air de sa main.

— Ce n'est pas pressé. Mes yeux ne me permettent plus de lire beaucoup ces derniers temps. Les caractères sont si affreusement petits et je ne vais pas assez à la bibliothèque pour prendre des livres avec des gros caractères.

— Oh ! dit Évie avec inquiétude.

Elle ne pouvait imaginer un monde sans livres. Tout comme Gertie, elle adorait les histoires. Puis, elle eut une idée.

— Avez-vous déjà essayé une liseuse Kindle ?

— Pardon ?

— Une liseuse Kindle, expliqua Évie, est un livre électronique qui vous permet d'agrandir le texte à votre guise.

— Jamais entendu parler, fit Esther d'un ton méprisant.

— Ce qui ne veut pas dire que ce n'est pas bien. Je vais vous prêter la mienne, ajouta-t-elle, tout en se rappelant qu'il ne fallait pas qu'elle oublie d'effacer les livres un peu coquins qu'elle avait lus dernièrement.

Quand elle quitta la pièce, fermant doucement la porte derrière elle, le livre prêté à la main, Évie ne put s'empêcher de sourire. Venait-elle vraiment d'avoir une conversation normale avec Esther Martin ? Céleste et Gertie n'allaient jamais la croire.

****

Céleste était étonnée d'être si heureuse d'avoir une raison pour recontacter aussi rapidement Julian Faraday. Le tableau découvert dans la chambre de son père et de Simone la tracassait beaucoup et elle avait donc décidé de lui envoyer les photos qu'elle avait prises.

Qu'en pensez-vous ? avait-elle ajouté en lui donnant la dimension approximative du tableau. Elle n'était pas surprise quand il la rappela trois minutes plus tard.

— Vous avez trouvé le tableau manquant ! dit-il avec enthousiasme.

— Euh, oui, dit-elle, sans élaborer. Avez-vous une idée de qui il pourrait être ?

— Absolument, dit-il. Le peintre est anglais, il n'est pas très connu et s'appelle Paul Calman. Il a beaucoup peint pendant l'entre-deux-guerres – des natures mortes, le plus souvent, et quelques paysages.

Céleste s'éclaircit la gorge.

— Et il a beaucoup de valeur ?

— Il ne vaut pas autant que les autres, lui dit Julian, mais c'est un bon petit tableau. Il faut que je vérifie, bien sûr. Mais je pense qu'il vaut dans les cinq mille.

— Bon, dit Céleste, se rendant compte que ce n'était pas ce qui allait remplir les coffres du manoir de Little Eleigh.

Mais elle souhaitait que le tableau revienne à la maison même s'il ne valait que cinq mille. Son grand-père l'avait choisi pour sa grand-mère et il appartenait au manoir.

— Où est-il ? demanda Julian.

— Ah ! dit Céleste en se mordant la lèvre. Il n'est pas en notre possession pour le moment.

— Voilà qui est intrigant, dit Julian. Eh bien, vous me le montrerez peut-être un jour et je pourrai alors vous donner une estimation.

— Oui, dit Céleste, pensant en son for intérieur que cela n'allait jamais arriver.

— Je vais me balader dans le Suffolk ce week-end, pour visiter des locaux. Je vous ai parlé de mon idée d'ouvrir un magasin d'antiquités ?

— Oui, je m'en souviens, répondit-elle.

— Eh bien, je me demandais si vous aviez envie de venir avec moi. Si vous n'êtes pas trop occupée, bien sûr.

C'est alors qu'un klaxon retentit. Céleste regarda par la fenêtre. Elle vit l'utilitaire mal entretenu de Ludkin et Fils se garer dans la cour.

— Julian, il faut que j'y aille. Quelqu'un vient juste d'arriver. Au revoir.

Elle raccrocha rapidement et se dépêcha d'aller ouvrir la porte.

— Monsieur Ludkin, dit-elle en lui serrant la main. Veuillez entrer.

Sa main était rêche et blanchie comme si elle avait trempé dans du plâtre.

— Ça fait longtemps, dit-il en se grattant la tête.

Ses cheveux gris aussi avaient l'air saupoudrés de plâtre.

— Vous vous souvenez de mon garçon ?

Céleste hocha la tête.

— Tim, c'est ça ?

Tim s'avança d'un pas traînant et acquiesça timidement. Il était un peu plus grand que son père ; en réalité il aurait pu l'être s'il s'était tenu un peu plus droit.

— Eh bien, je vais vous montrer, dit Céleste. Je suis sûre que vous savez où nous allons.

Elle les conduisit vers la fameuse aile nord, accompagnée par les reniflements nerveux de Tim.

— La maison tient encore debout, hein ? remarqua M. Ludkin. Elle n'est pas encore tombée dans les douves.

— Je crois bien que c'est ce qui est arrivé à une partie de la maison.

— Oh mon Dieu ! dit-il en secouant la tête de gauche à droite. J'adore ces vieilles maisons, mais parfois elles causent plus d'ennuis qu'autre chose.

— Je suis entièrement d'accord avec vous, mais il faut qu'on essaye de la remettre en état, dit Céleste.

— Et on pourra commencer le travail ? Ce n'est pas juste un devis comme pour les autres fois ?

— Cette fois-ci, nous ferons les travaux, promit Céleste. Toute l'aile nord en aurait besoin, mais il y a une pièce dont il faut s'occuper en urgence.

Elle s'arrêta devant la Chambre des Horreurs et prit une grande inspiration avant d'ouvrir la porte. Les deux hommes entrèrent.

— D'accord, dit M. Ludkin d'un ton ambigu.

Céleste observa alors avec inquiétude son fils qui se tenait bouche bée, les yeux écarquillés.

Tout à coup, Céleste rêva d'être n'importe où ailleurs.

— Si vous voulez bien jeter un coup d'œil à cette pièce et aux autres, ce serait formidable, dit-elle. Bien sûr, il y a d'autres travaux à faire dans la maison, mais je pense qu'il faudrait s'occuper de cette pièce en priorité. Est-ce que je peux vous offrir une tasse de thé en attendant que vous commenciez ?

— Oui, merci, dit M. Ludkin. Je ne dis jamais non à une tasse de thé.

Céleste les laissa à leur travail et se réfugia dans la cuisine où elle se rendit compte qu'elle tremblait.

Tu peux le faire, se dit-elle en sortant deux tasses du placard. *Et tu as raison de faire ce que tu fais.*

Mais elle ne put s'empêcher d'entendre la voix de sa mère qui s'insinuait dans son esprit.

Cet argent pourrait être mieux dépensé. Tu devrais l'investir dans l'entreprise – pas dans la maison.

Pénélope Hamilton n'avait jamais aimé le manoir. Elle ne faisait que le tolérer. Pour elle, c'était d'abord le siège de l'entreprise, même s'il lui plaisait de jouer à la belle propriétaire qui travaillait dans un cadre magnifique. Le romantisme du lieu lui servait à charmer les clients, mais elle n'y était pas attachée, pas comme ses parents. Elle n'avait jamais été sensible à la magie de l'endroit, ce qui avait eu certaines conséquences. Désormais, le temps était venu de faire face à ces conséquences.

Céleste prépara le thé, posa les tasses sur un plateau avec un petit bol de sucre et un pot de lait. Elle aurait voulu ne pas avoir à retourner dans l'aile nord ; elle aurait voulu pouvoir se cacher jusqu'à ce que les travaux soient terminés. Elle n'avait même pas songé à ce qu'elle ferait de l'aile nord une fois les réparations accomplies. L'espace était immense et si personne ne l'utilisait, il recommencerait à se détériorer. Elle pensa à toutes les différentes possibilités. Est-ce qu'elle pourrait le louer ? Il existait peut-être d'autres Esther Martin qui voudraient venir habiter dans un manoir ou encore, elle pourrait louer des chambres aux vacanciers, mais cette idée ne plaisait que moyennement à Céleste, à cause des problèmes que cela provoquerait au moment de la mise en vente de la propriété.

De toute façon, elle n'avait pas besoin de prendre une décision maintenant. Il y avait énormément de travaux à faire et le temps de penser à la décoration des chambres et aux gens qui pourraient y séjourner n'était pas venu.

Retournant à l'aile nord avec le thé, elle ouvrit la porte de la Chambre des Horreurs où M. Ludkin et son fils examinaient toujours les dommages. Elle posa le plateau sur un rebord de fenêtre suffisamment solide et resta là, silencieusement, les regardant aller et venir dans la pièce, toucher les murs, contempler le plafond et le parquet. Elle avait peur, très peur de ce qui se passait dans leur tête.

— Monsieur Ludkin ? dit-elle, incapable de se retenir plus longtemps.

Il fit le tour du tas de gravats qui gisait au milieu de la pièce, le tâtant du bout de sa botte ferrée.

— Eh bien, dit-il après un moment en se grattant la tête. J'ai vu pire.

— Pas moi, ajouta Tim.

— Ce que je veux dire, c'est que j'ai vu pire, mais pas dans une maison habitée.

— Mais nous ne vivons pas dans cette pièce, lui fit remarquer Céleste.

— Je suis heureux de l'apprendre, dit-il avec un petit rire.

— Et vous avez vu les autres pièces, et l'humidité dans le couloir ?

— J'ai déjà vu tout ça. Je me souviens très bien de la maison et je me suis fait du souci pendant des années, mais de toute façon, on va tout vérifier pour voir s'il y a eu de nouveaux dégâts depuis ma dernière visite.

Céleste grimaça.

— Pour le moment, je suis contente de pouvoir démarrer les travaux, dit-elle. Si vous avez envie de vous en charger, bien sûr. Mais nous devons d'abord voir le devis.

Il acquiesça et continua à marcher dans la pièce, secouant régulièrement la tête et aspirant l'air entre ses dents.

Il resta encore une heure au manoir. Il prit des photos et des notes tout en marmonnant un tas d'horreurs à son fils. Céleste essaya de ne pas écouter. Elle ne voulait pas vraiment savoir. Finalement, ils furent prêts à partir.

— Je vous envoie le devis la semaine prochaine, dit M. Ludkin. Préparez-vous dès maintenant.

— C'est ce que je vais faire, dit Céleste en regardant les deux hommes monter dans l'utilitaire et s'en aller.

Gertie traversait la pelouse, un panier d'œufs à la main.

— C'était Ludkin et Fils ? demanda-t-elle.

— Oui, je viens de leur montrer l'aile nord.

— Qu'est-ce qu'il a dit ? voulut savoir Gertie.

— Il a beaucoup secoué la tête, aspiré de l'air entre ses dents et m'a dit de me tenir prête pour le devis.

— Eh bien du moment que la vente des tableaux nous rapporte assez d'argent, dit Gertie.

Céleste soupira.

— Espérons que ce soit le cas !

18.

Céleste ne savait pas exactement ce qui l'avait réveillée, mais elle était déjà bien contente que ce ne soit pas le bruit d'un plafond s'écrasant quelque part dans les profondeurs de la maison. Elle resta allongée tranquillement et contempla sa chambre plongée dans le noir avant d'allumer la lampe de chevet. Une lumière chaude baigna la pièce, révélant la présence de Frinton qui ressemblait à une peluche, ainsi couché au bout du lit et ronflant doucement. Céleste fit attention à ne pas le déranger en se levant. Elle vérifia l'heure. Il était un peu plus de 2 heures du matin.

Elle descendit les escaliers avec l'idée de se faire une tisane. Ce n'est qu'en arrivant dans le hall qu'elle découvrit qu'elle n'était pas la seule à s'être levée au milieu de la nuit et qu'il y avait quelqu'un dans la cuisine.

Céleste soupira, elle savait très bien qui c'était et devina qu'il allait y avoir du grabuge. La lumière était allumée et l'on entendait marcher.

Un des plaisirs de Gertie était de faire de la pâtisserie, mais quand elle s'y mettait au milieu de la nuit, c'était un signe de stress. Céleste comprit immédiatement que quelque chose n'allait pas quand elle vit sa sœur en peignoir au milieu d'une batterie de bols en faïence.

— Gertie ? dit-elle en restant dans l'encadrement de la porte pour voir si elle pouvait entrer dans la pièce, sans danger. Qu'est-ce que tu fais ?

— Des scones, répliqua sa sœur sans se retourner.

Céleste vit qu'il y avait déjà sur la table deux fournées de scones aux fruits, et qu'une délicieuse odeur annonçait qu'une troisième était encore au four.

— Est-ce que je peux entrer ?

Gertie hocha affirmativement la tête et Céleste se dirigea vers la bouilloire.

— Tu veux une tasse de thé ?

— Non merci, dit Gertie. Tu veux un scone ?

Céleste sourit.

— Je n'ai jamais été capable de refuser un de tes scones que ce soit de jour ou de nuit.

Elle sortit une assiette du placard et Céleste la regarda couper un scone en deux et le beurrer avant de le lui apporter.

— Tu en prends un aussi ? demanda Céleste.

— Non, je ne pourrais rien avaler.

— Tu veux qu'on en parle ?

— Non. Je veux faire des scones.

Elle alla sortir la dernière fournée. Il existait peu de choses aussi agréables que d'être assise dans une cuisine bien chauffée emplie d'une délicieuse odeur de scones aux fruits, mais bien que ce soit un grand plaisir de les déguster, Céleste savait qu'il y avait un problème à résoudre.

— Gertie, dit-elle à voix basse, mais d'un ton ferme. Viens t'asseoir.

Sa sœur s'arrêta et se retourna. Céleste vit que son visage était assez rouge et elle ne pensait pas que la chaleur du four en était la seule responsable.

— Viens t'asseoir et parle-moi, dit-elle après un moment alors que sa sœur n'avait toujours pas bougé.

Finalement, Gertie prit un siège.

— Est-ce que le scone est bon ?

— Il est excellent, dit Céleste, mais je ne veux pas parler de ça.

Gertie contemplait ses mains qu'elle avait posées sur ses genoux, et Céleste savait qu'elle s'arrachait la peau autour des ongles.

— C'est un homme, c'est ça ?

Gertie acquiesça d'un signe de la tête.

— C'est un homme que je connais ?

— Quelle importance ?

— Je ne sais pas. C'est à toi de me le dire.

— Je ne préfère pas.

— Qu'est-ce qui se passe ? Qu'est-ce qui te rend si malheureuse ?

La gorge de Gertie se noua et ses yeux se remplirent de larmes.

— Je suis amoureuse de lui.

— Ça ne devrait pas te rendre malheureuse, dit Céleste.

— Je sais.

— Alors, pourquoi es-tu malheureuse ?

— Il dit qu'il va m'appeler et il ne le fait pas, et je ne le vois presque jamais, dit-elle d'une petite voix.

— Est-ce que c'est lui que tu as vu à Cambridge ?

— Comment tu le sais ?

— Parce que je suis extrêmement perspicace ? dit Céleste en levant un sourcil moqueur.

— On n'avait jamais passé autant de temps ensemble, et c'était merveilleux.

— Et pourquoi vous ne pouvez pas vous voir plus souvent ? Est-ce qu'il travaille trop ?

Gertie renifla un peu, mais ne dit rien.

— Gertie ? Qu'est-ce qui l'empêche de te voir ?

Le silence qui tomba sur la pièce était lourd et aucune des deux sœurs ne le rompait. Céleste, inquiète, la poussa à parler.

— Gertie ? Dis-moi.

Elle releva la tête et Céleste se douta de ce qu'elle allait dire, mais elle n'en eut pas le temps.

— Mais qu'est-ce qui se passe, bon sang de bonsoir ? aboya Esther en faisant sursauter les deux sœurs. Je n'arrive pas à dormir avec tout le boucan que vous faites !

Gertie se releva d'un bond et Céleste sut que l'occasion était perdue.

— Je suis désolée, madame Martin, dit-elle. On n'avait pas l'intention de vous déranger.

— Qu'est-ce que vous faites debout à une heure pareille quand les braves gens essayent de dormir ?

— Rien, dit Céleste. On va retourner se coucher. Venez, je vais vous raccompagner à votre chambre.

Elle se retourna pour essayer de capter le regard de Gertie, mais sa sœur lui avait tourné le dos. Leur conversation devrait se poursuivre une autre fois.

****

Gertie réussit très bien à éviter Céleste pendant plusieurs jours, ce qui n'était pas difficile dans une maison de la taille du manoir de Little Eleigh et dans des jardins qui s'étendaient sur plusieurs ares. Céleste avait découvert enfant que c'était la maison idéale pour se perdre. Parfois, quand la vie et la famille étaient trop difficiles à supporter, elle cherchait un recoin dans une pièce lambrissée ou un abri feuillu dans la roseraie pour se cacher. Elle en ressortait quand elle se sentait de nouveau assez forte. *Peut-être que Gertie a fait pareil,* se dit Céleste en imaginant sa sœur emporter son travail dans un coin tranquille de la propriété où elle ne serait pas la cible des questions de sa sœur.

Céleste ne pouvait s'empêcher de s'inquiéter pour elle. Avait-elle été prête à se confier l'autre nuit dans la cuisine avant l'interruption d'Esther Martin ? Elle en avait bien l'impression et avait de la peine pour sa sœur qui devait porter son chagrin toute seule. Mais elle ne pouvait pas l'obliger à lui parler. Gertie savait où la trouver si elle le souhaitait. Elle aurait bien voulu mais Céleste ne pouvait nier avoir été absente au cours des dernières années. Évie ne le lui pardonnerait sans doute jamais et elle avait sûrement raison. Céleste ne pourrait jamais réellement comprendre ce que Gertie et Évie avaient vécu pendant les derniers mois de la vie de leur mère. Elle commençait juste à comprendre à quel point cela avait dû être difficile.

Mais je ne pouvais pas être ici, se dit-elle. Elle se le répétait sans cesse depuis la mort de Pénélope, mais il y avait toujours un doute dans son cœur. Aurait-elle pu se réconcilier avec sa mère ? Elle en doutait sincèrement, mais peut-être aurait-elle dû au moins essayer.

Elle cligna des yeux pour faire disparaître les larmes de frustration qui lui étaient montées aux yeux, maudissant la situation impossible dans laquelle elle se trouvait : elle *aurait dû* être ici, mais elle *n'aurait pas pu* être là.

Est-ce qu'un jour, ce sentiment de culpabilité la quitterait ? Elles avaient eu besoin d'elle – pas seulement pour ses talents d'administratrice qui auraient maintenu l'entreprise à flot, mais en tant que sœur avec qui on pouvait parler et qui pouvait réconforter quand c'était nécessaire. Même si elle n'avait pas réussi à se réconcilier avec Pénélope, elle aurait quand même dû être présente.

Je les ai abandonnées, se dit-elle. *Mais je peux me racheter. Je suis là maintenant.*

****

Céleste se rendit à Lavenham samedi matin à cause d'une facture très en retard et de quelques courses à faire. Elle avait trouvé l'exorbitante facture de leur imprimeur qui faisait leurs cartes et documents à en-tête, et pensant qu'il était temps d'aller s'excuser en personne et de payer, elle s'était rendue en ville. Après avoir garé la voiture près de l'église, elle prit la direction du centre-ville, passant devant les maisons à colombages très penchées qui attiraient des hordes de touristes pendant l'été.

Elle passait juste devant un café, quand elle le vit.

— Julian ? dit-elle.

— Céleste ! s'écria-t-il, son visage surpris affichant un grand sourire.

— Qu'est-ce que vous faites ici ? lui demanda-t-elle en regardant la boutique à louer d'où il venait de sortir.

— Je suis venu visiter des locaux, vous vous souvenez ?

— Bien sûr, dit-elle. Pour vos antiquités ?

Elle détailla la petite boutique avec sa baie vitrée.

— Et alors ?

— Trop petit, dit-il. Je ne pourrais pas tout stocker.

— Vraiment ? Vous voyez les choses en grand.

— Ça ne vaut pas la peine de faire les choses à moitié, vous ne trouvez pas ? dit-il, ses yeux bleus brillant d'enthousiasme.

— Sans doute pas.

— Ça fait plaisir de vous voir, dit-il. Vous vous portez bien ?

— Oui, merci.

— Et vos sœurs ?

— Très bien.

— Bien, dit-il. Je pense souvent à vous trois dans ce grand manoir entouré de douves.

— Ah bon ?

Il hocha affirmativement la tête.

— Et j'allais vous appeler à propos du Fantin-Latour. Il se pourrait que…

Une voix venant de derrière les interrompit :

— Julian ?

— Ah, te voilà Miles, dit Julian. Je t'avais perdu.

— Désolé, dit l'homme, il fallait que je prenne un appel.

Il glissa son téléphone dans sa poche.

— Céleste, dit Julian, je vous présente mon frère, Miles.

— Eh bien, dit Miles en serrant la main de Céleste avec un grand sourire. C'est donc à cause de vous que mon frère passe tout son temps dans le Suffolk ?

À ces paroles, Céleste sentit son visage s'empourprer et elle vit que Julian avait rougi également.

— Céleste est une cliente, lui expliqua Julian.

— Ah, c'est comme ça qu'on dit aujourd'hui ?

Il éclata de rire et fit un clin d'œil à Céleste.

Céleste releva la tête. Il était plus grand et plus large que Julian, mais il lui ressemblait et avait les cheveux du même roux foncé. Pourtant, quelque chose de fondamental les différenciait, mais Céleste n'arrivait pas à mettre le doigt dessus.

— Laissez-moi vous aider à porter ces sacs, dit Miles, en montrant les deux cabas qu'elle portait à la main.

— Oh, non, dit-elle. Ce n'est pas la peine. Je ne vais pas loin.

Mais Miles les lui avait déjà pris des mains.

— Vous êtes garée où ?

— À côté de l'église.

Tous les trois remontèrent la rue.

— Je ne m'étais pas rendu compte que le Suffolk regorgeait de si belles femmes, dit Miles à Céleste avec un large sourire.

— Je ne vois pas de quoi vous voulez parler, dit Céleste en essayant de capter le regard de Julian qui restait braqué droit devant lui.

— Vous n'avez jamais pensé à quitter le Suffolk pour vivre dans une grande ville ? lui demanda Miles.

— Non, jamais, lui répondit-elle avec honnêteté.

— Je pourrais vous faire visiter les plus beaux endroits de Londres, je les connais tous. Restaurants, clubs, théâtres – on pourrait bien s'amuser.

Elle ne put s'empêcher de sourire en notant la façon dont Miles penchait la tête pour voir sa réaction.

— Alors, ça vous tente ?

— Pas vraiment, répondit-elle alors qu'ils arrivèrent à sa voiture.

— Vous ne savez pas ce que vous loupez, dit-il d'une voix chantante.

Céleste secoua la tête d'un air amusé.

— Merci d'avoir porté mes sacs.

— Aucun problème. Les muscles servent à ça.

Sa déclaration surprit Céleste.

— Tu ne fais pas de gym, hein, Julian ? poursuivit Miles en se retournant vers son frère après avoir posé les sacs sur le siège arrière de la Morris Minor.

— Tu sais bien que non, dit Julian. Je préfère marcher plutôt que de transpirer, enfermé dans une salle.

— Oui, mais marcher ne te donne pas de muscles – et les dames adorent les muscles ! dit Miles. Je m'entraîne quatre fois par semaine – et parfois même plus souvent.

Céleste regarda Julian comme pour lui demander pourquoi la conversation avait pris une tournure si étrange, mais il secoua seulement la tête.

— Il y a une salle de gym dans notre immeuble avec des équipements dernier cri, poursuivit Miles en ne tenant aucun compte de la mine de ses compagnons. C'est génial ! Évidemment, je suis le meilleur là-bas. Même les plus jeunes ne peuvent tenir mon rythme. Tâtez-moi ces biceps, Céleste.

Céleste pensa avoir mal compris.

— Pardon ?

— Allez-y ! Touchez mes muscles, dit-il en enlevant sa veste.

— Elle n'a pas vraiment envie de toucher tes muscles, Miles, dit Julian.

— N'importe quoi ! Toutes les femmes veulent toucher mes muscles.

— Une autre fois peut-être, dit Céleste, totalement abasourdie par le comportement de Miles.

Il fronça les sourcils.

— Vous manquez une belle occasion. Vous n'imaginez pas le nombre de femmes qui aimeraient toucher mon corps !

Il fit un drôle de son comme un bruit de succion et Céleste jeta à nouveau un coup d'œil à Julian. Julian, lui, leva seulement les yeux au ciel.

— Je crois que je ferais mieux d'y aller, dit Céleste en se préparant à monter dans sa voiture.

— Tu vois, Jules, dit Miles, tu as le don de chasser les femmes.

— Nous aussi, on va y aller, d'accord, Miles ?

— Tu aimes bien me mettre dans des situations embarrassantes, hein ? dit Miles tout à coup.

— Non, pas du tout, dit Julian calmement.

— Si ! Tu fais toujours ça, continua Miles, une grimace agressive remplaçant désormais son sourire.

— Écoutez, je ferais mieux d'y aller, dit Céleste.

— Non, attendez un instant, dit Julian qui se tourna vers Miles. Tu veux bien nous donner une minute ?

Miles fusilla son frère du regard.

— Prends tout ton temps. Je me casse. J'en ai marre de traîner dans ce patelin.

Ils regardèrent Miles redescendre en ville.

— Mais c'était quoi, ce cirque ? demanda Céleste une fois que Miles fut hors de portée.

— Ne faites pas attention à lui. C'est un idiot.

Julian se passa la main dans les cheveux. Il avait l'air embarrassé et Céleste n'avait pas l'habitude de le voir ainsi.

— Écoutez, je voulais passer vous voir. J'ai de bonnes nouvelles concernant le Fantin-Latour.

— D'accord, dit Céleste.

— C'est d'accord, si je passe vous voir ?

— Bien sûr.

— Vous serez à la maison demain ?

185

— Oui, je pense.

— Enchaînée à votre bureau, comme d'habitude ?

— Quelque chose comme ça.

— Bon, très bien, je passerai en milieu de matinée, si cela vous convient.

— C'est parfait.

— Bien, dit-il, je vais voir si je peux arranger les choses avec Miles.

— À demain, dit-elle.

Il lui fit un dernier signe de la main avant de repartir vers le centre-ville.

Céleste resta à le regarder pendant quelques instants. Elle ne savait pas pourquoi, mais son cœur battait à tout rompre et elle mit un certain temps à comprendre. Miles Faraday lui avait rappelé quelqu'un.

Quelqu'un qui générait chez elle de la confusion, de la colère et de la peur. Quelqu'un dont elle avait eu le bon sens de s'éloigner.

Sa mère.

19.

Céleste emmena Frinton faire une promenade. Ils marchèrent le long de la rive qui bordait la Stour et traversèrent les champs en direction de la forêt des Ducs. Il avait plu pendant la nuit et le chien, tout comme la maîtresse, était heureux des odeurs que la pluie avait libérées. Céleste respirait à pleins poumons l'air pur de la forêt, savourant le calme d'un début de journée d'été et la souplesse du sol qui soutenait ses pas.

La forêt des Ducs était un des endroits préférés de Céleste, et il l'était depuis l'instant où elle l'avait découvert. Elle repensa à ce jour où elle avait traversé en courant le champ qui venait d'être moissonné, écorchant ses chevilles, fuyant vers les arbres, ne sachant pas où elle allait.

Les grands arbres de la forêt l'avaient accueillie et l'avaient cachée au monde. Elle s'était assise au pied moussu d'un hêtre et avait attendu que son cœur affolé se calme en regardant une biche se faufiler derrière les arbres et en écoutant un rouge-gorge chanter dans un buisson de houx.

Elle était en train de passer près de cet endroit et elle se rappela le réconfort qu'elle y avait puisé, assise là, essayant d'effacer les mots de sa mère de son esprit.

Hors de ma vue, espèce de bonne à rien !

Il y avait eu d'autres mots – froids et acérés – qui avaient tant cherché à blesser qu'elle en était encore profondément marquée alors même qu'elle essayait de les oublier. Céleste était restée dans la forêt jusqu'à ce que la douleur s'estompe, que la lumière s'évanouisse et que la nuit enveloppe la forêt.

Elle n'avait pas voulu retourner à la maison, mais où pouvait bien aller une jeune fille de treize ans ? Alors, au crépuscule, elle était revenue avec pour seule compagnie les ombres étranges des arbres.

« Où étais-tu ? avait crié Évie, à peine Céleste avait-elle ouvert la porte d'entrée. Tu as manqué le dîner ! On avait une tarte à la mélasse pour dessert ! »

Gertie avait l'air plus anxieuse.

« Tu vas bien ? »

Céleste avait hoché la tête.

« J'ai oublié l'heure, avait-elle menti.

— Ah, te voilà chérie ! avait résonné la voix de sa mère. On s'est dit que tu avais quitté la maison pour de bon, cette fois-ci. J'allais louer ta chambre à un gentil étudiant. »

Céleste regardait sa mère, souriante, amusée. Elle semblait avoir totalement oublié l'incident et elle comptait sur Céleste pour l'oublier aussi, mais elle en était incapable. Comment aurait-elle pu ? Mais elle ne pouvait pas non plus en parler. Au lieu de cela, elle tremblait de douleur et de confusion, incapable de transformer ses émotions en mots quand bien même elle aurait été capable d'affronter sa mère et de se confier à ses sœurs.

Elle se rappelait cette soirée en marchant dans les bois avec Frinton. C'était drôle la façon dont certains endroits étaient marqués par le passé. Pour elle, la forêt des Ducs serait toujours liée à cette soirée solitaire, lorsqu'elle était adolescente.

Elle leva la tête vers le vert brillant des feuilles de hêtres et pensa que cette nuit remontait à si loin, et pourtant l'adolescente qu'elle avait été vivait toujours au fond d'elle. Elle était encore là, cette jeune Céleste, cachée derrière les souvenirs qui s'étaient amassés depuis. Il suffisait de gratter la surface pour la découvrir à nouveau.

Peut-être était-ce la rencontre avec le frère de Julian qui lui avait rappelé cet ancien incident. Miles Faraday dégageait la même froideur et cruauté que sa mère. Il avait la même façon de parler sans se préoccuper des sentiments des autres, la même incapacité à ressentir de l'empathie. Découvrir ces caractéristiques chez quelqu'un d'autre l'avait bouleversée.

C'est alors que Frinton se mit à aboyer au pied d'un grand chêne dans lequel s'était réfugié un écureuil. Céleste le regarda sauter sur ses pattes arrière, les oreilles dressées, comme si la pauvre créature allait tomber dans sa gueule à tout moment. Elle éclata de rire. Si seulement elle avait eu un fox-terrier quand elle était enfant. Ils avaient le don d'effacer vos soucis en un instant.

Céleste était contente de voir la MG de Julian entrer dans la cour quand elle revint de sa promenade. Elle ne pouvait s'empêcher de se sentir plus calme quand il était là. Il avait une incroyable capacité à chasser la tristesse et à remonter le moral, et elle ne connaissait pas beaucoup de gens comme ça. Elle regrettera de ne plus le voir après la vente des tableaux. C'était vraiment un homme charmant.

— Bonjour, dit-elle en s'approchant de lui.

— Bonjour, répondit-il avec entrain, en se penchant pour saluer Frinton qui avait couru vers lui. Vous avez fait une balade ?

— Dans la forêt.

— Chouette. C'est une journée parfaite, n'est-ce pas ?

— Je me suis très bien débrouillée pour ne pas travailler de toute la matinée.

— Vous avez bien fait.

— Une tasse de thé ? lui proposa-t-elle.

— Oui, merci.

Ils prirent ensemble le chemin de la maison.

Céleste servit le thé dans le salon et c'est là que Julian commença à parler.

— Voilà, je crois que j'ai de bonnes nouvelles pour vous.

— Il s'agit de l'acheteur américain ?

Julian acquiesça.

— C'est une acheteuse et elle voudrait vous faire une offre pour le Fantin-Latour.

— Donc, vous pensez que c'est mieux de lui vendre directement sans passer par des enchères ?

— En fait, cela dépend de quand vous avez besoin de l'argent.

— Assez rapidement, répondit-elle.

— C'est ce que je me suis dit.

— Oui. Nous avons demandé un devis pour les travaux et j'ai bien peur qu'il atteigne des sommets astronomiques.

— J'imagine, dit Julian. Eh bien, elle m'a dit qu'elle voulait le tableau et quand Kammie Colton veut quelque chose, le prix à payer n'entre pas beaucoup en ligne de compte. Vous pouvez plus ou moins donner votre prix.

— Vraiment ? dit Céleste en se rappelant le chiffre de l'estimation. Ce serait formidable d'avoir un peu d'argent dans la caisse.

— J'ai fait pas mal de recherches sur le Fantin-Latour et j'ai regardé à combien il se vendait ces dernières années, de façon à ce que vous ne soyez pas perdante s'il ne passait pas par une vente aux enchères. Ça peut être risqué aussi – la chance étant un facteur important – donc, c'est peut-être mieux pour vous de le vendre en direct.

Céleste hocha affirmativement la tête.

— J'apprécie vraiment votre aide dans cette affaire.

— Ça fait partie de mon travail, dit-il. C'est un tableau très spécial et je voudrais qu'il se vende bien. Pour vous. Je sais à quel point il compte à vos yeux.

— Je vous remercie.

— Il y a juste un petit détail.

— Oh ?

— Mme Colton va venir en Grande-Bretagne la semaine prochaine et elle viendra voir le tableau à Londres. Mais on dirait bien que de son côté, elle a également fait des recherches sur votre famille, et elle souhaite vous rencontrer et voir le manoir et les jardins.

— Vraiment ? demanda Céleste, soudainement agitée.

— Je pense qu'elle veut juste connaître un peu mieux les origines de la peinture qu'elle va acheter. Elle a été captivée par l'histoire du tableau de roses qui appartient à une famille de rosiéristes vivant dans un manoir du Moyen Âge entouré de douves. C'est une Américaine. Ils n'ont pas d'endroits identiques chez eux. Elle était très enthousiaste à l'idée de voir le manoir de Little Eleigh.

— Vous lui en avez parlé ?

— Oui, confirma Julian. J'ai dit que ça ne poserait sûrement pas de problème, mais que je préférais vous en parler d'abord. Alors, qu'en pensez-vous ?

Céleste ne répondit pas tout de suite.

— Je ne sais pas trop, en réalité, dit-elle, prise d'anxiété.

— Non ? dit Julian. Cela ne prendrait que quelques heures et cela lui ferait tellement plaisir. Elle va faire tout ce chemin depuis les États-Unis pour régler cette affaire, et puis, d'après ce que j'ai cru comprendre, c'est une vraie anglophile. Elle serait très heureuse de venir ici. Je l'accompagnerai, bien sûr. Vous ne serez pas seule avec elle.

Céleste hocha la tête comme prise d'un doute.

— Mais je peux comprendre que vous ne vouliez pas d'une inconnue chez vous, poursuivit Julian. Il suffit que vous me disiez non et je lui ferai savoir que ce n'est pas possible.

Céleste se mordit la lèvre. Elle se sentait mesquine.

— Bien sûr qu'elle peut venir, dit-elle finalement. Nous préparerons des sandwichs au concombre et un gâteau Victoria, si c'est ce qu'elle souhaite.

— En êtes-vous sûre ? demanda Julian. Je suis absolument certain qu'elle sera ravie.

— Et moi, je n'aurai qu'à penser à son carnet de chèques.

Julian éclata de rire.

— Je m'occupe du jour et de l'heure de la visite, alors ?

Céleste hocha affirmativement la tête.

— Et comment ça s'est passé à Lavenham ? voulut-elle savoir. Vous avez trouvé le bon local finalement ?

— Je crains bien que non. Rien ne convenait vraiment.

— Ainsi, vous pensez sérieusement à devenir antiquaire ?

— Oh, oui, dit Julian. Il est temps, vous savez ? Et vous avez été d'une grande aide.

— Ah bon ? dit-elle surprise.

— Oui. En ayant le courage de vendre vos tableaux pour avancer dans votre vie.

— Mais ce n'était pas du courage – c'était de la panique !

Julian sourit largement.

— Peu importe, ça m'a fait réfléchir à mon avenir et à mon besoin de voir plus loin.

— Eh bien, je suis très contente pour vous. Vous êtes sans doute fait pour ce métier.

— Vous pensez ce que vous dites ?

— Oui. Vous avez la personnalité qui convient.

— Ah bon ?

Julian sembla interloqué.

— Vous aimez les gens. Vous vous entendez bien avec eux. Je suis sûre qu'ils vont tous se précipiter chez vous.

— Je vous remercie, dit-il, d'un air soudain confus.

Ils ne dirent rien pendant un moment.

— Julian ?

— Oui ?

— Votre frère…

— Oui. Je voudrais m'excuser pour hier. Il manque parfois un peu de… sensibilité.

Céleste regarda Julian et se demanda si elle serait assez courageuse pour lui révéler le fond de sa pensée.

— J'allais vous demander quelque chose, commença-t-elle par dire. Il m'a fait penser à quelqu'un.

— Vraiment ?

Elle hocha la tête.

— À qui ?

Céleste respira profondément avant de répondre :

— À ma mère.

— Ah ! dit Julian. Elle avait des troubles de la personnalité ?

Céleste fronça les sourcils.

— Qu'est-ce que vous voulez dire ?

— Miles – mon frère – souffre de troubles de la personnalité. Il m'assommerait purement et simplement si je le lui disais. Le nom exact et un peu pompeux de cette maladie est : trouble de la personnalité narcissique. C'est un trouble à multiples facettes, mais certaines sont plus marquées que d'autres. Dit simplement, Miles est comme la personne la plus égoïste qui puisse exister, sauf qu'il est encore pire. Il a du mal à ressentir de l'empathie et peut devenir agressif d'un moment à l'autre si on ne lui donne pas immédiatement ce qu'il veut.

Céleste cligna plusieurs fois des yeux.

— Je connais très bien ce que vous me décrivez, dit-elle. Vous dites que c'est une maladie ?

— Oui. On trouve beaucoup d'informations sur Internet, et on peut passer des tests pour voir à quel stade de la maladie on se situe. C'est fascinant. Avant, je pensais devenir fou. Je n'arrivais pas à comprendre pourquoi Miles disait les choses qu'il disait, pourquoi il agissait de façon absolument impardonnable, et puis, le moment d'après, faisait comme si de rien n'était.

Céleste éclata de rire avant de se couvrir honteusement la bouche.

— Vous voyez ce que je veux dire ?

— Je vois très bien, dit-elle en contemplant le foyer de la cheminée, les pensées virevoltant dans son esprit.

Elle se leva ensuite pour fermer la porte en prenant conscience qu'elle était intriguée par ce que Julian lui avait confié et qu'elle souhaitait absolument en savoir plus pour en parler avec lui.

— Ma mère, commença-t-elle par dire en se rasseyant, quand il m'arrivait d'égratigner sa fierté, me menaçait de me répudier et m'ignorait pendant des jours entiers – des semaines parfois. Et puis, tout à coup, elle me reparlait comme si rien ne s'était passé. Cela me plongeait dans l'incertitude et la confusion la plus totale. J'avais l'impression de marcher sur des œufs à chaque fois que j'étais avec elle – me demandant quand la prochaine crise aurait lieu. *Quand*, pas *si* elle aurait lieu. Parce qu'une chose était sûre : elle allait avoir lieu.

— Exactement comme Miles, alors, dit Julian.

— Alors, ce n'est pas juste de la vanité ou de l'égoïsme ? demanda-t-elle.

— Non, non. C'est quelque chose qui va beaucoup plus loin et qui est, je le crains, très difficile à gérer. Il n'y a pas de médicament magique ou de traitement. Ce genre de troubles est si profondément enraciné qu'il est pratiquement impossible pour les personnes de changer. Parce qu'elles pensent avoir raison. Elles sont parfaites, voyez-vous, et si vous osez les contredire, elles vous expliqueront que c'est vous et le reste du monde qui avez tort.

— Oui, dit Céleste en hochant la tête. C'est exactement ça.

— J'ai essayé de parler à Miles, voici plusieurs années, lui expliquant que son comportement était impardonnable et que je ne l'accepterais plus. J'ai eu l'impression que mes paroles avaient porté leurs fruits et qu'il m'avait compris. Mais en fait, non. C'est juste que parfois, il y a des périodes calmes où nous sommes capables de communiquer normalement, alors je me mets à croire qu'il a changé, qu'il m'a écouté et a vraiment compris ce que je lui ai dit. Mais une nouvelle crise arrive et je me rends compte qu'il n'a pas changé du tout, et qu'il ne le fera jamais.

Céleste écoutait en silence, détaillant Julian assis sur le bord du canapé, ses mains posées sur les genoux. Il parlait si calmement, mais elle ne put s'empêcher de se demander si tout au fond de lui, il ne ressentait pas la même colère qu'elle.

— Avez-vous déjà eu envie de partir ? lui demanda-t-elle.

— J'ai souvent pensé que ce serait plus facile de ne plus le voir, et de tout quitter, mais je ne supporte pas cette idée. Ça ne me semble pas juste, même si cela paraît la meilleure chose à faire contre le cycle infernal de la violence psychologique.

Il s'interrompit.

— Vous allez bien ?

Céleste hocha la tête et se rendit compte qu'elle avait les larmes aux yeux. Elle n'avait jamais parlé de ce problème avant – enfin, pas sérieusement. Ses sœurs savaient un peu ce qui s'était passé entre elle et Pénélope, mais elles avaient toujours été trop proches et elles ne pouvaient pas l'aider. C'était donc un grand soulagement d'apprendre qu'elle n'était pas toute seule à avoir vécu ce genre de tourmente.

— Je n'avais jamais vu ça sous l'angle de la violence psychologique, dit-elle.

— Mais c'est ce que c'est, dit-il avec un faible sourire, et je suis désolé d'apprendre que vous avez subi cette violence. Parfois, je souhaite juste que Miles me frappe et qu'on en finisse. Je me dis que ce serait moins douloureux à long terme et qu'au moins les gens comprendraient ce qui se passe. Mais ce genre de violence… eh bien, les gens ne la comprennent pas vraiment tant qu'ils ne l'ont pas vécue eux-mêmes.

Céleste se tourna à nouveau vers la cheminée, sa vue brouillée par les larmes.

— J'ai toujours pensé que c'était de ma faute si maman agissait de cette façon.

Julian secoua la tête.

— Ça n'a jamais été de votre faute, Céleste.

— Mais toutes ces choses qu'elle a dites. D'où est-ce que ça venait ?

Julian soupira.

— Parfois, Miles prononce des paroles terriblement blessantes, et il me rappelle aussi des anecdotes du passé, des trucs vraiment sans aucune importance qui ont eu lieu des années auparavant. On dirait qu'il les stocke dans son esprit jusqu'au jour où il les déverse sous la forme d'un torrent d'injures. C'est comme si un bulldozer m'écrasait, et je m'étonne parfois d'être en vie quand c'est fini.

Céleste leva les yeux sur lui.

— Je ne savais jamais quoi dire quand maman était comme ça. Rien ne semblait convenir à la situation, alors je préférais me taire. J'essayais de ne pas y penser, de me dire que j'avais tout imaginé et que c'était impossible qu'elle ait pu proférer de telles choses. Mais après, ça recommençait.

Ils restèrent silencieux pendant quelques instants comme s'ils pesaient les mots qu'ils venaient d'énoncer et les souvenirs qu'ils avaient partagés.

— J'aimerais tellement oublier toutes ces choses qu'elle m'a dites, mais je n'y arrive pas, dit Céleste. J'ai essayé. J'ai vraiment essayé, mais elles sont toujours là, prêtes à remonter à la surface et à me faire souffrir à nouveau.

— Mais il faut essayer encore. Il faut que vous réussissiez à tourner le dos au passé. Je trouve que c'est plus facile avec Miles depuis que nous sommes adultes. On n'a pas besoin de se voir si on n'en a pas envie. Mais c'était différent quand on était enfants.

— Il était déjà comme ça ?

Julian hocha affirmativement la tête.

— Et c'était impossible de lui échapper. Maman et papa le trouvaient seulement un peu bizarre et égoïste, des traits de caractère qui se sont renforcés au fil du temps. Je savais qu'il y avait quelque chose qui n'allait pas, mais c'est quand j'ai découvert un article sur Internet que le mystère s'est finalement éclairci. Tout à coup, je comprenais ce qui se passait. J'ai fait le test d'évaluation des troubles de la personnalité narcissique, et mon frère répondait quasiment à tous les critères. Je n'en croyais pas mes yeux. Aujourd'hui, je me surprends à le regarder comme un cas d'étude et pas vraiment comme un être humain. C'est étrange.

— Vous n'avez jamais vraiment eu envie de rompre avec lui ? demanda Céleste.

— Parfois, oui, mais ça ne me paraît pas juste. Il y a des jours – des jours formidables – où il semble si normal et éveillé que c'est impossible de ne pas l'aimer. Mais ensuite, les fissures apparaissent et le vrai Miles refait surface et cette autre personne que j'avais brièvement aperçue disparaît.

Julian but une gorgée de thé.

— Je suis sûr que vous avez aussi eu des bons moments avec votre maman, n'est-ce pas ?

Céleste fit un petit rire.

— Tout est si mélangé dans mon esprit, les bons souvenirs semblent toujours être reliés aux mauvais.

— Comment ça ? demanda-t-il.

Céleste prit un moment avant de répondre.

— Eh bien, un jour, elle m'a acheté une poupée de chiffon, je devais avoir huit ans. Je l'avais vue dans une boutique en ville et j'avais collé mon nez à la vitrine pendant des heures. Maman est entrée dans la boutique et me l'a achetée. J'aimais tellement cette poupée. Je l'asseyais au pied de mon lit et lui faisais des drôles de petits habits. Mais je n'oublierai jamais ce que maman m'a dit quand elle me l'a offerte : « Ton père, lui, ne t'achète pas des cadeaux comme ça, hein ? » C'était tellement étrange de dire une chose pareille, je n'avais pas compris à l'époque, mais elle faisait souvent ça. C'était comme si elle voulait être comparée aux autres.

— Comme si elle était la meilleure ? suggéra Julian.

— Exactement.

— Miles est comme ça aussi. On est allés à une fête d'anniversaire ensemble. C'était surtout l'ami de Miles, en fait, mais je l'avais rencontré plusieurs fois et je l'aimais bien. Bref, j'ai demandé à Miles ce que je pouvais lui offrir. J'avais entendu dire qu'il aimait le whisky et mon frère m'a dit : « Prends n'importe quelle marque. Ne dépense surtout pas trop d'argent.» Je venais juste de verser un acompte pour l'achat de mon appartement à Londres et financièrement, j'étais un peu juste, mais j'ai quand même trouvé une bonne petite bouteille. Bref, je vais à la fête et je découvre horrifié que Miles offre à Anthony la bouteille de whisky malt la plus chère que j'aie jamais vue. Vous pouvez imaginer à quel point j'étais embarrassé de lui donner la mienne.

— Régner sans partage, dit Céleste. Ça me rendait folle. Maman se comparaît toujours aux autres. Elle disait des trucs comme : « Ta tante Louise ne pourrait pas faire mon travail.» ou « Les cheveux de tante Leda sont très fins. As-tu remarqué ? Ils ne sont pas aussi brillants et épais que les miens.» Comme si cela m'intéressait !

Julian sourit avec sympathie.

— Mais elle savait aussi être incroyablement charmante, poursuivit Céleste. Je l'observais souvent quand nous recevions des invités et je n'en revenais pas de voir sa transformation. C'était alors une femme brillante et fascinante, et les gens étaient suspendus à ses lèvres. J'essayais de relier la personne que je connaissais à celle que je voyais.

Julian hocha la tête d'un air compréhensif.

— Elle usait de son charme sur mes amis aussi. Encore et toujours. Elle les embobinait si facilement, mais elle ne tenait jamais très longtemps. À un moment donné, elle explosait. Cela ne manquait jamais d'arriver. Les seuls amis qu'elle ait réussi à garder étaient ceux qu'elle ne voyait pas trop souvent. Ils avaient la chance d'échapper à ses crises. C'était pour ça que je savais qu'il fallait que je m'en aille, et c'est pourquoi je me suis dépêchée de me marier. C'était une erreur, mais à l'époque je trouvais que c'était une idée merveilleuse. J'essayais de faire quelque chose pour moi – une nouvelle vie – mais ce n'était pas un bon choix.

Elle ferma les yeux.

— Écoutez, dit Julian en se levant. Je vous ai fatiguée avec toutes ces histoires.

Céleste se leva d'un bond.

— Non, non, dit-elle. Enfin, peut-être. Tout ça me fait un peu tourner la tête.

— Ce n'est pas facile, dit-il, mais ça peut vous aider à comprendre ce que vous avez vécu. En tout cas, à comprendre que ce n'était pas de votre faute. Personnellement, c'était ce qui me causait le plus de souci – je devenais fou à force de chercher ce que j'aurais pu faire pour que les choses soient différentes. Il ne faut pas que vous pensiez ça, Céleste. Vous êtes quelqu'un de bien. Une personne vraiment bien.

Son regard était plein de douceur et elle fut profondément touchée par sa sollicitude.

— Je vous remercie. Tout ceci est tellement incroyable, dit-elle en esquissant un bref sourire. Mais ça m'a fait beaucoup de bien d'en parler avec vous. Je n'aurais jamais été capable d'en discuter avec mes sœurs.

Julian hocha la tête d'un air compréhensif.

— Si vous voulez qu'on en reparle une autre fois – de ça ou d'autre chose – vous savez où me trouver.

Elle acquiesça d'un signe de tête.

— Prenez soin de vous, dit-il.

Il tendit la main vers elle et la posa sur son épaule. C'était un geste d'une grande simplicité qui il lui fit monter les larmes aux yeux.

20.

Gertie était en train de tuteurer un rosier fabuleux du nom de *Summer Blush*. C'était une des meilleures ventes des Hamilton, mais il avait besoin d'un peu de soutien à cette époque de l'année quand il était alourdi par des fleurs en pleine éclosion. Gertie prenait son temps et travaillait délicatement, enfonçant son nez dans une fleur d'une rare perfection. Le parfum qu'elle exhalait rendait immédiatement la vie plus belle.

Elle soupira. Elle aurait tant voulu que les roses aient le pouvoir d'effacer les soucis. James était particulièrement évasif ces derniers temps. Il lui envoyait un message d'excuse après l'autre expliquant pourquoi ils ne pouvaient pas se voir, et coupait court à toute conversation quand Gertie essayait d'aborder la question de leur avenir.

Depuis la grande nuit des scones, elle avait fait de son mieux pour ne pas croiser Céleste à des moments qui auraient été propices aux confidences, car elle avait décidé que ce n'était pas l'heure de se confier. Elle avait un grand besoin de discuter de sa situation avec quelqu'un, mais elle ne pouvait pas s'empêcher de se demander ce que sa grande sœur penserait d'elle. Céleste n'avait jamais été du genre à juger les autres, mais Gertie s'inquiétait tout de même de sa réaction quand elle allait apprendre qu'elle fréquentait un homme marié. On ne pouvait jamais prévoir la réaction des autres. Et Gertie avait très peur que Céleste n'ait plus une aussi bonne opinion d'elle.

Elle se maudit pour s'être mise dans une telle situation, et ce n'était pas la première fois. Pourquoi, mais pourquoi n'avait-elle pas rencontré quelqu'un d'autre ? N'importe qui d'autre ? Toutefois, c'était de la folie de s'en prendre à ce qu'on ne pouvait contrôler. Gertie était le genre de personne qui était menée par ses sentiments, et aucun raisonnement logique ne saurait l'aider. Elle était amoureuse et continuerait de l'être en dépit de n'importe quelles paroles moralisatrices qu'elle pourrait s'adresser.

Elle était juste en train de redresser le rosier *Summer Blush* quand elle vit un jeune homme passer par le pont au-dessus des douves. Il était grand et avait des cheveux blonds en désordre qui lui tombaient sur le visage. Il portait un gros sac à dos.

— Lukas ? s'écria Gertie délicieusement surprise.

Il lui fit un signe en guise de salut et ils se serrèrent la main quand ils se rejoignirent près du parterre de roses devant la maison.

— Comment allez-vous, mademoiselle Hamilton ?

— Gertie ! Vous devez m'appeler Gertie. Je vais très bien. Et vous ? Je ne savais pas que nous vous attendions ?

— Eh bien, dit-il en regardant ses grosses chaussures de marche. Je n'étais pas très sûr de ce que j'allais faire, mais j'aime cet endroit, ajouta-t-il en haussant les épaules. Il m'a manqué.

Gertie hocha la tête, comprenant exactement ce qu'il voulait dire : Évie lui avait manqué.

— Alors, comment va la petite famille ?

Gertie inspira profondément.

— Je crains d'avoir de tristes nouvelles.

— Votre maman ?

— Oui. Elle est décédée au mois de mai.

— Mon Dieu, je suis désolé ! Comment vous en sortez-vous ? Comment va Évie ?

— Pas très bien, dit Gertie. Il y a des hauts et des bas.

Lukas hocha la tête.

— J'aurais aimé être là pour l'aider.

— C'était probablement mieux ainsi, lui dit Gertie. Mais n'en parlons pas maintenant. Dites-moi, comment c'était à… rappelez-moi où vous étiez ?

— Un peu partout, dit-il. Je suis resté quelque temps en Cornouailles pour faire de la peinture à St Ives. Ensuite, je suis remonté au Lake District et puis je suis redescendu à Londres pour visiter les galeries d'art.

— Et maintenant, de retour dans le Suffolk ?

— C'est un bel endroit pour un artiste, dit-il avec un grand sourire.

— Absolument, dit-elle en se souvenant des discussions qu'ils avaient eues sur les artistes de la région, Gainsborough et Constable.

— Euh, est-ce qu'Évie est dans les parages ? demanda-t-il timidement.

— Oui, je pense qu'elle est dans la remise en train de rempoter. Suivez-moi.

Ils firent le tour du jardin pour se rendre aux remises qui abritaient les outils et tout le matériel nécessaire à la culture des roses.

— Évie ? appela Gertie. Tu ne devineras jamais qui est ici !

La tête d'Évie émergea de l'ouverture de la porte. Ses yeux sombres s'agrandirent et sa bouche s'arrondit.

— Lukas ?

— Salut, Évie, dit-il en s'avançant vers elle pour lui planter un baiser sur la joue avant qu'elle ne puisse protester.

— Qu'est-ce que tu fais ici ?

— Je suis venu te voir, dit-il avec simplicité en se passant la main dans les cheveux qui lui étaient tombés dans les yeux.

Un silence embarrassant s'installa et ils se dévisagèrent, chacun attendant que l'autre prenne la parole. Ce fut Gertie qui rompit le silence.

— Eh bien, ne vas-tu pas l'inviter à prendre une tasse de thé et à manger un morceau ?

— Bien sûr, dit Évie avec le ton d'une personne très ennuyée d'avoir à interrompre son travail pour un jeune homme agréable et séduisant.

21.

Évie déplaçait des pots à grand fracas tandis que Lukas essayait de lui parler.

— Laisse-moi t'aider.

— Je n'ai pas besoin d'aide, rétorqua-t-elle.

— Mais je veux t'aider.

— On n'a pas les moyens de t'embaucher à nouveau, dit-elle en évitant de le regarder dans les yeux.

— Tu crois que je suis ici pour le travail ?

— Pourquoi, tu ne l'es pas ?

— Non. Je te l'ai dit. Je suis venu te voir.

— Eh bien, c'était sympa de t'avoir revu, maintenant, excuse-moi, mais j'ai du travail.

Évie passa près de lui et se dirigea vers les parterres de fleurs, un sécateur à la main.

— J'ai pensé que je pourrais rester ici comme la dernière fois, dit-il, prompt à lui emboîter le pas.

— Quoi ? s'écria-t-elle.

— Rester ici ?

— Impossible, dit-elle abruptement.

— Mais pourquoi ?

— Parce qu'il va y avoir des travaux de rénovation et qu'il y a déjà quelqu'un qui habite avec nous.

— Dans mon ancienne chambre ? demanda Lukas.

Évie ne répondit pas. Elle avait l'impression d'être une sans-cœur parce qu'il y avait plusieurs chambres où Lukas aurait pu dormir, mais elle n'était pas sûre d'avoir envie qu'il soit dans les parages vingt-quatre heures sur vingt-quatre. Elle était encore en train de se remettre du choc de son arrivée inattendue.

— Je participerai aux corvées.

— Je ne crois pas que ce soit une bonne idée, tu comprends ?

Il tressaillit au son de sa voix et capitula.

— D'accord.

Elle soupira.

— Écoute, Lukas. Je ne sais pas ce que tu es venu faire ici, mais je pense que tu perds ton temps.

— C'est à moi de le décider, non ?

Elle interrompit son travail à contrecœur.

— Il n'y a rien entre nous, dit-elle à voix basse.

Lukas pencha la tête de côté.

— Mais il y a eu quelque chose, non ? demanda-t-il d'un air confus.

Évie avait les bras dans le compost jusqu'aux coudes, ce qui l'arrangeait, car ainsi il ne pouvait pas voir qu'elle tremblait.

— J'ai besoin d'espace, Lukas.

— D'espace ? Mais j'ai été absent pendant des mois.

— S'il te plaît, dit-elle, ses yeux exprimant une immense vulnérabilité.

— Écoute-moi. Je suis réellement désolé pour ta mère. Je sais que tu l'aimais beaucoup et que tu traverses une terrible épreuve, mais tu n'as pas besoin de l'affronter toute seule parce que je ne vais pas te laisser, Évie. Je ne sais pas ce qui se passe, mais je sais que nous avons partagé des bons moments. De très bons moments ! Évie ? Est-ce que tu m'écoutes ?

Elle secoua négativement la tête.

— Non, et je pense que c'est mieux que tu t'en ailles.

— D'accord, dit-il. Pour le moment. Mais ce n'est pas fini, tu sais ? Je n'abandonne pas aussi facilement.

Il enfonça ses mains dans ses poches et elle le regarda s'en aller. Il avait les épaules voûtées et la démarche de l'amoureux éconduit. Évie resta là, mordillant sa lèvre d'un air agité et elle se demanda si elle n'avait pas fait une grosse erreur.

****

Plus tard dans l'après-midi, Évie fit la poussière dans la chambre d'Esther en maniant le chiffon comme si elle était possédée. Quand elle s'approcha de la collection de figurines, Esther aboya de son fauteuil :

— Je m'occuperai moi-même des figurines, merci !

— Vous voulez que je vous aide ou pas ? demanda Évie, le visage grimaçant.

— Pas si tu es de mauvaise humeur.

— Mauvaise humeur ? Je ne suis pas de mauvaise humeur !

— Mais bien sûr !

Évie s'interrompit, le chiffon entre ses mains.

— Je suis juste, juste…

— Quoi ?

— Lukas est revenu, laissa-t-elle échapper.

— C'est qui Lukas ? Un chat perdu ?

— Non. Un homme perdu.

— Oh ! fit Esther.

Évie soupira.

— Il était ici il y a quelques mois, il a travaillé pour nous au jardin quand maman était malade et que je m'occupais d'elle. C'est un étudiant en art et il a voyagé en Angleterre pour visiter je ne sais quoi.

— Et il a craqué pour toi, c'est ça ?

— En quelque sorte.

— Mais toi, tu n'es pas attirée par lui ?

Évie tordait le chiffon jaune entre ses mains comme si elle étranglait quelqu'un.

— Je l'aimais bien, mais je ne pensais pas le revoir. Je ne lui ai pas demandé de revenir.

— Alors, dis-lui de s'en aller. Si tu n'es pas intéressée, il devra t'écouter.

Évie ne semblait pas avoir entendu Esther.

— Je ne lui ai rien demandé. Je lui ai dit de partir.

— Qu'est-ce que tu veux dire par là ? questionna Esther en se tournant vers la jeune fille pour lui donner toute son attention. Évie ? Pourquoi est-ce que cela t'inquiète autant ?

Mais Évie ne répondit pas. Elle quitta seulement la pièce le chiffon à la main.

22.

Dans une maison aussi grande que le manoir de Little Eleigh et habitée par seulement trois personnes, on aurait pu penser qu'il serait facile de ne pas se faire remarquer. Mais l'expérience de Gertie démontrait qu'il n'en était rien.

Elle avait à moitié traversé le hall quand elle entendit la voix d'Évie qui venait du salon.

— Où vas-tu ?

— Pourquoi est-ce que j'irais quelque part ? demanda Gertie en faisant une courte pause.

— Parce que tu as ce pas décidé qui signifie que tu vas quelque part.

— Je vais seulement me promener, si tu tiens à le savoir.

— Est-ce que je peux venir avec toi ?

Évie s'était levée et avait rejoint sa sœur dans le hall.

Mille excuses possibles virevoltaient dans l'esprit de Gertie, mais sa sœur eut pitié d'elle.

— Allez, c'est bon. Va avec ton recueil de poésies, ou je ne sais ce que tu vas lire, te réfugier à l'ombre d'une ruine quelconque.

Gertie ne put s'empêcher de rougir.

— À plus tard.

Elle quitta la maison en redoutant qu'Évie ne la suive, car elle se rendait bien auprès d'une ruine – la petite chapelle de l'autre côté de la rivière. Elle était contente qu'Évie ne lui ait pas posé de questions à propos de sa tenue parce qu'elle portait sa robe préférée, faite d'un tissu très léger, qui était exactement du même bleu que les jacinthes des bois.

La soirée était encore merveilleusement douce et la vallée de la Stour était baignée d'une lumière dorée qui donnait à la rivière un éclat fabuleux. Une légère brise agitait doucement les feuilles des saules, et Gertie s'émerveilla de la longueur de son ombre.

Elle aurait dû se sentir le cœur plus léger qu'avant, mais elle n'avait vu James qu'en de rares occasions depuis leur escapade à Cambridge et chaque rencontre avait été horriblement brève. Il lui envoyait des messages, les uns après les autres, où il expliquait à quel point il était occupé et combien Samantha avait besoin de lui.

Gertie, pardonne-moi, je t'embrasse

Combien de fois lui avait-elle déjà pardonné ? Sa position lui permettait-elle de faire autrement ? Elle n'avait pas le droit d'attendre quelque chose de lui, et cependant, elle ne pouvait s'empêcher d'être terriblement déçue à chaque fois qu'il la laissait tomber. Était-ce trop demander de le voir ? Elle ne voulait qu'une chose, être avec lui et qu'il la tienne dans ses bras et l'embrasse. Comme ses baisers lui manquaient ! Toutes les nuits, qu'elle passait seule dans son lit pour une personne, elle imaginait comment ce serait d'avoir James à ses côtés. De dormir dans un grand lit et de se tourner vers l'homme qu'elle aimait pour l'embrasser. D'autant plus que la femme qui partageait son lit actuellement ne le voulait pas à ses côtés.

Mais au moins, je vais le voir maintenant, se dit-elle en traversant un champ peuplé de vaches aux taches noires et blanches. Les grosses têtes se tournèrent vers elle pour observer sa progression, mais elles décidèrent finalement qu'elle n'avait pas tant d'intérêt et continuèrent leur repas du soir. C'était comme une scène d'un roman de Thomas Hardy. Gertie ne put s'empêcher de se sentir comme une de ces pauvres héroïnes qui tombaient amoureuses du mauvais homme au mauvais moment et ne savaient pas comment leur histoire allait finir. *Continue d'espérer. Il est en route pour venir te voir.*

Elle ne savait pas comment et elle ne savait pas quand, mais un jour, James serait à elle et ils vivraient dans leur petite villa italienne où ils fondraient leur propre famille. Gertie s'était tellement accrochée à ce rêve pendant la maladie de Pénélope ! C'était une des choses qui l'avaient aidée à garder la tête hors de l'eau, le seul rayon de soleil d'une période très sombre.

Mais en arrivant à la chapelle en ruine, elle ne vit ni James ni Clyde. Elle vérifia l'heure. Était-elle en avance ? Non. Elle marcha dans l'herbe haute, admirant les scabieuses bleues qui poussaient en bouquet, avant de s'asseoir sur un muret, l'irrégularité des pierres se faisant désagréablement sentir au travers du fin tissu de sa robe. Elle aurait dû amener une veste. L'air se rafraîchissait si vite.

Elle regarda en direction des anciens jardins de la chapelle. Derrière les hautes flèches roses des lauriers de Saint Antoine, il y avait deux pommiers aux fruits aussi durs et petits que des balles de golf. Gertie ne put s'empêcher de se demander s'ils pourraient continuer à se retrouver ici quand les pommes seraient mûres. Ils se connaissaient depuis un an. Une année entière de rendez-vous secrets et de belles promesses, mais le temps passait et il devenait de plus en plus difficile de croire que leurs vœux se réaliseraient.

Comme la lumière tombait, Gertie en vint à se dire qu'il ne viendrait pas. Elle avait vérifié son téléphone une dizaine de fois, mais il n'y avait pas de message, puis elle se souvint de leur cachette secrète. Sautant du muret, elle passa sous l'ancienne arche à l'entrée de l'église et se dirigea vers l'endroit où s'était jadis trouvé l'autel. Là, à quelques centimètres du sol, il y avait un trou caché par de longues herbes. Un gros silex avait été placé à l'intérieur, Gertie le retira et trouva un papier qu'elle déplia.

Je n'avais pas de réseau alors je laisse un mot dans notre cachette secrète. Je suis arrivé tôt, espérant que tu serais là. S. ne se sent pas bien aujourd'hui, je ne peux pas rester. Tu me manques. Je t'aime. J.

La déception envahit Gertie. Elle n'allait pas le voir et elle avait attendu si longtemps ! Elle ferma les yeux et quand elle les rouvrit, elle se rendit compte qu'il commençait à faire nuit et qu'il ne lui restait plus beaucoup de temps si elle voulait rentrer à la lumière du jour.

Après avoir quitté la chapelle, elle aurait immédiatement dû prendre le chemin du retour, mais quelque chose la poussa à couper à travers champ en direction du village. Elle trébucha le long des sillons laissés par un tracteur.

Mais qu'est-ce que tu fais ? fit une petite voix intérieure.

« J'ai juste envie de le voir », répondit-elle à voix haute.

Ne sois pas stupide. Rentre à la maison.

Mais un besoin insensé qu'elle n'arrivait pas à dominer la poussa vers la grange rénovée au bout du village. Derrière les hautes fenêtres de la maison, les lumières étaient allumées. Elle voyait très bien à partir du renfoncement dans la haie, à l'arrière de la maison où elle s'était cachée, et elle savait que la nuit la rendait invisible. Ce qu'elle faisait était ridicule et cependant, elle n'arrivait pas à s'en aller. Elle voulait seulement le voir.

Elle sursauta quand elle le vit apparaître avec un grand saladier en faïence qu'il posa sur la table de la salle à manger avant de pousser le fauteuil de Samantha à sa place à table. Gertie regarda James s'asseoir avec envie. Il était face à la fenêtre et elle espérait de tout cœur qu'il sentirait sa présence dans la nuit tombante.

Elle les regarda dîner. James souriait. Pourquoi souriait-il alors qu'il n'était pas avec elle ? s'étonna Gertie. Il disait toujours qu'il était terriblement triste à la maison.

Peut-être est-il en train de penser à toi, fit la petite voix. Elle sourit, mais c'était douloureux de le voir là avec Samantha.

Puis soudain, l'incroyable se produisit – Gertie regarda la scène comme si elle se déroulait au ralenti. James s'était penché en avant pour prendre la main de sa femme et il la caressa d'un geste si tendre et romantique que les larmes montèrent aux yeux de Gertie. Était-ce là le geste d'un homme qui n'était plus amoureux de sa femme ? D'un homme qui prévoyait de la quitter ?

Au bord des larmes, Gertie se détourna. La confusion régnait dans son esprit. Que se passait-il ? C'était elle qu'il aimait, non ? Pas Samantha. C'est ce qu'il lui avait toujours dit. Samantha était manipulatrice et cruelle. Elle lui ôtait toute son énergie. Il lui avait raconté cela tellement souvent.

« C'est toi que j'aime », avait-il dit. Mais en le voyant avec Samantha dans l'intimité de leur maison, elle n'était plus du tout sûre de pouvoir le croire.

****

Céleste s'était cachée dans l'atelier avec la porte bien fermée et la radio allumée pour essayer d'échapper au bruit que faisaient M. Ludkin et son fils qui avaient commencé les travaux dans l'aile nord. C'était un peu risqué de démarrer la rénovation avant la vente des tableaux, mais Céleste ne pensait pas pouvoir attendre plus longtemps – pas avec un immense trou dans le plafond et le risque d'inondation que cela représentait. De plus, Julian avait l'air d'être assez sûr de lui en ce qui concernait la vente du Fantin-Latour et il y aurait donc de l'argent sur le compte en banque d'ici peu.

Elle était justement en train de chercher des informations sur les troubles de la personnalité sur Internet quand Évie débarqua dans la pièce.

— Alors, qu'est-ce qu'on va faire ? lui demanda sa sœur sans préambule.

C'était sa façon d'être. Évie était toujours persuadée que les autres savaient lire dans ses pensées et comprenaient de quoi elle parlait.

— À quel sujet ? demanda Céleste en fronçant les sourcils.

— Au sujet du tableau !

— Quel tableau ?

Évie soupira et, exaspérée de voir que Céleste ne comprenait pas de quoi elle voulait parler, elle mit les mains sur les hanches.

— Le tableau que Simone nous a volé !

— Oh, ce tableau-là ! dit Céleste.

— Ne me dis pas que tu as oublié, s'écria Évie en allant s'asseoir dans l'ancien fauteuil de leur mère.

La gorge de Céleste se noua. Elle n'aurait jamais osé s'asseoir là, et cependant Évie avait l'air totalement à l'aise.

— À vrai dire, dit Céleste. Je n'y ai pas beaucoup pensé. Où est Lukas ?

— Qu'est-ce que Lukas a à voir avec ça ? demanda Évie.

Céleste remarqua que sa sœur avait rougi.

— Gertie a dit qu'il était revenu. J'aimerais le voir.

— Eh bien, il est reparti, d'accord ?

Un silence embarrassant s'installa avant qu'Évie ne l'interrompe.

— Alors, tu vas la laisser s'en tirer, c'est ça ?

— S'en tirer pour quoi ?

— Pour le *tableau* !

— Il ne s'agit pas de ça, dit Céleste.

— Non ! Je te connais. Tu ferais n'importe quoi pour ne pas avoir à affronter cette bonne femme, et ce serait vraiment injuste, Celly !

— Alors, qu'est-ce que tu suggères ? On ne peut pas juste aller prendre le tableau. Et cela m'étonnerait que papa soit de notre côté. Il dirait sans doute qu'il n'est au courant de rien et tout ce que nous gagnerons, ce sera du ressentiment. Tu connais Simone – elle s'arrangera pour nous donner le mauvais rôle.

Évie secoua la tête.

— Je n'arrive pas à croire que tu vas laisser tomber.

— Je ne crois pas que nous ayons le choix.

— Mais c'est le tableau de nos grands-parents, dit Évie en sachant que ces mots toucheraient Céleste.

Et effectivement, Céleste poussa un soupir.

— Tu veux autant que moi que ce tableau revienne à la maison, lui dit Évie, et si toi, tu ne fais rien, et bien moi, j'agirai.

****

Évie était encore très énervée quand elle se rendit chez Gloria Temple pour rencontrer l'organisatrice de mariage. Elle savait que Céleste était débordée en ce moment, mais elle aurait pensé qu'un tableau volé serait une priorité, surtout au regard de la valeur des autres tableaux. Contrariée, elle secouait la tête en roulant le long des routes en lacet, ralentissant avant de doubler un cheval et de tourner dans l'allée impeccable de Blacketts Hall. Elle prit quelques minutes pour se calmer et passa la main dans ses cheveux qui avaient toujours cette horrible teinte blonde.

Elle ouvrit la portière de la camionnette et sortit dans la lumière du soleil en remarquant un jeune homme debout près de la haie d'if. Il lui tournait le dos, mais Évie le reconnut immédiatement.

— Lukas ? fit-elle.

Il se retourna.

— Évie ! s'écria-t-il visiblement heureux de la voir, ce qui était loin d'être son cas.

— Mais, bon sang ! Qu'est-ce que tu fais ici ? dit-elle en faisant de son mieux pour ne pas regarder ses bras bronzés et musclés – mais sans succès.

— J'ai mis quelques annonces dans les magasins des alentours et Mme Temple m'a embauché, dit-il avec un sourire éblouissant.

— J'ai cru que tu avais quitté le Suffolk.

— Qu'est-ce qui t'a fait croire ça ?

Mais Évie n'eut pas le temps de répondre. Gloria Temple était apparue.

— Ah, Évie ! Est-ce que je vous dérange ? demanda-t-elle en faisant glisser son regard de l'un à l'autre. Est-ce que vous vous connaissez ?

— Oui, dit Lukas.

— Non, répondit Évie en même temps.

— Oh ! fit Gloria. Voilà qui est troublant !

Elle joignit ses mains endiamantées.

— Bon, si nous commencions, qu'en pensez-vous ? Carolina est là et voudrait vous poser quelques questions à propos de vos fleurs si magnifiques.

L'heure d'après se déroula en compagnie de l'organisatrice de mariage, Carolina, qui n'arrêtait pas de se vanter bruyamment de tout ce qu'elle avait programmé pour le grand jour de Gloria et qui donnait l'impression à Évie d'être le dernier des larbins.

Évie était assise sur un canapé en cuir noir qui faisait face à la fenêtre donnant sur l'allée, et elle ne put s'empêcher de remarquer Lukas qui était debout sur une échelle en train de tailler une plante grimpante devant la maison. Lui aussi semblait avoir parfaitement conscience de sa présence, et lorsqu'il croisa son regard, il lui fit un petit signe de la main. Évie leva les yeux au ciel.

— Évelyne ? fit Gloria.

— Pardon ? dit Évie retournant son attention à ce qui se passait dans le salon.

— Vous n'aimez pas la suggestion de Carolina ?

— Oh, non ! dit-elle. Non, je ne l'aime pas.

— Quoi ? s'écria Gloria.

— Quoi ? répéta Carolina.

— En réalité, j'adore l'idée d'une arche en ballons, expliqua Évie.

Le visage des deux femmes se détendit. Évie soupira. Il fallait dire qu'elle n'aimait pas beaucoup les ballons. Elle les trouvait infantiles et vulgaires. En tout cas, c'était l'opinion de sa mère, une opinion qu'elle garderait pour elle. Voilà pourquoi elle dit avec un sourire :

— Des ballons ! Mettons des ballons partout !

Une fois la réunion terminée, Gloria raccompagna Évie à la porte.

— Vous ne trouvez pas que Carolina est formidable ? dit Gloria avec un immense sourire. Je ne saurais pas comment faire sans elle !

Moi si, se dit intérieurement Évie. *Avec grand plaisir, en plus.*

— Je suis si contente que vous vous soyez rencontrées. Je me sens vraiment rassurée maintenant. Bien sûr, elle sera aussi là le jour du mariage, assurez-vous de rester en contact avec elle.

— Je me réjouis de travailler avec elle, dit Évie en serrant la main de Gloria.

Elle espéra que l'on ne voyait pas son nez s'allonger.

— À bientôt, pour le grand jour.

Gloria éclata d'un rire cristallin.

— Je n'arrive pas à croire que je vais à nouveau me marier !

Évie sourit. Elle n'avait, quant à elle, aucun mal à y croire. Elle se demandait si Roses Hamilton aurait à s'occuper du mariage qui ferait suite à celui-ci, dans deux ou trois ans, si les parieurs avaient raison.

Lukas n'était pas loin quand Évie sortit de la maison.

— J'aime bien tes cheveux comme ça, cria-t-il du haut de son échelle.

— Moi pas. C'était une erreur.

— Tu ressembles à Marilyn Monroe, lui dit-il en descendant de l'échelle.

Elle lui sourit d'un air ironique.

— Mais c'est vrai ! lui dit-il.

— Eh bien, je vais quand même la changer, alors dis-lui adieu.

Lukas lui fit au revoir de la main et elle leva les yeux au ciel. C'est alors qu'une idée traversa son esprit.

— Dis, est-ce que tu pourrais mettre une échelle comme celle-là sur la camionnette ?

— Pourquoi ? demanda-t-il.

— Pour savoir.

— Il ne devrait pas y avoir de problème. Il y a une galerie.

Évie acquiesça d'un signe de tête et fit une petite moue.

— Est-ce que je peux te demander un service, Lukas ?

Il s'approcha d'un pas.

— Tu sais que je ferais n'importe quoi pour toi.

— Dans ce cas, dit-elle. Je pourrais bien avoir besoin de toi.

23.

Kammie Colton arriva à Little Eleigh par une belle journée d'été anglais, en plein milieu du mois de juillet. Julian avait prévenu Céleste et elle avait eu le temps de se préparer. Après s'être assurée que la maison était aussi accueillante que possible, en dépit du toit manquant de l'aile nord et de la poussière qui recouvrait tout, elle partit se promener dans le jardin.

Les roses étaient magnifiques. Céleste s'arrêta près d'un petit parterre rond de *Rosa Mundi*. Les fleurs étaient au paroxysme de leur éclosion et les étamines dorées, au cœur des corolles aux pétales rose pâle et rose soutenu, s'offraient pleinement au soleil. L'été était vraiment la plus belle des saisons ; et Kammie Colton n'aurait pas pu choisir un meilleur jour pour voir le jardin, se dit Céleste en pinçant entre son pouce et son index la tige d'une rose fanée. C'était un mouvement simple et rapide qu'elle réalisait instinctivement et presque sans y penser quand elle déambulait ainsi parmi les rosiers. Mais elle pesta, quand après s'être approchée d'un rosier pour pincer une fleur flétrie, l'épine d'une rose Portland s'accrocha à sa robe. Elle avait mis une robe de couleur foncée en lin, qu'elle avait repassée la veille et accrochée dans une pièce interdite à Frinton, et maintenant, elle avait un accroc.

Elle réussit à se défaire des épines du rosier et espéra que l'on ne verrait pas trop la petite déchirure. De toute façon, il était trop tard pour se changer, car en revenant vers la maison, elle aperçut la voiture de Julian remonter rapidement l'allée. La capote était baissée et Céleste entraperçut la passagère qui portait un foulard bleu pâle et une énorme paire de lunettes de soleil. *Audrey Hepburn à la campagne,* ne put s'empêcher de penser Céleste en se dépêchant d'arriver pour pouvoir enfermer Frinton, avant d'accueillir ses invités.

Quelques minutes plus tard, Julian toqua à la porte.

— C'est un plaisir de vous rencontrer, dit Kammie Colton après que Julian eut fait les présentations. Elles se serrèrent la main et Céleste ne put s'empêcher de remarquer l'énorme émeraude que Kammie portait au doigt. Un nuage de parfum sensuel, qui avait survécu au trajet en décapotable, flottait autour d'elle.

— Entrez, je vous en prie, dit Céleste en les conduisant au salon où elle servit le thé quelques instants plus tard.

Kammie avait ôté son foulard, révélant des cheveux parfaitement coiffés et d'un blond platine qui rappelait la couleur qu'Évie avait essayé d'obtenir quelques semaines auparavant. Céleste lui donna quarante et quelques années et remarqua qu'elle avait la sérénité et la sophistication des personnes qui avaient beaucoup voyagé.

— C'est charmant, dit Kammie en se penchant en avant pour prendre une tasse en porcelaine couverte de roses minuscules. Quelles tasses exquises !

— Il y a des roses partout ici, dit Julian. Je l'ai remarqué dès ma première visite.

Il croisa le regard de Céleste et lui sourit tandis que Kammie choisit un sandwich parfaitement préparé pour le poser sur une assiette décorée des mêmes roses minuscules.

— Et cette pièce ! s'écria-t-elle avec enthousiasme. De quand date cette maison ?

— Certaines parties remontent au XVᵉ siècle, lui dit Céleste. Je vous ferai visiter plus tard.

— Cela me plairait beaucoup, dit Kammie.

Comme promis, Céleste lui fit visiter la maison après le thé, en faisant attention à éviter la pièce où elle avait enfermé Frinton et celle où vivait Esther Martin. Cela n'aurait pas été du tout raisonnable de déranger l'un ou l'autre.

Ensuite, ils firent le tour de la propriété. Kammie Colton exprimait régulièrement son admiration.

— Vous savez, en Amérique, nous imaginons ce genre d'endroit quand nous pensons à l'Angleterre.

— Nous avons beaucoup de chance, dit Céleste.

— J'adore. J'adore tout. Sauf cette affreuse aile nord, bien sûr, dit Kammie.

Céleste la regarda en se demandant si elle devait dire quelque chose, mais Kammie éclata de rire.

— Elle est effectivement dans un drôle d'état, dit Julian en se mettant également à rire.

— Je suppose que votre malheur fait mon bonheur, poursuivit Kammie avec la franchise d'une vraie Américaine.

— Sans doute, dit Céleste avec un vague sourire.

— Bon, que puis-je dire. J'aime tout. Mais j'aime particulièrement les tableaux, n'est-ce pas, Julian ?

— En tout cas, c'est ce que j'espère, répondit-il.

— Nous en avons déjà parlé et je voudrais vraiment conclure l'affaire avant de rentrer aux États-Unis.

— Il n'y aura pas de problème, lui assura Julian.

— Bien, dit-elle, d'un ton beaucoup plus formel. Voilà ce que nous allons faire. Je vais sortir et attendre dans la voiture pendant que vous discutez avec Mlle Hamilton, d'accord ?

— Très bien.

— Mademoiselle Hamilton ? C'était un plaisir de vous rencontrer et je vous suis très reconnaissante pour m'avoir fait les honneurs de votre superbe maison.

— Tout le plaisir était pour moi, dit Céleste en serrant la main qui lui était tendue et remarquant à nouveau l'énorme bague.

Céleste et Julian regardèrent Kammie rejoindre la voiture tout en cherchant dans son sac l'immense paire de lunettes de soleil.

— Si nous allions dans votre bureau ? proposa-t-il.

Céleste hocha la tête, son cœur battant d'impatience.

Une fois la porte refermée, Julian prit la parole.

— Bon, eh bien, voulez-vous entendre son offre ? demanda Julian. Nous ferions peut-être mieux de nous asseoir d'abord.

Elle le vit s'asseoir sur sa chaise, et ne voulant pas prendre celle de sa mère, elle se percha sur un coin du bureau.

— Alors ? Je suis sur des charbons ardents depuis des heures. Allez-vous me surprendre ?

— Je l'espère. Elle est prête à payer un demi-million.

— De dollars ?

— Non ! D'euros.

— Un demi-million d'euros ? dit Céleste, l'émotion éraillant sa voix.

Julian acquiesça en riant.

— C'est une bonne offre. Des tableaux de cette taille peuvent partir pour quelques centaines de milliers, mais je pense que le vôtre en vaut plus, et Kammie ne veut pas chicaner. Elle est ce genre de personne – enfin, vous avez vu – qui sait ce qu'elle veut et qui souhaite conclure l'affaire rapidement. Donc, elle est prête à payer un peu plus, car elle y trouve son compte. Que puis-je dire d'autre ? Elle adore le tableau. Elle m'a dit qu'elle cherchait un Fantin-Latour depuis des années. De plus, elle adore l'histoire des trois filles de la roseraie.

— Je ne sais pas quoi dire, dit Céleste en secouant doucement la tête.

— Si j'étais vous, je dirais oui avant qu'elle ne commence à faire le tour des bijouteries, elle pourrait avoir envie d'acheter une bague à la place de votre tableau !

Céleste éclata soudain de rire.

— Oui ! Bien sûr que je vais dire oui !

Julian sourit d'une oreille à l'autre.

— Je suis vraiment très heureux pour vous, Céleste.

— Merci, dit-elle. Merci de lui avoir proposé le tableau.

— Ça fait partie du service, dit-il en ouvrant les mains d'une façon qui la fit sourire. Je vais m'occuper des papiers. Nous prendrons, bien sûr, une commission sur le prix fixé.

— Bien sûr, dit Céleste, mais je vais déjà pouvoir payer quelque chose à M. Ludkin.

— Comment ça se passe ?

— Lentement, bruyamment et coûteusement, répondit-elle.

— Oh, mince !

— Mais au moins, on avance.

— Est-ce que des travaux sont prévus dans cette pièce ? demanda Julian en se levant et en la balayant du regard.

— Non, pourquoi ?

— Elle est un peu triste, non ? dit Julian.

— Mais elle est en très bon état par rapport à l'aile nord, lui dit Céleste.

Julian hocha la tête.

— Un aménagement différent serait sans doute suffisant. Ce n'est pas vraiment vous, n'est-ce pas ? Il se tourna vers elle et elle se sentit rougir sous son regard.

— C'est le bureau de ma mère. Elle l'a fait refaire après le départ à la retraite de Grand-papa et depuis, il est resté tel quel.

— C'est ce que je me suis dit. Vous devriez l'aménager à votre goût, dit-il.

Céleste eut l'air choqué par sa proposition.

— Mais c'est le bureau de ma mère.

— Non, ce n'est plus le bureau de votre mère, dit-il. C'est vous qui travaillez ici, maintenant. C'est vous qui dirigez l'affaire, alors pourquoi ne pas le faire dans une pièce qui en dit plus sur vous ?

— Je… euh…

— Je crois que ça vous aiderait à tourner le dos au passé. Si vous me permettez de dire ce que je pense.

— Pas de problème.

— Et comment allez-vous depuis la dernière fois ? Vous avez pensé à tout ce que nous avons dit ?

— Au sujet du trouble de la personnalité ?

— Oui. Est-ce que vous avez cherché des informations ?

— J'ai lu quelques articles sur Internet, admit-elle.

— Est-ce que ça vous a aidée ?

Céleste inspira profondément.

— En ce moment, j'ai comme l'impression que mon esprit est un dédale de souvenirs dans lequel j'essaye de trouver mon chemin. Mais oui, certains des sites que j'ai trouvés m'ont aidée à comprendre que d'autres personnes ont vécu la même chose que moi.

Leurs regards se croisèrent et leurs yeux exprimèrent plus que des mots. Céleste prit conscience que cet homme comprenait réellement ce qu'elle vivait.

— Bien, dit finalement Julian, appuyant ses mains sur ses genoux en se levant. Je ferais mieux de rejoindre Kammie. Je lui ai promis de l'amener au Cygne à Lavenham pour dîner, après un petit tour sur la côte.

— Ça va lui plaire, dit Céleste en pensant au bel hôtel-restaurant du XVe siècle.

— Elle va ni plus ni moins essayer de l'acheter, blagua Julian.

— Oh, elle peut si elle le souhaite, mais arrangez-vous pour qu'elle achète notre tableau d'abord.

Julian hocha la tête.

— Il faudra que je vous y emmène une fois, dit-il avec un sourire qui fit briller ses yeux.

Un court silence s'installa.

— Écoutez, je déteste partir si vite. Il y a tant de choses dont j'aimerais parler avec vous. Je vous appelle, d'accord ?

— D'accord, dit-elle en souriant.

Elle songea alors qu'elle se réjouissait à l'idée de le revoir. Elle le suivit quand il quitta l'atelier et le raccompagna à la porte.

— Est-ce que c'est votre petit ami ? demanda Esther Martin qui traversait le hall, une tasse de thé à la main.

— Non, répondit Céleste.

Esther n'avait pas l'air convaincue, mais elle n'eut pas l'occasion de poser d'autres questions, car Céleste était retournée à l'atelier et avait fermé la porte derrière elle.

****

Évie avait organisé un rendez-vous avec Lukas au bout de l'allée qui menait à Little Eleigh à dix heures du soir, parce qu'elle ne voulait pas que ses sœurs sachent ce qu'elle préparait. Elle savait aussi que c'était la meilleure heure pour mener à bien son plan.

— L'échelle est là, dit-elle à Lukas, à peine était-il arrivé, montrant le mur du doigt.

— Et bonsoir à toi aussi, dit Lukas, son sourire en coin la mettant immédiatement hors d'elle.

— On n'a pas le temps de faire la conversation, lui dit Évie. Tu veux m'aider ou pas ?

— Bien sûr que je veux t'aider, dit-il en allant prendre l'échelle.

Un moment plus tard, Évie l'aida à la fixer sur le toit de la camionnette.

— Qu'est-ce qu'on va faire, en fait ? Tu ne vas pas cambrioler une maison, hein ?

— Tu as dit que tu m'aiderais, dit Évie. Tu as dit que tu ferais n'importe quoi pour moi.

— Je n'ai pas dit que je ne poserais pas de question.

— Eh bien, je préférerais que ce soit le cas.

Lukas soupira.

— Parfois, tu es juste impossible, Évelyne Hamilton.

— Monte dans la voiture.

Évie roula dans la nuit. Elle mit la radio, espérant ainsi éviter toute conversation, mais Lukas continua de parler.

— Je me suis baladé pendant un moment dans le Lake District et j'ai visité Brantwood. Tu es déjà allée là-bas ? John Ruskin vient de Brantwood et on y trouve plein de tableaux de lui. Et puis, il y a une de ces vues !

Il siffla, faisant sursauter Évie.

— Ça te plairait, Évie. On devrait y aller un jour ou l'autre.

Elle le fusilla du regard.

— Je n'ai pas l'intention de quitter le Suffolk, dit-elle.

— Mais tu devrais. Tout le monde devrait voyager.

— Je suis allée à Norwich une fois et ça ne m'a pas beaucoup plu, dit-elle, d'un air grognon. Un jour de marché à Sudbury me suffit largement.

Lukas éclata de rire.

— Je ne sais pas pourquoi tu trouves ça drôle. Je suis heureuse ici, dit-elle. Je suis chez moi dans le Suffolk. Ma famille vit ici depuis trois générations. Pourquoi irais-je ailleurs ?

Il hocha la tête d'un air entendu.

— C'est vrai, c'est merveilleux et je t'envie. Je n'ai jamais eu de vrai chez-moi. Mes parents ont toujours bougé à cause du travail de mon père et je n'ai jamais eu l'occasion de m'installer quelque part. Quand je veux aller les voir, il faut que je leur demande où ils habitent.

Évie ne dit rien, mais ne put s'empêcher de penser à sa chambre au manoir, c'était sa chambre depuis sa naissance et elle l'adorait. N'était-ce pas étrange et déconcertant de ne pas avoir de maison – un vrai chez-soi – où aller ? Même quand elle avait fréquenté l'université, elle était rentrée chaque soir. Elle ne pouvait pas imaginer vivre ailleurs, et c'était une des raisons pour laquelle elle était terrifiée quand Céleste parlait de vendre le manoir.

Après avoir quitté la route principale pour entrer dans un village, Évie ralentit et tourna dans l'allée d'Oak House.

— Alors, qu'est-ce qu'on fait ici ? demanda Lukas après qu'elle eut éteint le moteur. Ils restaient assis dans le noir.

— Mon père et sa femme sont de sortie ce soir.

— Je suppose donc que tu ne voulais pas les voir ?

— Pas exactement, non, répondit-elle.

— D'accord, dit Lukas en prenant une grande inspiration. Tu commences à me faire peur.

— Il n'y a pas besoin d'avoir peur. Il n'y a pas de voisins à proximité.

Lukas la rejoignit derrière la camionnette.

— Évie. Dis-moi ce qui se passe.

— Attrape l'échelle.

— Pas tant que tu ne me dis pas ce qu'on est en train de faire, dit-il fermement, son visage à demi éclairé par un réverbère.

Évie eut l'air ennuyée, mais comprit qu'il faudrait qu'elle le lui avoue tôt ou tard.

— Il faut que j'aille dans une des chambres du premier étage, dit-elle en ajustant la ceinture de son énorme sac à dos.

— Pourquoi ?

— Parce que dans cette chambre, il y a quelque chose qui nous appartient. Quelque chose que la femme de mon père nous a volé.

— Et pourquoi tu ne peux pas en parler avec ton père ?

— Parce qu'il ne me croirait pas – il se rangerait du côté de Simone. Tu ne la connais pas, elle est sournoise. Elle manipule les gens, et moi, je vais récupérer ce tableau. Papa laisse toujours la fenêtre de sa chambre ouverte. Aller chercher le tableau et redescendre ne prendre qu'une poignée de minutes.

— Mais tu es cinglée ! Tu ne peux pas faire ça !

— Pourquoi ?

— Mais ton père va appeler la police, ou je ne sais qui, quand il verra que le tableau n'est plus là !

— Il ne s'en rendra même pas compte et Simone ne le fera pas. Elle comprendra ce qui s'est passé et n'osera pas faire de scandale.

Lukas secoua la tête.

— C'est mal ce que tu fais, Évie. Tu en as conscience, hein ?

— Ce n'est pas mal. Je répare le tort qui a été fait et si tu ne veux pas m'aider, je le ferai toute seule, dit-elle en tendant le bras vers l'échelle.

— Oh, bon sang ! dit Lukas en se décidant à l'aider. Laisse-moi faire.

Il descendit l'échelle du toit de la voiture et ils contournèrent la maison. Bien à l'abri des regards, le jardin était plongé dans l'obscurité. Seule une petite lampe, laissée allumée au rez-de-chaussée, projetait un petit cercle de lumière.

— Regarde. La fenêtre est ouverte, dit Évie quand Lukas appuya l'échelle contre le mur.

— C'est trop risqué, dit-il, tu devrais laisser tomber.

— C'est hors de question, dit Évie. Je vais accrocher ce tableau dans notre salon avant minuit.

Lukas se passa la main sur le menton et regarda autour de lui comme s'il s'attendait à voir un policier sortir de l'ombre.

— Bon, laisse-moi faire, si tu tiens à aller jusqu'au bout.

Évie secoua négativement la tête.

— Non. Je veux y aller. C'est mon idée. C'est à moi de le faire. Mais tiens bien l'échelle.

Elle fouilla dans sa poche et en sortit un bonnet noir.

— Je suis trop blonde pour être une cambrioleuse, dit-elle en le mettant.

Ensuite, elle sortit une lampe torche de sa poche et la donna à Lukas.

— Tu n'as pas le vertige ? demanda-t-il.

— Non, je n'ai pas le vertige, lui dit-elle, grimpant le long de l'échelle comme un écureuil.

Une fois arrivée en haut, elle n'eut aucun mal à ouvrir la fenêtre. Elle avait de la chance, c'était une grande fenêtre moderne, ce qui facilitait son passage, mais elle avait oublié que la coiffeuse se trouvait juste en dessous et elle s'écrasa dessus un instant plus tard.

— Tu vas bien ? cria Lukas de l'extérieur.

— Oui, ça va ! chuchota Évie en sortant la tête par la fenêtre.

Elle retourna dans la chambre et s'approcha du tableau.

— Tu vas revenir avec moi à la maison, dit-elle en le décrochant.

Elle l'enveloppa ensuite dans de la toile de jute avant de le mettre dans son sac à dos et de retourner à la fenêtre. Elle éteignit la lumière.

— Est-ce que tu l'as ? chuchota Lukas.

— Oui. Tiens bien l'échelle, dit Évie en commençant à sortir par la fenêtre et en faisant attention à ne pas renverser la coiffeuse.

C'est alors que les choses se gâtèrent.

— Oh ! s'écria-t-elle.

— Évie ?

— J'ai la tête qui tourne...

— Tiens bon ! dit Lukas.

Il laissa tomber la lampe torche et elle entendit le bruit de ses pieds sur les barreaux de l'échelle.

— Je ne me sens pas très bien.

— Tout va bien. Je suis là, dit-il un moment plus tard et elle sentit ses bras l'enlacer. Est-ce que tu peux bouger ?

— Je n'en suis pas sûre, avoua-t-elle.

— On va essayer d'y aller. Là, tout doucement. Je te tiens. Ne t'inquiète pas.

Ils descendirent le plus lentement possible, la respiration saccadée d'Évie résonnant dans la nuit silencieuse.

— Nous sommes presque arrivés, dit Lukas un instant plus tard quand il sentit le sol sous ses pieds.

Il aida Évie à descendre de l'échelle.

— Tu vas bien ?

Évie hocha affirmativement la tête.

— Je ne savais pas que j'avais le vertige. Je me sentais bien quand je suis montée.

Lukas ramassa la lampe torche et l'alluma, et elle vit qu'il lui souriait gentiment.

— Tu m'as fait horriblement peur, dit-il.

C'est à ce moment-là qu'elle s'évanouit.

24.

Céleste se trouvait dans le salon au manoir de Little Eleigh quand elle entendit quelqu'un frapper violemment à la porte d'entrée. Frinton, qui était couché sur le dos et ronflait bruyamment, sursauta et fonça vers le vestibule à la vitesse d'une fusée. Céleste regarda l'heure. Il était onze heures passées. C'était peut-être Évie qui avait à nouveau oublié sa clé, mais en même temps, il était un peu tôt si elle avait décidé de sortir.

Elle traversa le hall et arriva à la porte d'entrée.

— Évie ? dit-elle contre le lourd panneau de bois.

— Oui, fit une voix masculine et Céleste ouvrit la porte.

— Qui êtes-vous ? s'écria-t-elle un instant plus tard en voyant sa sœur affalée contre l'épaule du jeune homme.

Elle fit taire Frinton qui aboyait avec frénésie.

— Je suis Lukas.

— Qu'est-ce qui est arrivé à Évie ? Est-ce qu'elle est ivre ?

— Elle s'est évanouie, dit Lukas. Évanouie !

— Oh, mon Dieu, Évie !

Céleste fut près d'elle en un instant et lui passa le bras autour des épaules.

— Elle est allée chercher le tableau, essaya d'expliquer Lukas quand ils amenèrent Évie dans la maison.

— Quoi ? dit Céleste. TAIS-TOI, Frinton !

— Le tableau dans la maison de votre père. Je lui ai dit qu'elle était folle de vouloir faire une chose pareille, mais elle a insisté.

— Mais elle m'a dit qu'elle allait à Colchester pour voir un ami, dit Céleste.

— Elle n'est pas allée à Colchester, dit Lukas.

— Évie ! fulmina Céleste. On va te mettre au lit. C'est là où tu devrais te trouver à cette heure-ci !

— Qu'est-ce qui se passe ? demanda Gertie en arrivant dans le hall.

Elle portait un long cardigan rouge par-dessus sa chemise de nuit et avait l'air endormie.

— Qu'est-ce qu'elle a, Évie ?

— Elle s'est évanouie ! dit Lukas.

Il raconta à Gertie ce qui s'était passé pendant la soirée.

— Le vertige ? Je ne savais pas qu'Évie avait le vertige, dit Gertie.

— Elle non plus jusqu'à ce qu'elle se retrouve tout en haut de l'échelle, dit Lukas. Je n'ai jamais eu aussi peur de ma vie. Quand je pense à ce qui aurait pu arriver… sa voix s'étrangla.

— Aidons-la à monter dans sa chambre.

— Je peux y arriver toute seule.

C'était la première fois qu'elle parlait depuis qu'elle était rentrée à la maison, mais Céleste n'était pas convaincue.

— Tu es faible et sous le choc, lui dit Céleste. Gertie, tu veux bien lui préparer un lait chaud, avec une goutte de brandy, peut-être ?

Gertie hocha la tête et les laissa.

Quand ils furent finalement dans la chambre d'Évie, ils l'aidèrent à ôter ses chaussures et à se mettre au lit.

— Ça va mieux ?

— J'ai le tableau, Celly, chuchota Évie, couchée à la lueur de la lampe de chevet, ses yeux brillants mi-clos.

— On en parlera demain matin, lui dit Céleste.

— Tu n'es pas contente ?

— Je suis contente que tu ne te sois pas rompu le cou, dit Céleste.

Évie ferma les yeux et Céleste se tourna vers Lukas. Il était encore pâle et avait toujours l'air bouleversé, ses cheveux en désordre formaient des épis à des angles bizarres comme s'il avait été électrocuté.

— Peut-être qu'une goutte de brandy vous ferait du bien aussi.

— Je ne dirais pas non, répondit-il en s'asseyant dans un fauteuil près de la fenêtre.

Tout comme la chambre de Céleste, celle d'Évie avait un parquet qui penchait et était couvert de vieux tapis. Les murs étaient habillés de boiseries en chêne ainsi que de rideaux, et bien que de bonne qualité, ils avaient connu de meilleurs jours. Néanmoins, la chambre ressemblait beaucoup à Évie et l'on voyait partout ses affaires, ours en peluche et poupées de chiffon assis pêle-mêle en haut de l'armoire, ou encore produits de maquillage et teintures pour cheveux disposés sur la coiffeuse.

Gertie entra dans la chambre avec une tasse de lait chaud.

— J'ai seulement mis une larme de brandy, dit-elle en s'asseyant sur le bord du lit où Évie s'était redressée et s'appuyait contre l'oreiller ajusté par Céleste.

— Est-ce qu'Esther est là ? demanda Évie.

— Esther ? demanda Céleste surprise.

— Je voudrais la voir.

— Pour quoi faire ? fit Céleste. Elle est sans doute couchée. Il est très tard.

Évie ne dit rien tout en buvant son lait à petites gorgées. Céleste quitta alors la chambre après avoir dit à Gertie de garder un œil sur elle et à Lukas qu'elle allait lui chercher du brandy.

Céleste descendit au rez-de-chaussée, Frinton sur les talons.

— Tu ne peux pas venir avec moi, dit-elle au chien, le renvoyant au salon où il se coucha à contrecœur près d'un jouet à demi mâchonné.

— Esther ? dit Céleste à voix basse en tapant doucement à la porte de celle qui partageait nouvellement leur maison.

— C'est qui ?

— C'est Céleste. Évie vous demande. Elle ne se sent pas très bien.

Un moment plus tard, la porte s'ouvrit sur Esther, les cheveux blancs détachés et le visage très pâle. Elle portait un immense cardigan en laine marron qui donnait de l'ampleur à sa silhouette menue et la faisait un peu ressembler à un ours.

— J'espère que je ne vous ai pas réveillée ? dit Céleste.

— Bah ! dit Esther, je ne dors jamais avant une heure du matin. Allons voir Évie.

Elle passa près de Céleste et s'élança vers les escaliers. Elle pouvait être étonnamment rapide si elle le voulait.

— C'est quelle chambre ? aboya-t-elle en arrivant en haut des escaliers.

— Sur la gauche, dit Céleste, celle avec la porte ouverte.

Céleste la suivit.

— Esther ? demanda Évie de son lit en ouvrant les yeux.

Un petit sourire était apparu sur son visage.

— Me voilà, dit Esther en prenant la place de Gertie au bord du lit.

Gertie et Céleste échangèrent un regard étonné. *Que se passe-il ?* avaient-elles l'air de s'interroger. Pourquoi leur sœur avait-elle demandé à voir Esther – surtout Esther ? Ce n'était pas parce qu'elle l'aimait bien quand même ? Elle avait peur d'elle.

— Lukas ? Venez donc prendre ce brandy, dit Céleste. D'ailleurs, j'en aurais bien besoin aussi.

Il se leva.

— Tu vas mieux maintenant ? demanda-t-il à Évie.

Elle acquiesça d'un signe de la tête.

— Merci, dit-elle.

Il lui sourit avant de quitter la chambre avec ses deux sœurs.

Évie et Esther étaient seules.

La vieille femme se pencha en avant et prit la main d'Évie entre les siennes, tout comme Évie l'avait espéré. C'était un geste simple, mais profondément réconfortant et elle se sentit immédiatement en paix.

— Tu t'es mise dans un drôle d'état, dis-moi. Qu'est-ce qui s'est passé ? lui demanda Esther.

Évie respira profondément et lui raconta sa soirée.

Esther secoua la tête.

— Tu as risqué ta vie pour un tableau ?

— Je n'ai pas risqué ma vie, dit Évie d'un air désapprobateur.

— Non ? Et qu'est-ce qui se serait passé si tu étais tombée du haut de l'échelle ?

Évie haussa les épaules.

— J'aurais été légèrement blessée. Ce n'était pas pour moi que j'étais inquiète. Mais pour le bébé.

— Tu es enceinte ? dit Esther.

— Oui. Mais s'il vous plaît, ne dites rien ! s'écria soudainement Évie en se penchant en avant pour attraper la main droite d'Esther et la serrer contre elle. Je ne l'ai dit à personne.

— Bien sûr que non, dit Esther. C'est le sien, n'est-ce pas ? Le garçon qui est là ?

Évie hocha la tête.

— Eh bien, ça a l'air d'être quelqu'un de bien. Il ne t'abandonnera pas – il fera ce qu'il faut.

— Mais je ne veux pas qu'il fasse ce qu'il faut. C'est *mon* bébé ! dit Évie en lâchant les mains d'Esther.

Cette dernière eut l'air confuse.

— Mais c'est le sien aussi.

Évie secoua la tête.

— Il n'a pas besoin de s'en occuper.

— Tu ne crois pas que c'est à lui de décider ?

— Il ne restera pas longtemps dans le coin.

L'expression sur le visage d'Esther avait changé et elle ressemblait de nouveau à la vieille dame sévère qui avait chassé Évie enfant hors de son jardin avec un balai. Effrayée, Évie se demanda pourquoi elle l'avait invitée dans sa chambre.

— Maintenant, écoute-moi bien, Évelyne Hamilton ! Tu dois parler à ce jeune homme et le laisser décider. Un bébé n'est pas un jouet que tu peux garder pour toi toute seule – un bébé est un être vivant qui pense et ressent des émotions. Un jour, ce bébé sera grand et demandera où est son père et pourquoi tu as décidé de le lui cacher. Que feras-tu alors ? Quelles seront tes excuses ? Parce que laisse-moi te dire qu'aucune excuse ne sera assez bonne si tu as empêché un brave garçon d'être le père de son propre enfant !

Évie fixa le visage sérieux et si pâle d'Esther. C'était sans doute la première fois de sa vie qu'un adulte lui donnait un conseil franc qui serait dans son intérêt à elle, et elle ne savait pas comment réagir. Sa mère n'avait pas du tout été du genre à donner des conseils. Dans toutes les conversations qu'Évie avait eues avec elle, c'était toujours sa mère qui finissait par être le sujet principal. Comme la fois où Évie avait rompu avec son premier petit ami au lycée. Elle avait eu le cœur brisé et pleuré toutes les larmes de son corps, mais quand elle en avait parlé à sa mère, celle-ci l'avait grondée et lui avait dit de l'oublier. C'était tout. *Oublie-le.* C'était la seule chose qu'elle ait dite, et c'était, bien sûr, la seule chose qu'une adolescente au cœur brisé était incapable de faire.

Évie n'arrivait pas à se rappeler un seul bon conseil de sa mère, voilà pourquoi la tirade d'Esther l'étonnait tant.

— Mais, je…

— Il n'y a pas de mais qui tienne ! dit Esther, levant un doigt sévère. Tu es responsable envers l'enfant et envers le père.

Elles restèrent silencieuses et Évie prit le temps de digérer les paroles d'Esther. Instinctivement, elle savait qu'Esther ne voulait que son bien et qu'elle l'écouterait – l'écouterait vraiment – si elle souhaitait encore lui parler.

— Je voulais seulement avoir quelque chose qui ne soit qu'à moi, dit-elle finalement.

— Qu'entends-tu par là ? demanda Esther en fronçant les sourcils.

Évie soupira et ses épaules minces se voûtèrent un peu.

— Essaye, dit Esther.

Évie regarda ces yeux bleu pâle qui la fixaient avec tant d'attention que c'en était douloureux. Quand on grandit dans une maison avec tant de femmes, il était facile d'être ignorée. Sa mère avait toujours été obsédée par la réussite de l'entreprise Roses Hamilton et Céleste était souvent occupée par son travail aux côtés de sa mère. Tout comme Gertie. Évie avait donc plus ou moins l'impression d'avoir grandi toute seule.

— Ne me comprenez pas mal, dit-elle, j'adore mes sœurs et je suis sûre qu'il m'aurait suffi de demander si j'avais voulu quelque chose, mais elles étaient tellement occupées à grandir. J'avais l'impression qu'elles n'avaient jamais de temps pour moi. Je me sentais toujours si *jeune*. J'étais toujours dans leurs jambes. « Va jouer ailleurs, Évie », disaient-elles ou « Je n'ai pas le temps maintenant – reviens plus tard. » Et maman travaillait toute la journée et sortait chaque soir. Personne ne restait jamais avec moi. Elle s'interrompit.

— Tu veux dire que tu vas avoir un bébé pour ne plus être seule ? demanda Esther.

— Non. Enfin, peut-être un peu. Mais c'est plus compliqué que ça. Je sens que j'ai tout cet amour en moi. Parfois, ça me fait peur et je sais que mes sœurs n'ont en pas besoin – pas vraiment. Céleste a toujours été une solitaire. Elle a toujours su prendre soin d'elle-même, et Gertie aurait plutôt tendance à chercher des réponses dans un roman d'amour au lieu de me demander mon avis. Mais ce bébé – ce bébé…

— Ne pourra jamais remplacer ce que tu n'as pas eu dans la vie, dit avec douceur Esther.

— Je le sais, dit Évie. Mais je sais aussi que je serai une bonne mère. Je le *sais*. Et je n'ai besoin de personne d'autre.

Esther secoua la tête.

— On a toujours besoin de quelqu'un. Ne pense jamais le contraire. Bien sûr, c'est possible pendant un certain temps, mais c'est une existence bien solitaire, crois-moi.

Évie regarda Esther.

— Comment vous en êtes-vous sortie après la mort de votre mari ?

— Je ne m'en suis pas sortie. Je me suis effondrée. Après avoir perdu Sally, c'était plus que je ne pouvais supporter. Je n'aime pas trop ma propre compagnie, tu sais.

Évie fronça les sourcils.

— Mais vous avez vécu seule pendant des années.

— Je n'avais pas trop le choix, si ?

— Vous auriez pu venir habiter avec nous plus tôt, dit Évie.

— Et avec ta mère ?

Le ton horrifié d'Esther fit sourire Évie.

— Ah, oui ! Ça n'aurait pas été facile.

Le silence s'installa à nouveau et puis, après un soupir, Évie dit :

— Il n'y a personne avec qui je parle de cette façon.

— Pas même ta mère ? demanda Esther.

Évie éclata de rire.

— Vous voulez rire ?

Esther fronça les sourcils. Elle fronçait très bien les sourcils.

— Qu'est-ce qu'elle aurait dit au sujet du bébé ?

Évie eut l'air songeuse, puis elle haussa les épaules.

— Je ne pense pas que je lui aurais dit. J'aurais dû quitter la maison avant qu'elle ne me mette dehors. Elle a toujours affirmé haut et fort que personne ne la couvrirait de honte, qu'elle ne l'accepterait en aucun cas, enchaîna Évie qui secoua la tête à ce souvenir. Cela me semblait si étrange à l'époque. Elle me disait ce genre de choses alors que j'avais quatorze ans et avant même de m'embrasser. « Ne me couvre pas de honte ! » disait-elle. Je suppose que je la comprends.

Esther Martin regarda Évie avec de grands yeux.

— Elle t'aurait jetée dehors et tu dis que tu la *comprends* ?

— Bien sûr, dit Évie. Je l'aurais déshonorée.

Esther exprima son désaccord par une mimique et en secouant la tête.

— En tout cas, je n'aurais jamais été capable de lui parler de cette façon, poursuivit Évie. Elle ne m'écoutait jamais. En même temps, je ne lui ai jamais rien confié. Elle était toujours trop occupée et je n'aimais pas la déranger. Cela n'aurait pas été bien. Elle m'offrait toujours plein de cadeaux et quand vous êtes enfant, c'est merveilleux, n'est-ce pas ? Vous pensez que c'est de l'amour. Mais vous avez aussi besoin de quelqu'un qui vous écoute. De quelqu'un qui s'occupe de vous.

Évie eut un petit rire dénué de toute joie comme si elle venait de découvrir la vraie nature de sa mère. Elle ajouta :

— Une fois, j'ai essayé de lui parler d'un garçon dont j'étais tombée amoureuse, mais elle a détourné la conversation et s'est mise à parler de la première fois où *elle* était tombée amoureuse. Après, je n'ai plus essayé.

Esther reprit les mains d'Évie entre les siennes.

— Mais vous, vous écoutez bien, lui dit Évie.

— Je n'ai pas grand-chose d'autre à faire ces jours-ci.

— Est-ce que vous écoutiez votre fille ?

Esther eut l'air désemparé.

— Bien sûr que oui, dit-elle. Nous avions l'habitude de parler pendant des heures.

— Des *heures* ? reprit Évie incrédule.

— Oh, oui ! dit-elle, les larmes aux yeux. Nous allions nous promener le long de la rivière, parlant de tout et de rien. Surtout de rien. Je voudrais tant me souvenir de quoi nous parlions, mais ma mémoire n'est plus aussi bonne qu'avant.

— Je n'arrive même pas à imaginer l'effet que ça doit faire, dit Évie. Je vous imagine vous et Sally, mais pas moi et ma mère.

Esther ne dit rien, mais son expression parlait pour elle, et tout d'un coup, Évie se mit à pleurer.

— Viens là, dit Esther en la prenant dans ses bras. Je suis là et désormais, tu pourras me dire tout ce que tu voudras.

****

239

En bas dans la cuisine, Lukas allait et venait.

— C'était de ma faute, dit-il. Je n'aurais jamais dû la laisser monter sur cette stupide échelle !

— Ce n'était pas de votre faute, lui dit Céleste.

— Non, confirma Gertie. Une fois qu'Évie a pris une décision, rien ne peut l'arrêter.

— En tout cas, elle va bien, dit Céleste. Cette soirée aurait pu se terminer à l'hôpital si elle était tombée. Mais je me demande encore ce qu'Esther peut bien faire là-haut. Pourquoi Évie a-t-elle demandé à la voir ?

— Je n'en ai pas la moindre idée, dit Gertie.

— Elle ne t'a rien dit au sujet d'Esther, si ?

— Non. Pas le moindre mot, répondit Gertie. Je savais juste qu'elle aidait Esther pour son ménage une fois par semaine et je croyais qu'elle l'évitait le reste du temps, mais apparemment, il se passe quelque chose entre elles.

Céleste cessa de tourner en rond et but une minuscule gorgée de brandy. D'un côté, elle voulait aller en haut et découvrir ce qui se passait entre Évie et Esther, mais d'un autre côté, il lui fallait admettre qu'elle avait un peu peur de la vieille dame. Évie n'avait-elle pas peur aussi ?

— Mais qu'est-ce qui se passe, bon sang ! demanda Céleste.

Mais personne ne put lui répondre.

25.

Le bruit produit par Ludkin et fils dans l'aile nord était assourdissant. Céleste, qui s'était levée plus tôt que d'habitude – elle n'avait pas réussi à trouver le sommeil suite à l'histoire entre Évie et Esther – avait essayé d'échapper au vacarme en mettant des bouchons d'oreilles et en allumant la radio, mais rien n'y fit et elle quitta finalement l'atelier. Frinton, qui avait réussi quant à lui à ronfler tout au long de la matinée, quitta également l'atelier avec l'espoir que sa maîtresse irait faire un tour dehors. Il y avait un lapin à demi mangé du côté de la rivière, dont l'odeur devait être encore plus appétissante ce jour-là et il avait très hâte d'y retourner.

Ils venaient tout juste d'arriver dans le hall quand Céleste aperçut Évie.

— Évie ! appela-t-elle. Attends une minute.

Évie s'arrêta près du baromètre qui indiquait à nouveau « Changement de temps ». *Peut-être l'aiguille est-elle coincée,* se dit Céleste, se souvenant que Julian lui avait proposé de le faire réparer. Mais ce n'était pas le moment de s'inquiéter du baromètre.

— Hé ! Est-ce que tu te sens mieux ? demanda-t-elle à sa sœur toute pâle.

— Oui, ça va.

— Tu en es sûre ?

Céleste n'avait pas l'air convaincue. Elle avait jeté un coup d'œil dans la chambre de sa sœur après le départ d'Esther, mais Évie dormait. Ou faisait semblant de dormir, elle ne savait pas vraiment.

— J'étais tellement inquiète pour toi, lui dit-elle. On l'était tous.

— Oh, il n'y a pas besoin de s'inquiéter. C'était juste une petite frayeur, c'est tout.

— Est-ce que tu as appelé Lukas ce matin ? Il veut absolument te parler.

— Il faudra qu'il attende, dit Évie.

— Ah, mais n'oublie pas, d'accord ?

Évie soupira.

— Je n'oublierai pas.

— Et dis, pourquoi tu voulais voir Esther hier ? demanda Céleste.

Elle avait eu l'intention de poser la question avec plus de subtilité, mais elle n'avait pas le temps, Évie avait déjà la main sur la poignée de la porte et était prête à prendre la fuite.

— Qu'est-ce que tu veux dire ?

— Que tu as demandé à Esther de venir hier soir et que tu lui as parlé pendant des heures.

— Et alors ?

Céleste fronça les sourcils.

— J'ignorais que vous étiez amies.

— Eh bien, nous le sommes, dit Évie impassible.

— D'accord, dit Céleste déroutée. Je ne savais pas.

— Il y a beaucoup de choses que tu ne sais pas.

— Ce qui signifie ?

— Que tu ne sais pas tout.

— Évie, comment pourrais-je tout savoir quand on ne me dit rien ? demanda Céleste.

Elle n'aimait pas du tout le tour que prenait la conversation.

— Peut-être que si tu me parlais plus souvent, tu apprendrais une chose ou deux.

Céleste vit que ses yeux s'étaient remplis de larmes.

— Évie, dit-elle avec douceur, tendant sa main vers sa sœur et sursautant quand celle-ci eut un mouvement de recul. Je suis désolée de ne pas avoir été là pour toi, mais tu sais à quel point je suis débordée. Il y a eu tellement à faire depuis que je suis revenue.

— Mais il y a toujours des choses à faire et tu es toujours débordée, lui fit remarquer Évie. Il faut trouver le temps. Esther, elle, a trouvé le temps de m'écouter.

— Esther est à la retraite. Le temps est la seule chose dont elle dispose, dit Céleste en commençant à s'agacer. Évie, qu'est-ce qui se passe ?

— Il ne se passe rien.

— Eh bien, quelque chose semble pourtant te tracasser. Allez, parle-moi.

Évie regarda sa sœur et pendant une minute, Céleste pensa qu'elle allait se confier, mais tout d'un coup il y eut un énorme fracas. C'était comme si le toit, le plafond ou les poutres de l'aile nord s'étaient effondrés. S'ensuivit une explosion de jurons. Céleste écarquilla les yeux de surprise. Elle était déchirée entre deux choix : aller voir ce qui s'était passé ou rester avec sa sœur. L'aile nord l'emporta.

— Attends-moi ici, dit-elle avec détermination en montrant du doigt l'endroit où se tenait sa sœur.

Mais quand Céleste se détourna pour partir, la porte d'entrée s'ouvrit et Évie disparut dans le jardin après avoir claqué la porte derrière elle. Céleste en eut le cœur serré et elle ne put s'empêcher de sentir qu'elle avait à nouveau failli.

****

C'était vraiment injuste qu'il n'y ait personne pour décrocher le téléphone et prendre la commande. *Vraiment injuste et tellement habituel,* se dit Gertie tout en écoutant la voix glaciale à l'autre bout du fil.

— Allô ? Ici Samantha Stanton.

Gertie savait exactement qui était Samantha Stanton, et son cœur battit plus vite en entendant la voix de la femme de James.

— Bonjour Mme Stanton. Ici Gertrude. Qu'est-ce que je peux faire pour vous ? demanda-t-elle avec une extrême politesse tout en s'enfonçant les ongles dans la paume de la main.

— Je voudrais que vous me livriez quelques containers de roses. Je pense que cinq feraient l'affaire. Est-ce qu'il serait possible de les avoir dans la journée ? Mon jardinier va passer et j'aimerais qu'il les plante aujourd'hui. Je vous laisse choisir, je ne suis pas difficile – du moment qu'elles sont en fleurs. Mais je préférerais des roses rouges, si possible.

Rouge, oui, pensa Gertie. Rouge comme la colère. Rouge comme le danger. Rouge comme le sang qu'elle aimerait répandre.

Elle secoua la tête pour se débarrasser de ses idées noires.

— Bien sûr, dit-elle. Je m'en occupe dès que possible.

Elle tremblait après avoir raccroché le téléphone et resta un moment dans le hall frais et sombre, laissant le temps à son cœur de retrouver un rythme normal.

D'accord, tu peux le faire. Samantha Stanton est juste une autre cliente qui veut des roses. Tu vas les choisir, tu vas les livrer et c'est tout. Mais à vrai dire, elle aurait préféré que quelqu'un d'autre s'occupe de cette commande.

Gertie choisit cinq rosiers aux roses rouges fabuleuses du nom de *Constable* – un nom donné en l'honneur du célèbre artiste qui avait peint tout le long de la vallée de la Stour. *Constable* était une grande plante robuste aux voluptueuses fleurs Bourbon qui avaient été si populaires au XIXe siècle. Elle délivrait le parfum extraordinaire des roses anciennes et était appréciée des fleuristes à cause de sa longue tige droite. À vrai dire, les filles Hamilton elles-mêmes, aimaient à orner le manoir avec une profusion de bouquets de roses *Constable* lors des occasions spéciales.

Pestant contre l'absence de ses sœurs alors qu'elle avait besoin d'elles, Gertie chargea la camionnette et prit la route de la maison des

Stanton dans le village à côté. Elle se gara dans l'allée aux abords soignés et resta un moment dans la voiture pour rassembler ses pensées. Elle se demandait si James était au courant de cette commande. Probablement pas, sinon il aurait proposé d'aller la chercher en personne et convenu d'un rendez-vous avec elle au manoir. Mais aurait-il vraiment fait cela ? Depuis qu'elle avait surpris cette scène tendre entre lui et sa femme, Gertie ne savait plus quoi penser. Elle savait seulement qu'elle voulait lui parler et qu'il ne répondait à aucun de ses messages, ce qui la poussa à douter de lui pour la première fois. Que se passait-il ? Elle avait grand besoin de le voir pour connaître la réponse. À la seule pensée qu'il ait pu se servir d'elle depuis le début et qu'il n'avait jamais eu l'intention de construire un avenir avec elle, elle devenait folle. Elle ne voulait pas y croire. Pas encore, il restait de l'espoir.

Elle prit une profonde inspiration en essayant d'étouffer la colère qui montait en elle. Il fallait qu'elle se concentre sur la livraison et fasse son travail aussi vite et bien que possible.

La grange restaurée était plutôt impressionnante avec ses fenêtres immenses et ses poutres noires. Ce n'était pas le genre de maison que Gertie aimait, mais elle pouvait comprendre que cela plaisait. James lui avait raconté que la maison n'était faite que d'espaces immenses traversés de courants d'air et qu'il se réjouissait d'acheter un jour une toute petite maison, une maison douillette rien que pour eux deux, et c'est cette image que Gertie garda en tête quand elle frappa à la porte.

Samantha mit un peu de temps pour arriver et ouvrir la porte, assise dans son fauteuil roulant.

— Ah, Gertrude, c'est bien ça ? demanda-t-elle d'une voix claire et hésitante, ses yeux verts levés sur elle.

— Oui, dit Gertie en baissant les yeux sur la femme en fauteuil roulant.

On ne pouvait pas le nier, elle était vraiment très belle. Sa masse de cheveux lui fit évidemment penser à un cheval. Elle avait les traits réguliers et la peau parfaite dont de nombreuses femmes ne pouvaient que rêver.

— Laissez les roses là-bas près du mur, et puis entrez, je vais vous faire un chèque.

Gertie retourna à la voiture, sortit les roses et revint vers la maison. Le hall était immense et le sol dallé résonnait sous ses pas. Voyant Samantha dans le salon, elle entra. Immédiatement, Clyde, le lévrier, quitta son panier pour venir la saluer.

— On dirait qu'il vous aime bien, dit Samantha avec un sourire empreint de douceur.

Gertie se sentit rougir et elle espéra ne pas se trahir.

— Nous avons un chien au manoir, dit-elle. Peut-être que Clyde sent son odeur.

Samantha regarda Gertie promener ses yeux autour de la pièce jusqu'au grand poster d'elle à cheval sur une plage, les jambes de l'animal soulevant des gerbes d'eau.

— C'est cette brute qui m'a fait tomber, dit-elle d'une voix normale.

— Oh, fit Gertie. Je suis désolée.

— Oui, moi aussi, dit-elle avec un soupir. On apprend tous les jours, non ?

— Oui, fit Gertie.

— Vous êtes déjà montée à cheval ?

— Non, jamais.

— Bien. James non plus, dit-elle en riant. J'ai essayé de lui apprendre, mais il n'est pas à l'aise sur le dos d'un cheval.

Il y avait de la tendresse dans son regard quand elle parlait de James, et Gertie sentit sa gorge se nouer.

— Bon, est-ce que je fais le chèque au nom de Roses Hamilton ?

Gertie acquiesça, soulagée d'avoir changé de sujet de conversation.

— Merci.

Pendant que Samantha remplissait le chèque, Gertie regarda à nouveau autour d'elle, remarquant les énormes canapés et les tapis aux couleurs neutres. La pièce était aussi claire et moderne que le manoir était sombre et ancien. Gertie n'aimait pas. Elle ne se sentirait pas à l'aise dans un endroit de ce genre.

Ses yeux s'arrêtèrent ensuite sur une petite table en verre sur laquelle étaient posés plusieurs cadres. De là où elle était, elle pouvait voir une photo de James et Samantha enlacés dans un endroit chaud et ensoleillé où Gertie ne pourrait aller qu'en rêve. Une autre photo les montrait sur un bateau au milieu d'un océan turquoise. Ce qui fit penser à Gertie qu'elle n'avait pas beaucoup vu le monde. Elle n'avait presque jamais quitté la région, mais comment aurait-elle pu voyager alors que sa mère était malade ?

« Tu ne me quitteras pas, n'est-ce pas Gertie ? » Gertie n'avait plus compté le nombre de fois où Pénélope l'avait suppliée. « J'ai besoin de toi ici. »

« Bien sûr que je ne te quitterai pas », lui avait promis Gertie, se sentant si coupable d'avoir un moment pensé à son seul bien-être. Mais elle ne resterait pas à Little Eleigh pour toujours parce qu'elle et James allaient partir en France ou en Italie dans un endroit particulièrement beau.

Gertie eut la délicatesse de rougir d'avoir de telles pensées à propos d'un homme alors même qu'elle se trouvait dans la maison de sa femme. Elle regarda Samantha et se demanda l'effet que cela devait faire de se retrouver immobilisée dans un fauteuil roulant.

Tout à coup, Samantha grimaça.

— Est-ce que vous allez bien ?

Gertie fut immédiatement à ses côtés.

— Vous voulez bien me donner mes comprimés ?

Elle fit un signe en direction d'une table basse et Gertie lui tendit un petit flacon.

— Est-ce que je peux vous amener un verre d'eau ?

— Oui. S'il vous plaît.

Elle lui montra la cuisine d'un signe de la main et Gertie quitta la pièce. Tout comme le reste de la maison, la cuisine était claire et moderne et remplie de tout ce qu'on pouvait s'acheter de mieux. Gertie trouva un verre et le remplit d'eau avant de retourner auprès de Samantha et de la regarder avaler deux de ses énormes gélules.

— J'ai oublié de les prendre ce matin, dit-elle. Enfin, ce n'est pas tout à fait exact. J'ai essayé d'arrêter de les prendre. Je déteste donner ces médicaments à mon corps, mais je souffre terriblement si je ne les prends pas.

— Est-ce que vous souffrez en permanence ?

Elle hocha la tête.

— Plutôt, oui. Certains jours sont pires que d'autres. Ce sont les jours où le pauvre James doit avoir du mal à me supporter.

Elle ferma brièvement les yeux et soupira.

— Est-ce que je peux vous apporter autre chose ?

— Non, merci, dit-elle en ouvrant à nouveau ses magnifiques yeux verts. Vous êtes la cadette, n'est-ce pas ?

— C'est exact, répondit Gertie.

— Je crois que c'est vous que James a mentionnée l'autre fois. Il a dit qu'il vous avait vue dans le village quand il promenait Clyde. On dirait vraiment que ce chien vous connaît.

Gertie se rendit compte que le lévrier s'était assis à ses pieds et elle sourit d'un air embarrassé.

Elles ne se quittèrent pas des yeux pendant quelques secondes et Gertie ne put s'empêcher de se demander à quoi pensait Samantha. Elle, en tout cas, se sentait nue et vulnérable sous ce regard vert. C'était comme si Samantha était capable de voir au tréfonds de son âme et de découvrir tous ses secrets et les projets qu'elle avait avec James.

— Bon, voilà pour vous, dit finalement Samantha en arrachant le chèque avant de le tendre à Gertie.

Gertie remarqua le fin cercle d'or de l'alliance et le solitaire, la beauté parfaite du diamant semblant lui dire que jamais James ne lui ferait un tel cadeau.

— J'espère que les roses vous plairont, dit Gertie.

— Je suis certaine qu'elles feront l'affaire, dit Samantha. Merci d'être venue si rapidement.

Gertie hocha la tête. Samantha lui souriait d'une façon si chaleureuse et franche qu'elle se demanda si elle avait aussi mauvais caractère que James le laissait entendre.

Elle était sur le point de partir quand ses yeux s'arrêtèrent sur la nuque de Samantha.

— Vous allez bien ? demanda Samantha. Vous êtes devenue toute pâle.

— Ça... va, dit Gertie en ajustant rapidement son foulard autour du cou. Je ferais mieux d'y aller. Ne bougez pas, je vais trouver mon chemin.

— Au revoir, fit Samantha.

Gertie fit le chemin du retour en tremblant. Tout le long de la route qui la ramenait au manoir, elle serra dans sa main la chaîne avec le médaillon en argent que James lui avait offert.

Samantha Stanton portait exactement le même.

****

— C'est tout pourri, vous voyez ? dit M. Ludkin en pointant du doigt les poutres qu'il avait dégagées dans une des pièces de l'aile nord.

Le sol était jonché de plâtre et l'air était plein de poussière.

— Oui. Je vois, dit Céleste, en regardant les vieux bouts de bois devant elle.

— C'est bien que nous les ayons découvertes maintenant, sinon tout ce mur aurait pu s'effondrer et le toit avec.

— Je croyais que le toit s'était déjà effondré, dit Céleste.

— Non, non. C'était juste le plafond, dit-il. Vous avez de la chance, c'est sûr.

— Oui, on a vraiment beaucoup de chance.

— Mais ça va rallonger la durée des travaux. Il faudra faire venir un spécialiste.

— D'accord, dit Céleste en voyant l'argent du Fantin-Latour s'envoler avant même d'être arrivé sur leur compte en banque. Mais est-ce que vous pouvez arranger ça ?

— Tout peut être arrangé, si vous avez l'argent nécessaire, dit M. Ludkin.

Céleste prit une profonde inspiration.

— J'avais peur que vous me disiez quelque chose de ce genre.

26.

Gertie était furieuse. Furieuse et troublée. Après avoir quitté Samantha, elle avait été obligée d'appeler James plusieurs fois et de lui envoyer une dizaine de messages avant qu'il ne lui réponde. À cette occasion, ils prirent rendez-vous à la chapelle le soir même.

Tandis qu'elle traversait les prés avec Frinton, qui lui avait servi d'excuse pour partir en promenade, Gertie ne put s'empêcher de se demander si James serait là alors qu'il l'avait déjà laissée tomber la dernière fois. *Était-il en train d'essayer de rompre ? Et qu'allait-il dire à propos du pendentif ?*

Mais dès qu'elle le vit, appuyé contre le mur de la chapelle en ruine, caressé par les derniers rayons du soleil, son cœur se mit à fondre. Il était impossible, absolument impossible de rester fâchée contre un homme aussi beau, et elle le maudit pour cela.

— Chérie ! dit-il en prenant son visage entre ses mains et en l'embrassant à pleine bouche.

— Il faut que je te parle, dit-elle une minute plus tard, déterminée à garder la tête froide et à tirer les choses au clair.

— Il n'y a rien que je n'aime plus que parler avec toi, dit-il. À vrai dire si, il y a une chose que je préfère.

Il lui pinça les fesses, mais elle fit un pas en arrière.

— James ! s'écria-t-elle.

— Quoi ? s'écria-t-il également. Qu'est-ce que j'ai fait ?

Il eut l'air vexé et elle se sentit immédiatement coupable, mais ensuite elle se rappela à quel point elle s'était sentie mal à cause de lui – encore et encore.

— J'ai vu Samantha aujourd'hui.

— Quoi ? fit-il, atterré.

— Elle a commandé des roses, dit-elle pour mettre fin à son appréhension. Qu'est-ce que tu croyais ? Que j'étais allée la voir pour lui apprendre que j'étais ta maîtresse ?

James se passa la main dans les cheveux.

— Eh bien… je…

— Je ne ferais jamais une chose pareille, James. Tu le sais bien.

Il poussa un soupir de soulagement.

— Oui. Je le sais.

— Mais je devrais le faire. Oui. Je devrais.

Il fit un pas en avant et lui caressa la joue.

— Je le lui dirai moi-même. Au bon moment.

— Depuis combien de temps tu me répètes ça ? s'écria Gertie. Pour toi, ce n'est jamais le bon moment. Et si on tenait compte de moi pour une fois ? Parce que pour moi, c'est le bon moment ! Je n'ai pas besoin de rester au manoir maintenant que maman n'est plus là. Je peux partir à tout moment ! Et c'est ce que je veux, James. Vraiment !

Il essaya de la réduire au silence par un baiser, mais elle le repoussa.

— Gertie !

— Écoute-moi, dit-elle.

— Je t'écoute.

— Je l'ai vu. J'ai vu ce que tu as fait.

— De quoi tu parles ?

— Du pendentif, dit-elle. Du médaillon en argent.

Il eut l'air troublé, mais Gertie dégagea le collier de son foulard.

— Je n'arrive pas à croire que tu m'aies offert le même pendentif qu'à ta femme !

James eut l'air plus pâle.

— Je peux l'expliquer, dit-il, comme tous les hommes mis au pied du mur.

— Vraiment ?

Gertie n'eut pas l'air convaincue.

James inspira profondément.

— Écoute-moi. J'ai acheté ce médaillon pour toi, mais je l'ai laissé dans la poche de ma veste et Samantha, qui cherchait une ordonnance que j'étais allé prendre pour elle, a ouvert la petite boîte et vu le collier. Il fallait bien que je dise que c'était pour elle, non ? Mais je ne voulais pas te gâcher la surprise. Je savais à quel point tu voulais un médaillon et je ne voulais pas que tu n'en aies pas à cause d'elle, alors je suis retourné à la boutique et j'en ai acheté un autre.

Gertie fronça les sourcils. Disait-il la vérité ? Il était difficile de se faire une opinion quand il souriait de cette façon, et elle avait tellement envie de le croire.

— Tu me crois, n'est-ce pas ? demanda-t-il en s'approchant d'elle, ses longs doigts caressant doucement sa nuque.

Gertie le regarda longuement, ses grands yeux emplis de douleur, en se demandant si elle devait lui parler du soir où elle l'avait vu avec Samantha et lui demander s'il avait une explication pour ça aussi. *Il en a certainement une,* se dit-elle. Elle avait dû mal interpréter ce qui s'était passé.

— Parfois, tu me rends folle, préféra-t-elle lui dire.

— Ce n'est pas mon intention, dit-il. Je veux te rendre heureuse.

— Moi aussi, je veux que tu me rendes heureuse. Et je veux qu'on soit ensemble.

Il hocha la tête et se pencha en avant pour l'embrasser sur le front.

— Tu dégages tant de chaleur, lui dit-il, en chuchotant si bas qu'elle sentit son souffle sur sa peau.

Elle ne lui reprocha pas d'essayer de changer de sujet de conversation ou de vouloir y échapper, mais s'abandonna totalement à ses baisers. Quand son téléphone sonna un moment plus tard et qu'il lui dit qu'il devait rentrer chez lui, elle le laissa partir sans ajouter un mot.

****

Céleste passa au moins dix minutes à tourner en rond dans l'atelier avant d'appeler Julian.

— Où en sommes-nous avec la vente aux enchères ? l'interrogea-t-elle sans préambule.

— Bonjour, Céleste, vous allez bien ? demanda-t-il.

— Oui, mais j'ai besoin de savoir ce qui se passe avec les autres tableaux.

— Eh bien, les catalogues sont revenus de chez l'imprimeur et vont être postés aujourd'hui. Je dois dire qu'ils sont très réussis. Les photos sont superbes – elles font vraiment honneur aux tableaux. Je vous en apporterai un quand je viendrai ce week-end, d'accord ?

— La vente aura lieu dans quinze jours ? demanda Céleste.

— C'est exact, dit-il. Est-ce que vous viendrez à Londres pour l'occasion ?

Céleste entortilla une mèche de ses cheveux autour de son doigt.

— Je ne sais pas encore.

— Je sais que vous n'aimez pas Londres, dit-il, mais ça pourrait être amusant. Nous pourrions aller dîner après la vente pour fêter l'événement.

— Si nous vendons les tableaux, dit-elle d'un ton pragmatique.

— Les tableaux se vendront, dit Julian. Vous n'avez pas besoin de vous faire du souci à ce sujet.

Mais quand Céleste raccrocha, elle ne put s'empêcher de s'inquiéter – et pas seulement au sujet des tableaux. Car il y avait encore autre chose.

****

Céleste se réveilla au milieu de la nuit. Elle ne savait pas ce qui l'avait sortie du sommeil cette fois-ci, mais comme cela lui arrivait fréquemment ces derniers temps, elle avait appris à s'en accommoder. Elle alluma sa lampe de chevet, ce qui réveilla Frinton qui était couché au bout du lit. En regardant au fond de sa chambre, elle découvrit sur l'étagère le roman qu'elle lisait jeune fille et elle poussa un petit rire sans joie. L'héroïne vivait dans un château dans le Suffolk et savait, tout comme elle, que cela n'avait rien de romantique, loin de là. Dès le début du livre, elle s'était sentie très proche de cette héroïne au caractère bien trempé, bien qu'elle ait désapprouvé sa tendance à tomber amoureuse aussi vite, et frissonné à l'idée de nager dans l'eau des douves. Ni elle ni ses sœurs n'avaient jamais rien fait d'aussi stupide.

« À part toi, hein ? » dit-elle à Frinton qui daigna dresser ses oreilles avant de soupirer et de se rendormir.

Elle sortit du lit, mit ses pantoufles et attrapa un pull-over en coton. Elle n'avait pas envie de lire ce soir-là, même s'il aurait été agréable d'échanger ses soucis contre ceux de l'héroïne de son roman. Elle décida plutôt d'aller au rez-de-chaussée, accompagnée par Frinton qui se disait que troquer un moment de sommeil contre une éventuelle sucrerie vaudrait sûrement la peine.

Quittant le sanctuaire de sa chambre à coucher, elle longea le couloir qui donnait sur toutes les chambres. Une petite lampe y restait toujours allumée pour ceux qui se levaient en pleine nuit, mais à cause des boiseries, le couloir restait dramatiquement sombre.

Céleste et Frinton étaient en train de passer devant la chambre de Pénélope quand elle remarqua que la porte était entrebâillée. En bon fox-terrier, Frinton le nota également.

« Non ! » s'écria Céleste quand Frinton s'élança dans la chambre obscure. Elle rouspéta. Elle n'était pas retournée dans la chambre depuis qu'elle y avait trouvé Évie et elle n'avait aucune envie d'y aller à nouveau. « Frinton ! » appela-t-elle doucement. « Sors de là ! » Mais le petit chien ne répondit pas, ce qui n'étonna pas beaucoup Céleste. Secouant la tête et maudissant silencieusement le jour où cette boule de poils facétieuse était entrée dans sa vie, elle alluma la lumière et entra dans la pièce. Frinton se trouvait près du lit et mâchonnait un biscuit qu'il avait dû amener ici à un autre moment.

La gorge nouée, elle prit le temps d'embrasser la pièce du regard. Le grand lit en acajou encore couvert de son dessus-de-lit en toile de Jouy, et là, sur la table de nuit, la photo dans un cadre d'argent qu'elle avait remarquée lorsqu'elle était dans la chambre avec Évie. Une photo de Pénélope. Il y avait des photos d'elle partout dans la pièce, encadrées d'argent, et son magnifique visage toisait tous ceux qui y entraient. Céleste sentit les larmes lui brûler les yeux.

Personne ne comprendrait jamais comment une femme si belle pouvait être si cruelle, pourtant ses grands yeux bruns et ses lèvres sensuelles cachaient tant de méchanceté. Les regards qu'elle avait lancés et les mots qu'elle avait prononcés continuaient de faire trembler Céleste de peur, et ce soir-là, ils l'obligèrent à fuir la chambre.

« Frinton ! » appela-t-elle, d'une voix glaciale. « Viens ici ! » Le petit chien leva la tête, se pourléchant les babines, et suivit sa maîtresse hors de la chambre. Il savait qu'il risquait gros s'il ne l'écoutait pas cette fois-ci.

En bas, elle entendit les voix dès qu'elle arriva dans le corridor qui menait à la cuisine.

— Qu'est-ce que vous faites debout toutes les deux ? demanda-t-elle en entrant dans la cuisine et en apercevant Gertie et Évie.

— Tout comme toi, je suppose. On n'arrivait pas à dormir, dit Évie, assise sur le banc qui faisait toute la longueur de la table ancienne.

Gertie était en train de remuer une mixture au citron dans un grand bol argenté.

— Elle fait un gâteau, et moi je peux lécher la cuillère, tu vois ? Alors, ne pense pas à prendre ma place parce que j'étais ici la première.

Céleste s'assit en face d'Évie.

— Tu n'as vraiment pas bonne mine, Celly, dit Gertie, debout devant les fourneaux.

— Merci beaucoup ! dit Céleste. C'est le milieu de la nuit. Je ne suis pas censée avoir l'air d'un top modèle.

Gertie secoua la tête.

— Ce n'est pas que ça. Il y a quelque chose qui ne va pas ?

Céleste soupira.

— Tu as jeté un coup d'œil à l'aile nord aujourd'hui ?

— J'essaye d'éviter d'aller là-bas. Pourquoi ? Il y a un problème ?

— Ça, tu peux le dire.

— Mais nous l'avons toujours su, non ? dit Gertie en versant la pâte citronnée dans un moule à gâteau. Nous le savons depuis des années qu'il y a un problème avec l'aile nord.

— Je sais, mais voir la structure ainsi exposée m'a fait un choc et je me demande s'il ne va pas y avoir d'autres soucis ailleurs – et si notre budget sera suffisant !

— Nous ferons ce que nous pourrons, dit Gertie. Personne ne s'attend à ce que tu fasses tout en une seule nuit. Il faut y aller pas à pas.

Céleste se prit la tête entre les mains et ferma les yeux en écoutant Gertie remuer les divers ustensiles de cuisine.

— Où as-tu mis le tableau qui manquait, Celly ? demanda Évie après un moment.

Elle ouvrit les yeux et regarda sa sœur de l'autre côté de la table.

— Il est dans l'atelier pour le moment.

— Tu ne vas pas le vendre, hein ? dit Évie en plissant les yeux d'un air accusateur.

— Je ne sais pas encore, dit Céleste. Je pense que le mieux est de ne rien faire tant que les choses ne sont pas réglées.

— Quelles choses ? Papa et Simone ont téléphoné ?

— Non, répondit Céleste.

— Eh bien, dans ce cas, je pense qu'on devrait l'accrocher dans le salon. Le mettre à la place du Fantin-Latour. Je déteste cet espace vide. J'ai l'impression qu'il manque quelque chose.

Céleste comprenait très bien ce qu'Évie ressentait. À chaque fois qu'elle entrait dans la pièce, l'espace vide semblait prendre toute la place et elle se demandait si elle avait pris la bonne décision en se séparant les tableaux.

Mais tu ne les as pas laissés partir, dit une petite voix. *Ils vont nous rapporter plus d'un demi-million d'euros.*

— C'est peut-être une bonne idée de l'accrocher, dit-elle finalement.

— Il sera à sa place, dit Évie. On devrait fêter son retour à la maison.

Céleste regarda Évie baisser ses yeux magnifiques et sombrer tout à coup dans un état qui ressemblait à de la mélancolie.

— Tu vas bien ?

Évie soupira, mais ne leva pas les yeux.

— Pourquoi est-ce que tout le monde me demande ça ?

— Peut-être parce que nous savons que quelque chose ne va pas, dit Céleste.

— Et comment tu le saurais ? demanda-t-elle avec défiance.

Céleste leva les mains au ciel.

— À cause de remarques de ce genre.

Évie fit la moue.

— Et aussi parce que tu passes ton temps à ronchonner et que tu es pâle.

— Je ne suis pas pâle et je ne ronchonne pas.

— Et parce que tu parles en secret à Esther, ajouta Céleste.

— Ah, voilà qui est plus précis ! dit Évie. Tu crois que quelque chose ne va pas parce que je parle avec Esther et pas avec toi. C'est ça ?

— Non, pas du tout.

— Ah, non ? Parce que j'ai l'impression que cette histoire t'embête encore, lui fit remarquer Évie.

— Ça ne m'embête pas. Je veux juste t'aider.

— Je n'ai pas besoin d'aide, insista Évie.

— Mais alors, de quoi as-tu parlé avec Esther ?

— Est-ce si important ?

— Pour moi oui, dit Céleste. Je suis ta grande sœur.

— Exactement, dit Évie.

— Qu'est-ce que tu veux dire ?

— Cela veut dire que tu es ma sœur. Pas ma mère.

— Je n'essaye pas d'être ta mère, dit Céleste. Est-ce que c'est pour ça que tu t'es tournée vers Esther ? Pour qu'elle remplisse le rôle de mère ?

Évie écarquilla les yeux. On y lisait de la peur.

— Comment tu peux dire une chose pareille !

— Est-ce que c'est vrai ?

— Je n'ai pas besoin d'une mère. J'ai vingt et un ans ! s'écria Évie. De toute façon, personne ne pourrait remplacer maman.

— D'accord, d'accord ! fit Céleste. J'essaye juste de comprendre ce qui se passe.

— Pourquoi ? Ça ne t'a jamais intéressée avant.

— Évie ! dit Gertie en se détournant de l'évier.

— Quoi ? rétorqua Évie. Tu dis bien la même chose.

Céleste se retrouva bouche bée.

— Qu'est-ce que vous avez raconté sur moi ?

— Rien, dit Gertie. Absolument rien.

— Vraiment ? demanda Céleste, n'ayant pas l'air très convaincue. Ce n'est pas l'impression que j'ai. De quoi avez-vous parlé toutes les deux ?

— Laisse tomber, Celly, dit Évie. Va donc te réfugier dans ton atelier.

Un silence terrible tomba sur la cuisine.

— Alors, c'est ça ? demanda Céleste après un moment. Tu crois que je m'enferme dans l'atelier parce que ça *m'amuse* ? Vous croyez que je vous tiens à l'écart des affaires de la maison, c'est ça ?

— Pourquoi ? Ce n'est pas le cas ? dit Évie.

— Si je le fais, ce n'est pas intentionnellement, fit Céleste avec une toute petite voix. Mais c'est vous qui m'avez demandé de revenir – vous m'avez suppliée de revenir.

— On voulait que notre sœur revienne, dit Évie.

— Et je suis revenue, mais vous avez vu l'état de l'atelier. J'étais supposée faire quoi ?

— Nous *parler* ?

— C'est ce que j'essaye de faire en ce moment même ! s'écria Céleste désemparée.

— Tu ne comprends toujours pas, hein ?

— Comprendre quoi ? Dis-moi ce que je ne comprends pas, parce que j'ai vraiment envie de savoir !

— Tu ne peux pas revenir après trois ans d'absence et t'attendre à ce que nous te fassions tout de suite des confidences. Les relations entre les gens, ça ne fonctionne pas comme ça, Céleste ! dit Évie. Tu as réussi à t'échapper – tu n'as pas été là pour les derniers moments de maman et tu n'as aucune idée de ce que nous avons enduré. Toi, tu étais avec ton super mari dans ta nouvelle maison, c'est bien ça, non ?

— Tu crois que mon mariage était une solution de facilité ? s'indigna Céleste le souffle coupé. Eh bien, il ne l'était pas. C'était la plus grande erreur de ma vie et je l'ai faite seulement pour pouvoir partir d'ici. Je pensais que c'était la meilleure chose à faire à l'époque. J'étais désespérée et je savais que je ne pouvais pas continuer à vivre ici.

— Nous le savons bien, dit Gertie pour essayer de calmer le jeu entre Céleste et Évie. Nous ne te reprochons pas d'être partie.

— Ah bon ? dit Évie. Eh bien, parle pour toi, parce que moi je le lui reproche.

Céleste secoua la tête.

— Ne dis pas ça, Évie. Tu ne me le reproches pas – pas vraiment.

— Pourquoi tu dis ça ? Pourquoi est-ce que toi et Gertie essayez toujours de mettre des idées dans ma tête et des mots dans ma bouche ? Vous ne savez ni ce que je pense ni ce que je ressens.

Le visage d'Évie était passé du blanc d'une rose *Boule de neige* au rouge écarlate d'une rose *Munstead Wood* en l'espace de quelques secondes.

— J'essaye juste de comprendre ce qui se passe ici, dit Céleste. Ce qui se passe avec vous deux. Aucune de vous ne me parle de ce qui est vraiment important. Je sais que quelque chose t'ennuie Évie, et que tu ne veux pas me faire confiance, et Gertie, toi aussi, tu me caches quelque chose.

— Qu'est-ce que tu veux dire ? dit Gertie.

— Ces derniers temps, tu fais souvent de la pâtisserie en plein milieu de la nuit. Ce qui signifie que tu as des soucis. J'aurais aimé que tu m'en parles.

Les lèvres fermement serrées, Gertie refusa de soutenir le regard de sa sœur.

— Je sais que je ne passe pas assez de temps avec vous, les filles, dit Céleste, et je souffre de vous avoir fait de la peine, mais je vous en supplie, parlez-moi. J'ai vraiment besoin de vous deux.

— Non. Ce n'est pas vrai, dit Évie. Tu n'as jamais eu besoin de personne. Tu te mets toujours à l'écart des autres. Tu es si froide, Céleste. Je n'ai jamais connu quelqu'un d'aussi froid que toi.

— Arrête, Évie ! cria Gertie. Tu vas toujours trop loin.

C'est alors qu'entra Esther.

— Qu'est-ce qui vous prend de crier comme ça au milieu de la nuit ?

— Restez en dehors de ça, Esther, dit Céleste.

— Je t'interdis de lui parler sur ce ton, dit Évie.

— Ceci n'a rien à voir avec elle, Évie, dit Céleste avec une note menaçante dans la voix. C'est entre toi et moi.

— Tu crois que c'est à toi de décider, c'est ça ? rétorqua Évie. Eh bien, j'en ai marre que tu passes ton temps à me dire ce que je dois faire. Ça suffit maintenant.

Esther écouta les mots voler entre les deux sœurs avant de lever sa main, si menue et osseuse.

— Les filles !

Sa voix calme eut pour effet d'interrompre la dispute. Elles tournèrent la tête vers elle.

— Bon, finit-elle par dire, je ne sais pas ce qui a causé cette petite scène ce soir, mais j'ai ma petite idée de ce qui en est à l'origine.

— Eh bien, je suis contente qu'il y ait au moins une personne qui le sache, ironisa Céleste.

Esther lui lança un regard sévère avant de se tourner à nouveau vers Évie.

— Il est temps de leur dire, ne penses-tu pas ?

— Nous dire quoi ? demanda Céleste. Si tu as quelque chose à dire, tu ne devrais pas attendre plus longtemps, Évie.

— Oui, qu'est-ce qui se passe ? dit Gertie.

Elle s'était approchée de la table et regardait Esther s'asseoir à côté d'Évie. Elle remarqua le long regard silencieux qu'elles échangèrent.

— Vas-y, ma fille, dit Esther en tapotant la main d'Évie.

Le regard de Céleste passa d'Esther à Évie et elle ne put s'empêcher d'envier leur évidente complicité. Quand cela s'était-il produit ? se demanda-t-elle. Et pourquoi n'avait-elle pas remarqué la naissance de leur amitié ?

Évie prit quelques lentes inspirations.

— Je suis enceinte, dit-elle enfin en haussant légèrement les épaules comme si elle ne faisait qu'avouer avoir oublié de sortir les poubelles.

— Enceinte ? dit Gertie. En es-tu certaine ?

— Évidemment que je le suis. Je le sais déjà depuis un moment. L'accouchement est pour Noël.

— Un enfant de Noël ? dit Gertie tandis qu'Évie acquiesçait d'un signe de la tête.

— Quelle joie ! dit Gertie avec un petit sourire, contrairement à Évie qui ne souriait pas parce que Céleste n'avait encore rien dit.

— Céleste ?

Ce fut Esther qui parla.

Céleste se mordit la lèvre pour s'empêcher de crier. Elle n'allait pas crier. Pénélope l'aurait fait et elle n'allait quand même pas l'imiter.

— Est-ce que tu vas le garder ? demanda finalement Céleste.

La question de Céleste laissa Évie bouche bée et ses yeux exprimèrent l'incompréhension.

— Bien sûr que je vais le garder. Pourquoi pas ?

— C'est juste…

Céleste s'interrompit. Qu'essayait-elle de dire exactement ?

— C'est juste que je ne comprends pas comment tu peux avoir envie d'agrandir cette famille à problèmes.

À peine Céleste eut-elle dit ces paroles qu'elle le regretta. Trois paires d'yeux la dévisagèrent sans dire un mot.

— Je n'arrive pas à croire ce que tu viens de dire, dit Évie après un petit moment, sa voix se transformant en un horrible murmure.

— Ce n'est pas ce que je voulais dire, expliqua Céleste en secouant la tête.

Elle se tourna vers Gertie à la recherche d'un peu de soutien, mais le regard blessé que celle-ci tourna vers Céleste lui indiqua qu'elle ne le trouverait pas auprès d'elle.

— Et tu veux dire quoi en fait ? demanda Gertie.

— Eh bien… est-ce que tu penses que c'est la meilleure décision pour toi – pour la famille ?

— Pour *toi*, tu veux dire ? Tu ne t'inquiètes pas pour moi, si ? rétorqua Évie. Tu t'inquiètes à l'idée d'avoir une responsabilité supplémentaire.

— Je n'ai pas dit ça, dit Céleste.

— Ce n'est pas nécessaire, dit Évie. Ça se lit sur ton visage !

— Évie, dit Esther d'une voix restée calme, sa main toujours posée sur celle d'Évie.

— Écoute ce que Céleste a à te dire.

Évie se tourna vers Esther avec l'impression d'être trahie.

— C'est juste que… eh bien, j'ai du mal à imaginer que quelqu'un veuille élever un enfant dans cette maison après tout ce que nous y avons vécu avec maman.

Et voilà, c'était dit. Les trois sœurs n'en avaient jamais parlé ensemble. Les pensées et les émotions ressenties étaient restées en suspens et n'avaient jamais été exprimées.

— Qu'est-ce que ça change pour moi ? dit Évie.

Céleste étudia le visage si jeune de sa sœur et s'émerveilla de son innocence.

— Tu n'as pas peur ? lui demanda-t-elle.

— De quoi ? De l'accouchement ?

— Non, dit Céleste. De devenir comme maman.

Évie fronça les sourcils.

— J'aimais maman. Je sais qu'elle avait des défauts. Tout le monde en a. Et je sais que tu avais des problèmes avec elle, mais pourquoi cela me toucherait aujourd'hui ? De toute façon, si quelqu'un devenait comme maman, ce serait toi et pas moi.

— Ne dis pas ça, dit Céleste.

— Mais tu lui ressembles tellement ! Tu passes des heures dans l'atelier et tu ne sais pas vraiment ce qui nous arrive.

— Évie ! la prévint Gertie.

Évie ne voulut pas s'arrêter.

— Quoi ?

— Je ne suis pas comme maman, dit Céleste, ses yeux sombres se remplissant de larmes et sa voix se mettant à trembler, car au fond d'elle, une barrière s'était rompue. Ne me dis plus jamais ça !

— Mais tu as dit…

— Tu n'as pas la moindre idée de ce qu'elle m'a fait subir ! cria Céleste. J'en souffre encore. Tu n'en as pas la plus petite idée. Elle me donnait l'impression d'être tellement… tellement…

— Quoi ? fit Évie d'une voix encore pleine de colère.

— Inutile, dit Céleste, les larmes coulant le long de ses joues. Je ne faisais jamais rien de bien. Quoi que je fasse, ça ne correspondait jamais à ses attentes, et c'est très douloureux d'entendre que vous non plus, vous n'êtes pas contentes de moi.

— Mais je n'ai jamais dit ça, répliqua Évie.

— Tu es si sévère avec moi, Évie.

— Mais non, Celly. C'est juste que je n'aime pas être tenue à l'écart. Je déteste quand tu fais ça.

— C'est à cause de maman, dit Céleste en s'essuyant les yeux avec un mouchoir que lui avait donné Gertie. Elle ne m'a jamais laissée être proche d'elle. Elle n'a jamais voulu me connaître.

Le silence régna quelques instants dans la cuisine. Évie parla la première.

— Elle n'a jamais voulu me connaître moi non plus.

Céleste fronça les sourcils.

— Mais vous deux étiez si proches l'une de l'autre, dit-elle.

Évie haussa les épaules.

— En fait, non, pas vraiment. Je croyais que nous l'étions, mais ce n'était pas vrai. C'était autre chose.

— Quoi donc ? demanda Gertie.

— Une histoire de vanité, je pense, dit Évie. Elle aimait bien m'habiller et me montrer. J'étais comme sa poupée. Une jolie petite fille à gâter. Mais il n'y avait pas d'amour. Je commence à le comprendre.

Elle se tourna brièvement vers Esther qui lui sourit et lui tapota la main.

Céleste et Évie échangèrent un long regard. Toutes deux venaient de faire un grand pas vers une meilleure compréhension l'une de l'autre.

Esther, qui les avait observées, toussota et pressa la main d'Évie avant d'ajouter :

— Votre mère était une femme très difficile, leur raconta-t-elle. Elle était ambitieuse, têtue et, oui, elle pouvait dire des choses cruelles. J'ai été victime de cette cruauté à plusieurs reprises et je peux très bien imaginer ce que vous avez enduré, mais je pense aussi qu'elle vous aimait, à sa façon.

— Vous croyez ? demanda Céleste, les yeux brillants de larmes.

Esther hocha la tête.

— Oui, je le crois.

— Je n'en suis pas si sûre, dit Céleste, la voix blanche. Je n'ai jamais ressenti son amour.

Gertie tendit le bras par-dessus la table et prit la main de Céleste dans la sienne.

— Je suis désolée, Celly, je ne voulais pas te faire pleurer, dit Évie d'une voix, elle aussi, étranglée par les larmes.

— Ce n'est pas grave.

— Je suppose que l'on ne saura jamais ce que chacune a enduré avec maman.

— Nous le saurons, si nous en parlons, dit Céleste.

Évie fit un petit sourire.

— C'est une idée qui me plaît.

Céleste prit une profonde inspiration.

— Je ne voudrais pas que tu penses que je suis hostile vis-à-vis du bébé. Je suis heureuse pour toi. Je le suis vraiment. C'est seulement que…

— Quoi ? demanda Évie d'une voix radoucie.

— J'ai tellement du mal à avoir ton optimisme, lui dit Céleste. Après tout ce que notre famille a dû supporter.

— Eh bien, peut-être que ce bébé améliorera les choses, dit simplement Évie. Peut-être que le temps du changement est venu.

Elles échangèrent un regard empreint, cette fois-ci, de douceur. Elles avaient désormais tourné le dos aux disputes.

— Tu veux dire qu'on pourrait jouer à la famille heureuse ?

— Pourquoi pas ? Ce serait bien, non ?

Céleste n'avait rien à redire à cela, mais elle n'avait pas encore entièrement pris conscience de l'ampleur de la situation. Un *bébé*. Est-ce que

Little Eleigh était prêt à accueillir un bébé ? Un petit enfant commençant à marcher dans des chambres qui s'effondraient et qui risquait de tomber dans l'eau des douves ? Et l'éducation d'un enfant coûtait cher, non ? Actuellement, les trois sœurs gagnaient juste à peine de quoi se suffire à elles-mêmes. Mais Céleste eut le bon sens de garder ces pensées pour elle.

— Est-ce que tu sais qui est le père ? questionna Gertie.

— Bien sûr que je le sais, dit Évie en regardant sa sœur les sourcils froncés.

— C'est Lukas, n'est-ce pas ? devina Gertie. J'ai vu la façon qu'il avait de te regarder.

— Même moi, j'ai vu comment il te regardait, dit Esther.

Tout le monde éclata de rire dans une ambiance désormais détendue.

— Est-ce qu'il sait ? demanda Céleste.

— Non, dit Évie en baissant les yeux sur la table et en suivant du doigt les méandres d'un nœud dans le bois.

— Tu ne l'as dit qu'à Esther, alors ? soupçonna Céleste.

— Ne recommence pas.

— Je ne recommence rien. Je veux juste mettre les choses au clair, c'est tout.

— Je pense qu'elle devrait le lui dire, dit Esther et tout le monde se tourna vers elle. Je sais que je ne fais pas partie de la famille…

— Pour *moi*, vous faites partie de la famille, dit Évie.

Une fois encore, elle échangea un regard avec Esther qui donna l'impression à Céleste d'être une étrangère.

— …mais tu devrais lui dire, dit Esther pour clore sa phrase.

Les quatre femmes assises autour de la table se dévisageaient.

Gertie hocha la tête.

— C'est un bon garçon, dit-elle. Il a le droit de savoir.

Elle tourna ensuite son regard vers Céleste, tout comme Évie et Esther.

Céleste s'éclaircit la voix.

— Je suis d'accord. Ce serait mieux de lui dire.

Évie soupira.

— Ce n'est pas ce que je voulais.

— Qu'est-ce que tu voulais ? demanda Gertie en se penchant légèrement en avant comme pour se rapprocher de la vérité.

— Je voulais avoir le bébé rien que pour moi. Pour que personne ne puisse me le prendre.

— Tu crois qu'il essayerait de te prendre le bébé ? demanda Gertie.

Évie haussa les épaules.

— Tu penses à Betty, c'est ça ? dit Céleste.

— Qui est Betty ? voulut savoir Esther.

Céleste ne put s'empêcher d'être contente de savoir quelque chose sur sa sœur qu'Esther ignorait.

— Betty était le chaton d'Évie. Il était vraiment adorable. Tout blanc avec seulement une petite tache noire sur l'œil gauche, dit Céleste. C'était un des jardiniers qui le lui avait donné, je crois. Sa chatte avait eu des petits et il cherchait à s'en débarrasser. Comme maman détestait les chats, on a décidé de ne pas lui en parler et de le garder caché dans l'aile nord.

— On s'en occupait vraiment bien, intervint Gertie. On le nourrissait et on le sortait dans le jardin quand on savait que personne ne pourrait nous voir.

— Et puis un jour, je suis revenue de l'école et il était parti. Après l'avoir cherché partout, on a demandé à maman, dit Évie. Je n'oublierais jamais son air de triomphe quand elle nous a expliqué qu'elle avait découvert notre petit secret et qu'elle nous avait punies pour ne lui avoir rien dit. Je n'ai jamais pu comprendre.

— Mais c'est fou ! protesta Gertie. Tu ne peux cacher à un homme qu'il va être papa sous prétexte que maman s'est débarrassée de ton chaton il y a une dizaine d'années. Déjà, Lukas n'est pas maman.

— Mais comment pourrais-je être sûre qu'il ne voudra jamais me la prendre ?

— C'est une fille ? demanda Céleste.

Évie hocha la tête.

— Il me semble, dit-elle. Je n'en suis pas sûre, mais je crois bien que c'est une fille, dit-elle en posant sa main sur son ventre. En tout cas, ce n'est pas juste à cause du chaton. Maman venait très souvent dans ma chambre. Et parfois, il lui arrivait de prendre des choses.

Esther fronça les sourcils.

— Quelles choses ?

— Une fois, elle a pris un petit vase en verre que j'avais acheté avec mon argent de poche au marché. Il n'avait rien de particulier, mais il avait une couleur extraordinaire – un vert très lumineux. Je l'adorais. Eh bien, maman aussi, puisqu'un jour j'ai trouvé des roses dans mon vase et mon vase dans le hall. « C'est égoïste de vouloir garder les choses pour soi », m'a-t-elle dit. « Maintenant, tout le monde peut en profiter. » Je ne l'ai jamais récupéré, dit Évie. Je n'avais jamais l'impression d'avoir quelque chose à moi quand elle était là. Je revenais de l'école en me demandant ce qui allait manquer dans ma chambre ou si elle avait fouillé dans mes affaires.

Évie et Gertie se tournèrent vers Céleste.

— Elle t'a déjà pris quelque chose, à toi ? demanda Évie.

Céleste inspira profondément.

— Ma santé mentale ? Ma joie de vivre ?

Elles échangèrent alors un regard lourd de tristesse.

Gertie serra sa main.

— Est-ce que vous savez qu'elle était malade ? En réalité, elle souffrait de troubles de la personnalité, dit Céleste.

Gertie prit l'air songeur.

— Ce que tu dis ne m'étonne pas vraiment.

— C'est Julian qui m'en a parlé, son frère souffre de la même maladie, et j'ai aussi fait des recherches sur Internet, dit-elle à ses sœurs.

Victoria Connelly

— Tu es sûre qu'elle n'était pas seulement bizarre ? demanda Gertie.

— Certaines formes de bizarrerie peuvent être diagnostiquées, et plus je découvre le sujet, plus je me rends compte qu'il existe beaucoup de gens avec lesquels nous ne pourrons jamais nous entendre, mais que nous pouvons au moins essayer de comprendre, dit Céleste. Je crois que c'est important de prendre conscience que maman n'était pas ainsi à cause de nous et que nous n'aurions rien pu faire pour la changer.

Les yeux d'Évie étaient remplis de larmes.

— Je suis tellement désolée de ce que je t'ai dit, Celly.

Céleste hocha la tête.

— C'est oublié maintenant, dit-elle en se levant de table. Il est tard. On devrait être au lit – surtout toi, Évie. Tu dois dormir pour deux maintenant.

Évie sourit faiblement.

— Bonne nuit. Excusez-nous de vous avoir réveillée, Esther.

— Ne t'inquiète pas. Pour rien au monde, je n'aurais voulu manquer cette conversation.

Elle se tourna vers Céleste en lui offrant un sourire. Le tout premier. Surprise, Céleste ouvrit de grands yeux. Il n'y avait aucun doute, il était temps d'aller au lit.

— Celly, dit Gertie quelques instants plus tard comme elle suivait sa sœur et Frinton dans le hall.

— Oui ? répondit Céleste en se tournant vers elle.

— Ce que tu as dit tout à l'heure – à propos de devenir comme maman. Ça t'inquiète vraiment, n'est-ce pas ?

— Plus que tout au monde, avoua-t-elle.

— Moi aussi, dit Gertie.

— Vraiment ?

— Bien sûr, dit-elle. Quelle fille n'a jamais eu peur de devenir comme sa mère ? Je n'en connais pas une seule !

Céleste sourit.

— Quand est-ce que tu as su ?

— Quoi ? Que maman n'était pas tout à fait normale ? Je ne sais pas vraiment. J'ai compris peu à peu. C'est-à-dire qu'il est très difficile de juger sa famille, non ? Quand on grandit, on trouve tout acceptable. Mais je suppose que c'est en lisant des livres – des livres qui racontaient l'histoire de familles heureuses. C'est à ce moment que j'ai commencé à me demander si notre situation était courante. Ensuite papa nous a quittées. À l'époque, je pensais que c'était de sa faute, mais peu à peu, j'ai compris qu'il n'arrivait tout simplement plus à vivre avec maman. Dieu seul sait ce qu'il a dû endurer avec elle, et je sais qu'elle était plus sur ton dos que sur le mien. Mais il y a une chose, un incident, qui m'a confirmé qu'elle n'avait pas toute sa tête.

— C'était quoi ?

— C'était quand tu avais disparu.

— Tu t'en souviens ?

— Mais bien sûr ! dit-elle. Où étais-tu allée ?

— Dans les bois, dit Céleste. Je voulais rester là-bas toute la nuit, mais il faisait froid et c'était drôlement inconfortable.

Gertie secoua la tête.

— Ah, si j'avais su. Je serais venue te chercher.

— Je n'avais pas vraiment envie d'être retrouvée, dit-elle.

— Je me souviens de ce que maman avait dit ce jour-là, dit Gertie après un moment.

— Qu'est-ce qu'elle a dit ?

— Que tu étais impossible, méchante et égoïste.

La gorge de Céleste se noua. Elle avait entendu ces mots directement de la bouche de sa mère plus d'une centaine de fois, mais de savoir qu'elle les avait prononcés devant ses sœurs lui fit froid dans le dos.

— C'est à ce moment que j'ai compris qu'il y avait quelque chose qui n'allait pas chez maman. De l'entendre mentir de cette façon m'a fait un choc énorme. Je n'arrivais pas à y croire, mais il le fallait bien. Ma propre mère racontait cet énorme mensonge et me demandait d'y croire ! dit Gertie en riant tristement. Elle croyait vraiment que j'allais me ranger de son côté.

— Je suis heureuse que tu ne l'aies pas fait, dit Céleste.

— Je sais que c'est toi qui as eu le plus à souffrir de la condition de maman, dit Gertie. Évie le sait aussi, mais parfois elle oublie. Je pense qu'elle est encore un peu déboussolée par rapport à ses sentiments vis-à-vis d'elle. Elle fait face à beaucoup d'émotions contraires, mais je suis sûre d'une chose – elle ne pensait pas ce qu'elle disait ce soir.

— Non ?

— Non. Bien sûr que non.

— Mais si elle avait raison ? Je connais mes défauts, Gertie. Je sais que je ne suis pas généreuse ou spontanée ou…

— Arrête ! dit Gertie en la prenant dans ses bras. Tu es la personne la plus généreuse que je connaisse. Qui d'autre serait revenu en courant à la maison pour nous tirer d'affaire ?

Dans le hall silencieux et sombre, elles se serrèrent dans les bras tandis que l'horloge comptait les secondes.

— Pourquoi n'avons-nous pas évoqué tout ça avant ? demanda finalement Gertie.

— Je ne sais pas, dit Céleste. Cela nous aurait certainement aidées à mieux supporter ce que maman nous faisait subir.

Gertie hocha la tête.

— Je croyais qu'elle se comportait ainsi à cause de moi. C'était difficile de penser autrement quand elle passait son temps à me crier dessus.

— C'était pareil pour moi, dit Céleste.

Elles se regardèrent pendant un long moment.

— Est-ce que tu l'aimais ? lui demanda finalement Gertie.

Céleste sentit les larmes lui monter aux yeux.

— C'était très difficile de l'aimer vu la façon dont elle se comportait, dit-elle.

Gertie acquiesça d'un signe de la tête.

— Je sais.

— Je crois que je n'ai jamais su ce que je ressentais pour elle, dit Céleste.

— Est-ce que tu crois qu'elle nous a aimées à un moment donné ? demanda Gertie.

Son visage était redevenu celui d'une enfant, doux et vulnérable.

— Je veux dire aimées *vraiment* ?

Céleste soupira.

— Je ne sais pas. Je ne suis pas sûre qu'elle en était capable. Elle éprouvait parfois de la fierté – si nous réussissions quelque chose dont elle pouvait tirer avantage –, mais ce n'est pas la même chose que de l'amour, si ? Et elle ne savait absolument pas ce qu'était l'amour inconditionnel, celui qu'un parent éprouve pour son enfant. Celui où on aime son enfant quoi qu'il fasse, dise ou devienne.

Gertie hocha la tête.

— Ou quoi qu'il porte ?

Céleste émit un grognement.

— Exactement. Bon, allons-nous coucher, dit-elle. Je suis épuisée.

— Oui, les secrets de famille et les nouvelles concernant des sœurs mystérieusement enceintes m'ont toujours épuisée, dit Gertie.

Elles éclatèrent de rire.

— Je n'arrive pas à croire qu'Évie va être mère, dit Céleste quand elles montèrent l'escalier, précédées par Frinton.

— Je vais devenir tante ! dit Gertie.

Elles longèrent le couloir et passèrent devant la chambre de leur mère.

— Elle aurait dit quoi maman, d'après toi ? demanda Gertie.

Céleste inspira profondément.

— Je pense qu'elle aurait dit quelque chose d'horriblement blessant et qu'elle aurait mis Évie à la porte.

Gertie acquiesça d'un signe de tête.

— Je crois que tu as raison.

27.

Le téléphone sonna tôt le lendemain matin. Bien trop tôt pour les trois sœurs qui avaient passé la moitié de la nuit à se disputer et à se réconcilier. Gertie arriva la première et regretta immédiatement sa célérité, en découvrant que c'était la femme de son père, Simone, et qu'elle n'était pas d'excellente humeur.

— Si vous croyez que je ne sais pas que c'est vous qui avez fait ça ! hurla-t-elle dans l'oreille gauche de la pauvre Gertie.

— Je ne sais pas de quoi vous parlez, Simone, répondit innocemment Gertie.

— Vous n'allez pas me faire avaler ça ! Je ne sais pas laquelle de vous l'a fait, mais c'était sans doute vous trois. Toutes les trois ensemble comme d'habitude et toutes trois des voleuses ! Eh bien, vous ne vous en sortirez pas…

Gertie tendit le téléphone à Céleste.

— Je n'en veux pas ! s'écria Céleste.

Mais Gertie le lui donna quand même.

— Je n'ai jamais connu des filles aussi sournoises et aussi viles ! disait Simone. Votre père ne vous connaît pas comme moi je vous connais. Et après tout ce que j'ai fait pour vous !

Céleste s'esclaffa et Frinton aboya en chœur.

— Qui c'est ? demanda Évie en arrivant dans le hall.

— C'est pour toi, dit Céleste en lui tendant calmement le combiné.

Évie le prit et pâlit lorsqu'elle entendit la voix irritée à l'autre bout de la ligne.

— Pardon ? Comment vous m'avez appelée ?

Céleste et Gertie échangèrent un regard amusé.

— Vous voulez appeler la police ? poursuivit Évie. Eh bien, c'est nous qui allons les appeler pour leur raconter que vous avez volé notre tableau tout comme de nombreux bibelots qui se retrouvent aujourd'hui à décorer votre maison.

— Quels bibelots ? demanda Gertie.

Simone avait dû poser la même question, car Évie poursuivit :

— Le bougeoir de la salle à manger et la coupelle en verre qui est dans votre entrée. Vous pensiez vraiment qu'on ne remarquerait rien, espèce de stupide bonne femme ? Vous avez tout intérêt à ne plus jamais appeler ici, c'est compris ?

Et là-dessus, Évie raccrocha devant les applaudissements de ses deux sœurs et les aboiements excités de Frinton.

— Tu vas bien ? demanda Gertie quand tout le monde se fut calmé. Je ne pense pas que tu devrais t'énerver ainsi, maintenant que tu es enceinte.

— Mon Dieu, oui ! fit Céleste. Et quand je pense à ce qui aurait pu se passer si tu étais tombée de cette échelle !

— Il fallait que j'y aille, dit Évie.

— Je le sais bien, dit Céleste, mais ne fais plus jamais rien de pareil, d'accord ? En tout cas, pas pendant ta grossesse.

— Ne commencez pas toutes les deux à me traiter comme une invalide ! Je ne le suis pas, dit-elle en repoussant ses cheveux blonds en arrière et en faisant la moue. Je vais bien et j'insiste pour être traitée normalement tout au long de cette grossesse.

Céleste prit un air résigné. Elle savait très bien que rien au monde ne lui ferait changer sa façon d'être. Tant qu'elle ne l'aurait pas décidé elle-même. Ce qui n'allait pas arriver de sitôt.

Elle était justement en train de se dire qu'elle se sentait si heureuse ce matin-là et que ses sœurs et elle n'avaient jamais été aussi proches, quand le téléphone se remit à sonner.

— Ne décroche pas ! cria Céleste. Je suis sûre que c'est encore elle.

— Alors, laisse-moi m'en occuper une dernière fois, dit Évie en décrochant.

—Allô ? dit-elle d'un ton brusque. Oh, Julian ! Pardon ! Je pensais que c'était quelqu'un d'autre, dit-elle en riant. Non, tout le monde va bien. Oui, nous sommes à la maison. Oui, vous pouvez passer.

Vingt minutes plus tard, Julian arriva. Évie était là pour l'accueillir et elle dut hurler le nom de Céleste dans toute la maison. Celle-ci avait de nouveau disparu dans l'atelier.

— Bonjour Céleste, dit-il, un sourire illuminant son visage quand elle entra dans le hall. Je vous ai apporté le catalogue.

— Formidable, dit-elle, heureuse de le voir à nouveau.

Elle le conduisit au salon.

— Une tasse de thé ?

— Je vais aller le préparer, dit Évie.

— Merci, dit-il en s'asseyant à côté de Céleste sur l'un des vieux canapés près de la cheminée.

Il posa sa serviette sur la table basse, l'ouvrit et en sortit le magnifique catalogue des Faraday.

— Voilà, dit-il en le tendant à Céleste. On trouve vos tableaux en couverture et à partir de la page quatre.

— C'est magnifique ! dit-elle en s'émerveillant devant le tableau en première page.

C'était celui de Ferdinand Georg Waldmüller qui représentait un vase d'argent renversé avec des roses qui semblaient scintiller sur un fond très sombre. Le tableau était lumineux, et si joli que Céleste sentit sa gorge se nouer à l'idée qu'elle ne le verrait plus jamais à Little Eleigh.

— Beaucoup de gens se sont intéressés à celui-ci, lui dit Julian. Les tableaux que nous choisissons pour la couverture attirent toujours beaucoup d'attention.

— Je vous remercie d'avoir choisi un des nôtres, dit Céleste.

Julian lui sourit et baissa la tête.

— Je n'aurais pas voulu en choisir un autre.

Elle ouvrit le catalogue les doigts tremblants. Sur la première page, il y avait une introduction et une photo de Julian. Il avait l'air si beau que Céleste dut y regarder à deux fois. Était-il réellement aussi séduisant ? Elle se tourna vers lui.

— Oh, sur cette photo, j'ai l'air d'un écolier !

— Non, pas du tout ! s'exclama spontanément Céleste. Bon, d'accord, si vous voulez, un tout petit peu peut-être.

— Je devrais en faire faire une autre, mais je déteste ce genre de choses, dit-il en balayant l'air de sa main comme s'il voulait détourner l'attention.

— Elle est très bien. Vous devriez la laisser.

Le compliment eut l'air de le surprendre et Céleste sentit le rouge lui monter aux joues. Elle se concentra à nouveau sur le catalogue. Sur les pages 2 et 3, il y avait des paysages du XIXe siècle si sombres et monotones qu'ils offraient un beau contraste aux roses éclatantes et lumineuses, pensa Céleste. Elle lut la description et lorsqu'elle vit le prix estimé, son cœur devint si lourd qu'elle crut qu'elle allait à nouveau fondre en larmes.

— Cela doit vous faire bizarre de voir les tableaux de cette façon, dit Julian après un petit moment de silence.

— J'ai l'impression que l'esprit de Grand-papa est en train de regarder par-dessus mon épaule, dit-elle.

— Je suis sûr qu'il vous dirait que vous avez raison de faire ce que vous faites, dit Julian.

— Vous croyez ?

— Oui, il comprendrait.

— Voilà le thé ! annonça Évie en entrant avec un plateau qu'elle posa sur la table basse.

Elle s'assit sur le canapé à côté de Céleste en l'obligeant à se rapprocher de Julian jusqu'à ce que leurs jambes se touchent.

— Oh, mon Dieu ! Ce sont nos tableaux ?

Céleste hocha la tête et Évie lui prit le catalogue des mains.

— J'ai bien peur que oui.

Évie prit le temps de les admirer et soupira.

— J'aimerais tellement les garder.

— Moi aussi, dit Céleste. Mais soit on les vend, soit on perd l'aile nord. Tu es au courant, n'est-ce pas ?

— Oui, dit Évie, mais ça fait mal quand même.

— Je peux vous laisser des copies de photos que nous avons faites, dit Julian. Elles sont de très bonne qualité.

— Mais ce ne sera pas pareil, n'est-ce pas ? remarqua Évie.

— Bien sûr que non, dit Julian.

Un silence convivial s'installa et ils burent leur thé jusqu'à ce que Céleste se lève.

— Merci de nous avoir apporté le catalogue, dit-elle. Je vous raccompagne. Mon chien a besoin d'aller faire un tour.

Frinton qui était couché sur le tapis près de la cheminée se leva et remua la queue. Tous trois quittèrent le manoir et traversèrent la pelouse qui descendait vers la rivière, Frinton courant au devant à la recherche de choses à renifler ou dans lesquelles se rouler.

— C'est un lieu si particulier, dit Julian.

— Nous l'aimons, dit Céleste, et c'est pourquoi nous faisons des sacrifices. Pour pouvoir le garder en état. Des sacrifices comme la vente des tableaux.

— J'aimerais tellement pouvoir vous aider, dit-il.

— Mais c'est ce que vous faites, lui dit Céleste. Je ne pourrais jamais assez vous remercier d'avoir mis notre tableau en première page et d'avoir contacté Kammie.

Il sourit.

— J'ai l'impression que cet endroit fait un peu partie de moi maintenant. Est-ce que c'est présomptueux ?

— Non, pas du tout, le manoir a toujours fasciné les gens.

— Je comprends pourquoi, dit-il. Je pense que si je vivais ici, je n'aurais jamais envie de partir.

— Eh bien, c'est facile de dire ça, dit Céleste.

— Vous avez raison, dit-il. Je suis désolé, ce n'était pas très délicat de ma part.

— Ce n'est pas grave, dit-elle. J'ai beaucoup souffert quand je suis partie d'ici, mais j'aurais souffert encore plus si j'étais restée.

— Est-ce que vous êtes contente d'être revenue ?

Céleste regarda par-delà les champs, derrière la rivière, et une légère brise souffla dans ses cheveux.

— J'adore cet endroit, mais tant d'émotions y sont liées que parfois je le déteste aussi. Est-ce que vous me comprenez ?

— Oui, bien sûr, dit Julian en hochant la tête. Mais le temps va tout arranger, vous savez. Peu à peu, le manoir deviendra votre chez-vous – dès que vous y aurez laissé votre empreinte.

— Ah, le temps ! dit Céleste avec un petit rire. Je crains de ne pas avoir suffisamment de temps pour effacer le passé et je ne suis pas sûre de pouvoir rester ici, quoique… je commence à m'y sentir bien et je n'aurais jamais cru que cela arriverait. Gertie et Évie voudraient que je reste. Je le sais maintenant. Mais je n'ai pas encore pris ma décision.

Le regard que Julian lui lança était si plein de tendresse que Céleste dut se détourner.

— Il vous faut laisser le passé derrière vous, Céleste, et commencer à faire des projets. Que ce soit ici ou ailleurs.

— Je sais, dit-elle. C'est pour cette raison que je me dis que c'est peut-être une bonne idée de vendre le manoir.

— Êtes-vous sûre qu'il n'existe aucune autre solution ? lui demanda-t-il. Celle-ci est plutôt radicale.

— En effet, mais nous avons besoin de beaucoup plus d'argent. Celui de la vente des tableaux tombera à point nommé, bien sûr, mais il va servir à payer ces interminables travaux dans l'aile nord. Évie fait un travail remarquable, elle pense même à organiser des mariages ici, ce qui pourrait marcher si on s'y mettait toutes. Mais ce qu'il nous faut vraiment, c'est une source de revenus supplémentaire qui viendrait s'ajouter à ce que nous rapporte Roses Hamilton.

— Vous pensez à louer ?

Céleste hocha affirmativement la tête.

— Évie ne me parlerait sans doute plus jamais si on vendait, mais je pense que Gertie serait d'accord. Elle parle tout le temps de partir à l'étranger. La vente du manoir pourrait lui servir de catalyseur.

— Mais vous, qu'allez-vous faire ? Où irez-vous ?

Elle haussa les épaules.

— Je m'en sortirai, dit-elle. Je m'en sors toujours.

Julian l'étudiait avec attention.

— Vous savez que vous pouvez tout me dire, et je pense que vous devriez me parler. Ce sera plus facile avec moi qu'avec vos sœurs.

— Pourquoi vous dites ça ? demanda-t-elle.

— C'est souvent plus difficile de se confier à sa famille à cause de toutes les émotions que cela peut faire rejaillir.

— Vous savez, hier soir, avec mes sœurs, nous avons parlé de beaucoup de choses, lui confia-t-elle.

— Vraiment ?

— Je ne sais pas pourquoi nous ne l'avons pas fait plus tôt. Chacune gardait cette grande souffrance pour elle toute seule.

— Vous voyez ?

— Quoi ?

— Racontez-moi, dit-il.

Ils se regardèrent, mais les mots ne voulurent pas sortir et la seule chose que Céleste put dire fut :

— Je ne peux pas.

Julian parla la gorge serrée :

— Quel dommage. J'aimerais tellement vous aider.

— Mais vous l'avez déjà fait, dit-elle, sincèrement étonnée.

— Mais je veux encore vous aider. J'ai envie de prendre soin de vous. Vous avez dû vous en rendre compte à présent.

Elle se remit en marche, s'éloignant de la rivière et prenant le chemin de la roseraie.

— Céleste ? appela-t-il en se mettant à courir pour la rattraper.

Elle s'arrêta et se tourna vers lui.

— Quoi ?

Il soupira et se passa la main dans les cheveux.

— Je suis désolé d'avoir insisté. Je me rends compte que ce sujet vous met mal à l'aise.

— Non… je…

— Quoi ? Qu'est-ce qu'il y a ?

— J'ai peur de ne pas savoir me confier.

Il pencha la tête de côté, étonné par cette étrange confession.

— C'est-à-dire ?

Elle baissa les yeux en direction du gazon bien tondu sous ses confortables chaussures à lacets et secoua la tête.

— Je ne sais pas, dit-elle. Peut-être que je ne suis pas prête.

— D'accord. Eh bien, j'attendrai que vous le soyez. Vous savez que vous pouvez compter sur moi, n'est-ce pas ?

— Oui, je le sais.

Soudain, elle voulut lui prendre le bras pour lui faire savoir à quel point il comptait pour elle, mais elle retint son geste.

Ils reprirent leur promenade et arrivèrent à une allée agrémentée de plusieurs arches croulant sous les roses.

— J'ai visité un autre magasin à Lavenham, dit-il finalement en s'arrêtant pour respirer l'odeur d'une rose couleur abricot.

— Pour votre magasin d'antiquités ? demanda Céleste, heureuse de voir la conversation prendre une direction moins dangereuse.

— Oui, dit-il en hochant la tête, mais malheureusement, ça ne va pas se faire.

— Oh, non !

— Eh non !

— Qu'allez-vous faire ? interrogea Céleste.

— Je vais recommencer à chercher.

— À Lavenham ?

— Pas vraiment, dit-il, le coin de ses yeux se plissant quand il la regarda. En fait, vous venez juste de me donner une très bonne idée.

— Ah bon ?

— Oui.

Ils cessèrent de marcher.

— Céleste, je voudrais vous demander votre avis. Je voulais le faire plus tôt, mais je savais que vous pensiez encore à vendre le manoir.

— Je vous écoute.

— Eh bien, si vous ne vendez pas le manoir, que diriez-vous si j'y installais mon magasin d'antiquités ?

— Ici ?

— Pourquoi pas ? Le manoir serait le lieu idéal, vous ne pensez pas ?

— Vous parlez sérieusement ?

— Je parle toujours sérieusement, dit-il avec un grand sourire. Pensez-y, cela pourrait faire venir beaucoup de monde. Ce serait la nouvelle attraction du Suffolk : découvrez des meubles et des tableaux anciens et offrez-vous un bouquet de roses !

Il se retourna pour regarder le manoir s'élever majestueusement par-delà les douves. C'était une vue vraiment impressionnante qui rappelait le château d'un livre de contes avec ses tourelles et remparts.

— Mais je continue de penser à vendre le manoir, vous savez, lui dit Céleste.

— Je sais, dit-il, et ça me préoccupe.

— Vraiment ?

Il hocha la tête.

— Quels étaient vos plans pour l'aile nord ? demanda-t-il. Juste par curiosité.

— Eh bien, je n'en ai pas vraiment, dit Céleste. En tout cas, pas au-delà des réparations qui l'empêcheraient de s'effondrer.

— Vous avez conscience que vous ne pouvez pas laisser toutes ces pièces vides – pas après tout cet argent que vous avez investi pour les remettre en état.

— Je suppose que non, dit-elle. En fait, je me suis déjà fait du souci à ce sujet.

— Eh bien, si ces pièces étaient louées, chauffées et habitées, elles en profiteraient, non ? Imaginez-les remplies de magnifiques objets et meubles anciens – des objets et meubles qui avaient sans doute leur place dans ces pièces jadis.

— Vous voulez dire que vous utiliseriez *toute l'aile* ?

— Céleste, je pourrais remplir le stade de Wembley si on m'offrait une telle surface, dit-il en s'esclaffant. En fait, j'aimerais bien le faire pour voir ce que ça donnerait !

— J'ai du mal à l'imaginer, dit-elle.

— Et je pourrais payer un bon loyer, plus une commission sur les pièces vendues.

— Eh bien… je… hésita-t-elle, en laissant échapper un petit rire. Vous parlez vraiment sérieusement ?

— Absolument. Je crois que l'aile nord possède sa propre entrée, non ?

— Oui, il y a une porte tout au fond de la cour.

— De cette façon, vous ne serez pas dérangées par les clients, dit-il.

— Mais vous, vous serez à Londres, non ?

Il se caressa le menton.

— J'adorerais vivre dans les environs, mais pour commencer, je pense qu'il serait mieux d'engager quelqu'un qui fasse l'aller-retour entre ici et les salles de vente à Londres jusqu'à ce que tout soit organisé.

— D'accord, dit Céleste soudain enthousiasmée par l'idée de Julian.

Est-ce que cela pouvait fonctionner ? Si oui, cela offrirait un nouveau départ au manoir de Little Eleigh. Ce serait une bonne solution, se dit-elle, qui transformerait le manoir en un centre d'affaires tout en permettant aux sœurs de continuer d'y vivre.

— Avec le bébé d'Évie, murmura-t-elle.

— Pardon ? fit Julian.

Elle leva les yeux sur lui.

— Est-ce que vous voulez voir les pièces maintenant ? lui demanda-t-elle.

— J'adorerais.

— Ce sera un peu bruyant et poussiéreux à cause de M. Ludkin qui est en train d'y travailler, expliqua Céleste.

— Si je ne le dérange pas, ça ne me dérange pas.

Ils quittèrent les allées parfumées de la roseraie, traversèrent la cour et entrèrent dans l'aile nord par l'ancienne porte en bois.

— C'est fantastique, dit Julian. Imaginez ce que penseront les clients. Ils auront déjà la main sur le portefeuille.

L'image fit sourire Céleste.

— Vous croyez ?

— Quand les clients verront cet endroit, ils voudront tous emporter un petit morceau avec eux, et à ce moment-là, je leur ferai découvrir mes antiquités.

Céleste aimait cette confiance qu'il affichait. Elle le conduisit au bout du long couloir sombre d'où s'échappaient de gros bruits sourds.

— Monsieur Ludkin ? appela-t-elle.

Se tournant vers Julian, elle ajouta :

— Je préfère ne pas le surprendre au cas où il serait en train d'abattre un mur.

— Excellente idée, dit Julian.

— Est-ce que je peux entrer ? demanda Céleste en frappant à la porte.

— Mais oui, entrez donc ! cria à son tour M. Ludkin.

— Je vous présente Julian Faraday, dit-elle. Il voudrait louer l'aile nord.

— Ah, vraiment ? fit-il en plissant les yeux. Pas tout de suite tout de même ?

— Je pense qu'il serait plus sage d'attendre que vous ayez fini, dit Julian en serrant la main poussiéreuse de M. Ludkin.

— Tout va comme il faut ? demanda Céleste.

— Oui, on n'a pas eu de surprise aujourd'hui.

— Tant mieux, dit Céleste.

— Mais on ne sait jamais avec ces vieilles maisons. J'étais juste en train d'en parler avec mon fils, n'est-ce pas, mon garçon ?

Son fils, qui grattait le mur à l'autre bout de la pièce, hocha la tête affirmativement.

— Alors, qu'en pensez-vous ? demanda Céleste à Julian en s'avançant vers les superbes fenêtres élisabéthaines.

— Je pense que c'est incroyable. Il y a de la place pour exposer tellement de choses. Des tapisseries, des lits à baldaquin…

— Des lits à baldaquin ?

— Vous imaginez ?

— J'essaye ! dit Céleste.

— Écoutez, Céleste, dit Julian, je sais que ma demande vous prend de court et je n'attends pas de vous une réponse immédiate, mais vous voulez bien y réfléchir ? Imaginer un nouveau départ pour ce lieu ?

Céleste hocha la tête.

— Je le ferai.

— Et peut-être que nous pourrons en parler lors d'un dîner après la vente aux enchères.

Céleste eut l'air surprise.

— Oh, je ne suis pas sûre de pouvoir venir.

— Mais vous devez être là ! s'exclama-t-il. Vous ne pouvez pas refuser ! Allez Céleste, venez à Londres et nous irons fêter l'événement dans mon restaurant préféré.

Céleste prit une profonde inspiration, ce qui n'était guère recommandable dans cette partie de la maison, et dit :

— Je ne suis pas certaine d'avoir la force d'assister à la vente de nos tableaux en direct, dit-elle les yeux agrandis par le désespoir.

Julian hocha la tête.

— Je comprends, dit-il en posant une main amicale sur son épaule.

C'est à ce moment qu'un morceau du mur derrière eux s'effondra et qu'ils furent couverts de poussière.

— Désolé ! cria M. Ludkin.

Céleste et Julian se dépêchèrent de quitter les lieux avant la prochaine catastrophe.

28.

Évie était restée dans le salon après le départ de Julian et elle attendit un moment avant de quitter, elle aussi, la maison pour se trouver un endroit tranquille dans la roseraie. Elle s'assit sur un banc sculpté à l'abri d'une tonnelle croulant sous des roses d'un blanc crémeux, et sortit son téléphone de sa poche.

— Lukas ? dit-elle après un moment.

— Évie ?

— Où es-tu ?

— Chez Gloria Temple.

— Est-ce que tu peux venir ?

Il montra immédiatement de l'inquiétude.

— Tu vas bien ?

— Oui, je vais bien, dit-elle avec un soupir exagéré.

Pourquoi est-ce qu'on lui posait toujours cette question ?

— Tu n'as pas l'intention de grimper sur une échelle ou sur autre chose ?

— Non, non, il ne s'agit pas de ça.

— Et tu n'es pas coincée quelque part en ce moment même ?

— Non ! s'exclama-t-elle. Écoute, si tu es trop occupé…

— Je ne suis pas trop occupé, la coupa-t-il. J'arrive immédiatement.

Elle raccrocha et contempla les délicates corolles blanches au-dessus de sa tête, respirant le doux parfum qu'elles exhalaient. *Avait-elle raison de le dire à Lukas ? Ses sœurs le pensaient, tout comme Esther.*

Elle sourit en se remémorant les longues conversations qu'elle avait eues avec Esther ces dernières semaines. Elle se souvint combien elle avait peur d'elle au début et à quel point elle avait détesté Céleste de lui avoir demandé d'aider la vieille femme avec son ménage. Mais peu à peu, elles avaient commencé à parler de leurs vies respectives et à poser des questions qui n'avaient peut-être jamais été posées. Elles s'étaient prêté des livres, avaient lu et s'étaient promenées ensemble dans le jardin. Évie avait même montré à Esther la remise où elle rempotait les rosiers et qui était son endroit préféré. Esther avait tout de suite mis la main à la pâte.

Il serait facile de dire qu'Esther était la mère qu'Évie avait toujours espéré avoir, et qu'elle n'avait jamais eue, mais leur relation n'était pas de cet ordre. Elles étaient amies. Tout simplement. Évie n'avait pas besoin d'une mère. Elle-même allait prochainement devenir mère. Mais personne ne pouvait avoir un trop grand nombre d'amis.

Quittant la tonnelle, Évie occupa son temps à rempoter dans la remise avant de reprendre le chemin du manoir. Elle ne fut pas surprise de voir la voiture de Lukas au sommet de la colline un moment plus tard. Elle le regarda s'approcher et eut l'impression que sa vie allait changer du tout au tout et qu'elle ne la contrôlait plus tout à fait.

Mais si, je la contrôle, et je n'ai pas besoin de lui dire si je n'en ai pas envie. Je ferai comme je veux.

Elle aperçut Lukas traverser les douves et garer la vieille voiture qu'il avait achetée d'occasion. C'était une voiture en très mauvais état, la porte du côté passager était cabossée et le toit était constellé de rouille, mais le kilométrage et le prix avaient été bas, et Lukas avait profité au maximum de la voiture pour son tour de Grande-Bretagne, dormant même parfois à l'intérieur pour économiser de l'argent.

— Hé ! dit-il en sortant de la voiture.

Il portait un vieux jean décoloré qui était taché de terre et un t-shirt effiloché au col et aux manches, mais il réussissait néanmoins à avoir l'air extrêmement séduisant.

Évie s'éclaircit la voix, essayant de ne pas trop l'admirer ou imaginer ce qu'elle ressentirait s'il l'embrassait à nouveau. Déterminée à ne pas se laisser distraire, elle se rappela que la question n'était pas de savoir à quel point son ancien amant était beau et désirable, mais de faire face à un problème sérieux.

— Salut, dit-elle.

— Est-ce qu'on va à l'intérieur ? demanda-t-il en désignant la loge du doigt.

— On peut marcher ? lui demanda-t-elle.

— Bien sûr, dit-il, en l'accompagnant quand elle reprit le chemin de la tonnelle aux roses où ils s'assirent tous deux. C'est vraiment charmant, ajouta-t-il après un instant. Très romantique !

Ses yeux brillaient et s'agrandirent quand il lui adressa ce petit sourire complice, censé lui rappeler ce jour où ils conçurent sans doute le bébé qu'elle portait aujourd'hui.

— Lukas, commença-t-elle par dire en faisant de son mieux pour chasser ce souvenir de sa tête.

— Oui ?

— J'ai quelque chose d'important à te dire.

— D'accord.

Mais elle n'y parvint pas. Elle n'y arrivait tout simplement pas. Alors elle lui dit autre chose.

— J'ai parlé avec Gertie et nous pensons que nous pourrions avoir besoin de toi dans le jardin.

Il eut l'air surpris.

— Tu me proposes du travail ?

— Oui.

— À mi-temps ?

Elle hocha la tête.

— Nous verrons pour la suite. Si tu veux rester dans le Suffolk, bien sûr.

— Tu sais bien que oui, dit-il avec un léger sourire.

Elle hocha la tête.

— D'accord.

— D'accord, répéta-t-il.

— Tu n'es pas content ? demanda-t-elle. Je pensais que tu le serais.

— Je le suis ! dit-il. C'est juste que… est-ce que c'est vraiment pour ça que tu m'as appelé ? Que nous sommes assis au milieu de toutes ces belles roses ?

— J'aime être assise ici. Cet endroit m'aide à me détendre.

— Et tu as besoin d'être détendue pour me proposer du travail à mi-temps ?

Évie acquiesça, mais Lukas n'eut pas l'air convaincu.

— Donc, il ne s'agit pas de nous deux ? demanda-t-il, les yeux plissés sous l'éclat du soleil.

Évie inspira profondément.

— Non. Enfin, oui. D'une certaine façon.

— Mais Évie ! Qu'est-ce que tu essayes de me dire ? lui demanda-t-il en riant.

Les sourcils froncés, Évie avait l'air d'être au bord des larmes.

— J'ai autre chose à te dire et tu ne me facilites pas vraiment la tâche.

Il eut l'air désemparé.

— Je suis désolé, Évie. Vas-y. Je t'écoute.

D'un air agité, elle se leva.

— Oh, c'est trop difficile ! Je le savais ! Ce n'était pas mon idée.

Et elle partit, marchant à grands pas le long du chemin avant de prendre la direction de la rivière.

— Qu'est-ce qui n'était pas ton idée ? cria Lukas après elle.

— Te le dire, lui lança-t-elle.

— Me dire quoi ?

Il la rattrapa et lui saisit la main qu'il emprisonna dans la sienne.

— Évie ! Qu'est-ce qui se passe ? Est-ce que la femme, je ne sais plus son nom, a découvert que tu as volé le tableau ? Est-ce qu'on va t'arrêter ? Est-ce que tu veux que je témoigne en ta faveur ?

Il blaguait, mais il était évident qu'Évie ne le trouvait pas drôle.

— Ça n'a rien à voir avec le tableau. De toute façon, je ne l'ai pas volé. C'était le nôtre. C'est Simone qui nous l'avait volé *à nous* !

— D'accord, d'accord ! Il s'agit de quoi alors ?

Évie rejeta sa tête en arrière et contempla le vaste ciel bleu en souhaitant être un petit oiseau qui pourrait s'envoler loin, très loin. Mais elle était une créature terrestre et il lui fallait donc rester là et affronter la réalité. Elle se tourna vers Lukas, vit ses cheveux blonds et ses beaux yeux emplis d'anxiété, et elle sut que le moment était venu.

— Je suis… Je suis…

— Quoi ?

— Enceinte.

Quelque part derrière eux, un merle poussa un cri de frayeur et s'élança sur la pelouse avant de s'envoler. Évie espéra que ce n'était pas un mauvais présage, mais elle n'en aurait pas voulu à Lukas de s'en aller aussi. Cependant, il resta.

Très lentement, il s'avança et la gorge nouée dit :

— C'est le mien ?

— Oui, dit Évie.

— Depuis quand le sais-tu ?

— Un petit moment.

— Pourquoi me l'avoir caché ?

— Parce que je ne voulais pas t'impliquer.

— Mais je suis impliqué, dit-il avec simplicité.

— Oui, mais seulement biologiquement.

— Qu'est-ce que tu veux dire par là !?

— Lukas, tu n'es pas venu en Angleterre pour être père, dit-elle, et je n'attends rien de toi.

— D'accord, mais si moi, j'ai envie d'être père, un bon père ?

— Mais je n'ai jamais voulu que cette histoire devienne sérieuse. Toi et moi – *nous* – c'est arrivé comme ça. Tu savais que ma maman était en train de mourir et tu étais une merveilleuse façon de me changer les idées. Mais je n'ai jamais pensé plus loin. Après, quand je l'ai appris, je n'ai fait que songer à cette vie qui grandissait en moi. Je suis contente d'attendre cet enfant, même si c'est une surprise.

Il la regarda avec douceur.

— Tu peux le dire que c'est une surprise.

— Je sais et c'est pourquoi j'hésitais à te l'annoncer. Tu comprends, c'était ma décision. Tu n'as besoin de ne t'inquiéter de rien. Je prendrai soin de notre fille.

— Une fille ?

Évie hocha la tête.

— Je suis sûre que c'est une fille. Je le sens.

Lukas inspira profondément et souffla.

— Waouh ! dit-il.

— Il ne faut pas t'inquiéter, lui dit-elle.

— Évie, je ne suis pas inquiet, dit-il. Je suis… je suis très heureux !

— Ah bon ?

Il se rapprocha et avant qu'elle n'ait le temps de comprendre ce qui se passait, sa bouche écrasa avec force la sienne. Elle avait oublié la sensation de ses lèvres sur les siennes, mais cet instant dans le jardin lui raviva aussitôt la mémoire et elle comprit à quel point elle avait été idiote de penser qu'elle pouvait vivre sans Lukas. Elle avait tant essayé de le repousser et d'imaginer des obstacles entre eux, mais cela n'avait servi à rien. Elle l'aimait et elle avait besoin de lui.

Son souffle était court et haletant et elle se sentit au bord de l'évanouissement quand il ôta sa bouche de la sienne.

— S'il te plaît, ne me dis pas que tu ne voulais pas que je t'embrasse.

— Non, dit-elle en secouant la tête, parce que je voulais *vraiment* que tu le fasses.

— Mon Dieu, Évie! dit-il avec un soupir d'exaspération. Pourquoi ne m'as-tu pas prévenu plus tôt?

Elle soupira.

— Je ne sais pas. Je suppose que je veux toujours essayer de tout faire toute seule.

— Mais tu n'en as pas besoin. Pourquoi le voudrais-tu, d'ailleurs? dit-il en lui tendant la main et lui caressant la joue. Je suis là pour toi. Je l'ai été depuis ce jour où j'ai traversé les douves et où je t'ai vue au milieu de cet énorme tas de fumier.

— Tu avais choisi un drôle de moment pour faire connaissance, pouffa-t-elle.

Il sourit et prit son visage entre ses mains.

— J'ai toujours été là pour toi, mais tu as passé ton temps à me repousser.

— Je sais. Je suis vraiment désolée. Je voulais être…

— Quoi que tu dises, ne dis pas *indépendante*, la prévint-il.

— Pourquoi pas?

— D'abord, parce que ça veut dire être toute seule.

Elle sourit faiblement.

— Je suppose.

— Je ne pense pas que les gens soient faits pour rester seuls, et toi?

— Mais je ne suis pas seule.

— Oui, je sais – pas en ce moment. Tu as tes sœurs et cette drôle de vieille bonne femme.

— Esther!

— Oui, Esther. Mais si elles partaient?

Les yeux d'Évie se rétrécirent.

— Mais elles ne vont nulle part!

— En es-tu sûre?

— On ne peut jamais être sûr de rien, c'est vrai. Je ne sais même pas si nous allons continuer à vivre ici, si Céleste décide de n'en faire qu'à sa tête… Mais je vais avoir ce bébé quoiqu'il arrive. Et toi, tu es bien placé pour en parler – tu as quitté ta famille pour faire le tour de la Grande-Bretagne tout seul.

Il éclata de rire.

— C'est vrai, dit-il, mais c'est une vie solitaire et tu sais très bien que je ne voulais pas repartir d'ici après t'avoir rencontrée.

— Je sais.

— Je pensais à toi tous les jours. Chaque minute.

Elle lui lança un regard moqueur.

— C'est ça !

— Mais c'est vrai ! Tu as bien reçu mes messages ?

— Je n'ai plus de place sur mon téléphone !

— Tu m'as tellement manqué.

Le visage d'Évie s'adoucit.

— Tu m'as manqué aussi.

Il caressa ses doux cheveux blonds.

— Et à propos de ce travail à mi-temps, c'est parce que tu me veux auprès de toi ou seulement parce que tu seras incapable de travailler pendant un certain temps ?

— Je ne serai jamais incapable de travailler ! s'exclama Évie. On a juste pensé que ce serait une bonne idée d'avoir un coup de main quand je serai occupée avec le bébé.

— Je vois, dit-il en souriant.

— Alors ? Tu vas accepter ma proposition ou tu vas seulement rester planté là à me taquiner toute la journée ?

— Je vais accepter ta proposition, idiote !

— Ne m'appelle pas idiote, dit Évie, je suis sérieuse.

— Je sais que tu l'es, et je le suis aussi – à propos de toi. Je veux être avec toi pour toujours.

— Et tes études ? Ton art ? Tu ne peux pas tout laisser tomber.

— Je peux poursuivre mes études, dit-il, avec toi et la petite à mes côtés.

— Je ne veux pas que tu aies des regrets.

— Je n'en aurai pas.

— Tu dis ça maintenant, mais tu pourrais tout à coup changer d'avis et je veux que tu saches que je ne t'en voudrais pas. Tu peux partir.

— Évie. Je ne vais pas m'en aller.

— Je dis juste que tu peux. Si tu le veux.

— Je ne le veux pas.

Évie inspira profondément.

— Tu ne me crois pas, hein ? demanda-t-il.

— Je ne sais pas ce que je dois faire, dit-elle. Je crois que je t'aime et je n'ai jamais dit ça à personne.

— Et tu t'imagines vraiment que je vais tourner le dos à tout ça ? lui demanda-t-il en se rapprochant encore d'elle, alors qu'elle sentait la chaleur de son corps contre le sien. Que je vais tourner le dos à ceci ?

Il posa sa main sur son ventre et elle tressaillit avant de couvrir sa main de la sienne.

— Je te crois, dit-elle finalement en posant sa tête au creux de son épaule. Oui, je te crois.

29.

Le jour de la vente aux enchères arriva trop vite au goût de Céleste. Elle trouvait cela étrange, car elle était persuadée d'avoir fait le plus dur au moment de donner son accord pour la vente des tableaux. Cependant, installée dans le train pour Londres, elle ne put s'empêcher de sentir la nervosité l'envahir à l'idée d'aller assister à la vente de ses tableaux bien-aimés. Elle ne savait pas du tout comment elle allait réagir, mais elle espéra honnêtement qu'elle ne ferait pas une offre elle-même ou n'enverrait pas son poing dans la figure de l'acheteur.

À Liverpool Street Station, elle prit le métro jusqu'à la station la plus proche de la maison Faraday. Après être remontée à l'air libre, elle cligna des yeux sous l'effet du soleil, puis elle s'engagea dans la direction qu'elle espérait être la bonne, longea des boutiques et des fleuristes qui vendaient le genre de roses qui faisaient son désespoir ainsi que celui de ses sœurs : des horribles roses hybrides de thé aux tiges interminables, mais dénuées de tout parfum. Secouant la tête d'un air désapprobateur, elle poursuivit son chemin un moment, puis s'arrêta devant une rangée de maisons en brique rouge.

En fouillant dans son sac à la recherche de son plan de Londres, Céleste dut admettre qu'elle était complètement perdue. Mais combien y avait-il de rues à Londres ? Pourquoi était-ce si compliqué ? Pourquoi avait-elle donc décidé de venir ? Elle aurait dû rester chez elle, dans le Suffolk, où il lui était impossible de se perdre. Elle pensa aux trois routes qui constituaient son village, Little Eleigh, et à quel point elle connaissait bien toute la myriade de chemins et de sentiers qui parcouraient la campagne autour du manoir.

Elle étudia attentivement le plan avant de traverser la route et de prendre la première à droite. Elle fut soulagée d'apercevoir la maison Faraday au bout de la rue. C'était un grand bâtiment géorgien qui s'élevait sur quatre étages, avec deux immenses fenêtres cintrées au rez-de-chaussée sur lesquelles était annoncé l'événement du jour. L'ensemble était très impressionnant. Est-ce que Julian avait vraiment envie d'abandonner un poste pareil pour prendre la direction d'un magasin d'antiquités dans un endroit perdu comme le Suffolk ? Mais elle avait vu la passion dans ses yeux quand il lui avait parlé de ses plans et elle ne doutait pas de sa sincérité, même si cela signifiait qu'il devait quitter Londres.

Ce qui la fit penser à l'aile nord. Elle avait discuté de la proposition de Julian avec Gertie et Évie et elles avaient trouvé l'idée excellente.

— Est-ce que cela signifie que nous n'avons pas besoin de vendre le manoir ? avait demandé Évie.

— Eh bien, je ne voudrais pas soulever de faux espoirs, avait dit Céleste, mais c'est une solution qui pourrait peut-être nous sauver.

— Je trouve que c'est une idée brillante, avait dit Gertie. L'endroit rapporterait de l'argent et amènerait du monde, ce qui nous permettrait d'étendre la réputation des roses Hamilton.

— Et n'oublions pas le loyer du pavillon, avait dit Évie. L'argent va rentrer à flots !

Céleste ne trouvait rien à redire, mais elle était plus réservée. Voir Julian travailler au manoir lui paraîtrait sans doute bizarre et elle ne savait pas encore ce qu'elle en pensait.

Julian Faraday au manoir de Little Eleigh.

Il ne lui serait plus possible de feindre ni d'ignorer ses sentiments naissants à son égard. Des sentiments pour lesquels elle n'était pas certaine de se sentir prête. Pour le moment, il était facile de l'éviter quand elle en ressentait le besoin. Elle le voyait quand cela l'arrangeait et pouvait refuser de prendre ses appels et ne pas prêter attention à ses e-mails, si elle le voulait. Elle ne pourrait plus le faire aussi facilement s'il se trouvait au manoir. Elle aurait du mal à cacher le fait qu'elle l'appréciait et que Julian, lui aussi, développait des sentiments pour elle.

Céleste entra dans la maison de ventes Faraday, balaya du regard la foule qui se pressait dans le foyer du public et se rendit immédiatement dans la salle des ventes où elle aperçut Julian. Il portait un costume bleu marine qui faisait ressortir la brillance de ses cheveux et lui donnait l'air d'un homme d'affaires. Céleste ne l'avait jamais vu ainsi. Il parlait avec une vieille dame dont le cou était ceint d'un collier de perles énormes et dont les doigts étaient ornés de bagues massives serties de pierres précieuses. *Est-ce que cette femme est venue pour acheter nos tableaux de famille ?* ne put s'empêcher de se demander Céleste.

À peine la dame était-elle partie qu'un gentleman retint Julian, ensuite un couple d'âge moyen s'arrêta pour bavarder avec lui. Amusée, Céleste observa la façon dont il s'occupait de ses clients, mais soudain son regard s'arrêta sur elle.

— Céleste ! s'exclama-t-il d'une voix assez forte pour que certaines personnes se retournent.

Céleste rougit quand il s'approcha d'elle et l'embrassa sur les deux joues, la prenant par surprise. Il n'avait jamais agi ainsi auparavant, mais il était sans doute préférable de ne pas trop interpréter son geste. À Londres, Julian Faraday saluait peut-être les gens de cette manière.

— Bonjour. Il y a vraiment beaucoup de monde.

— Oui. Du beau monde, c'est formidable. Où êtes-vous assise ? Venez avec moi.

Il la conduisit le long de l'allée centrale, entre les rangées de chaises, sa main droite posée au creux de ses reins.

— Oh, non ! Pas au premier rang ! dit Céleste. Je ne le supporterais pas.

Elle recula de quelques pas et choisit une place au bord de l'allée au milieu de la salle.

— Vous êtes sûre de vouloir vous asseoir ici ? demanda-t-il.

— J'y serai très bien, dit-elle avec un petit sourire forcé, presque à bout de nerfs. Allez, Monsieur le commissaire-priseur ! Il est l'heure de vendre ces tableaux.

Il lui sourit d'un air complice, fit un drôle de petit salut et s'avança vers l'estrade au bout de la salle. Un silence attentif s'installa et ce fut le début de la folie.

Les premiers lots étaient des peintures à l'huile de paysages assez monotones qui partirent pour des sommes considérables. Céleste regarda autour d'elle ébahie. *Qui étaient ces gens ? D'où venait leur argent ?* Elle remarqua une rangée de tables sur un côté de la salle où des hommes et des femmes s'affairaient autour d'ordinateurs et de téléphones. On aurait dit que la vente ne s'adressait pas seulement aux personnes dans cette salle en plein cœur de Londres, mais au monde entier.

Des centaines de milliers d'euros s'échangeaient à une vitesse alarmante et les sommes s'affichaient dans toutes les devises principales sur un écran derrière Julian. Céleste regardait approcher, abasourdie, les yeux écarquillés et le cœur battant à tout rompre, le moment de la mise en vente de ses tableaux.

Sa bouche s'assécha quand le premier des tableaux fut apporté dans la salle. Le regard de Julian croisa le sien par-delà la foule, et pour Céleste, la torture commença.

Le premier tableau fut celui de Frans Mortelmans avec le panier de fleurs aux corolles roses et écarlates.

« Le préféré de Grand-maman », murmura Céleste, les larmes lui montant aux yeux quand il fut vendu quelques battements de cœur plus tard.

Bien qu'il ait atteint une somme supérieure à son estimation, c'était extrêmement douloureux de devoir s'en séparer. Elle savait que Gertie et

Évie regardaient la vente sur Internet à la maison, et elle se demandait si elles se réjouissaient ou si elles pleuraient.

Le Frans Mortelmans fut suivi par le Ferdinand Georg Waldmüller, et puis par le Jean-Louis Cassell et ses roses blanches que Céleste aimait tant. Chacun d'eux se vendit à plus de quarante mille euros, mais à chaque fois que tombait le marteau, c'était comme si une balle atteignait Céleste en plein cœur.

La vente des tableaux des trois sœurs se termina avec celui du délicat Pierre-Joseph Redouté. « Le Raphaël des fleurs », pensa Céleste en se rappelant ce que Julian lui avait raconté à son propos. Il atteignit un prix record : soixante-dix mille euros et fut le premier à recevoir les applaudissements du public de la salle des ventes.

Tous les tableaux avaient atteint et même dépassé leur prix de réserve – ce qui, d'un côté, était merveilleux – mais signifiait aussi que pas un seul ne rentrerait à la maison avec elle. Elle comprit alors qu'elle avait secrètement espéré que ce serait le cas pour au minimum l'un d'entre eux. Mais au moins avons-nous toujours le petit tableau qu'Évie a sauvé des mains de Simone, se dit Céleste. C'était une petite consolation.

Elle ne resta pas pour la fin de la vente, mais partit discrètement, sentant les yeux de Julian sur elle tandis qu'elle quittait la salle. Elle était incapable de le regarder. Elle avait besoin d'être seule, et après avoir quitté la maison Faraday, elle déambula dans les rues jusqu'à un petit parc où elle s'assit sur un banc sous le soleil londonien. Elle inspira profondément pour calmer son esprit.

Ils étaient tous partis. D'abord le Fantin-Latour, et maintenant les autres tableaux qui avaient habillé les murs du manoir de Little Eleigh pendant tant d'années. Céleste ferma les yeux sous le poids de la culpabilité. Elle savait que la plupart des gens diraient qu'elle était une fille gâtée qui vivait dans un manoir médiéval entouré de douves et qu'elle n'était pas à plaindre, mais elle ne pouvait s'empêcher de pleurer la perte de choses aussi belles et aussi chères à ses grands-parents.

Quand son téléphone sonna, elle jeta un coup d'œil au message, s'attendant à ce que Julian lui demande où elle était passée, mais c'était un petit mot de Gertie.

Tu as fait ce qu'il fallait. On t'embrasse.

Elle cligna des yeux pour chasser ses larmes et se sentit réconfortée par le soutien de sa sœur qui savait exactement ce qu'elle pouvait ressentir.

Bien qu'elle ait souhaité rentrer aussi vite que possible dans sa contrée tranquille, elle savait que ce serait grossier envers Julian qui avait accompli un travail considérable. Elle goûta donc encore quelques minutes de tranquillité avant de reprendre le chemin de la salle des ventes. Les enchères étaient terminées et l'entrée pleine de gens attendant de payer les œuvres qu'ils avaient acquises. Tout d'abord, elle ne vit pas Julian, mais ensuite, elle le repéra dans un coin de la pièce. Il riait et souriait de cette manière qui n'appartenait qu'à lui. Elle n'avait jamais connu une personne aussi chaleureuse et de bonne humeur, et elle sentit sa tristesse se dissiper légèrement en le voyant parler avec un client. Puis, il croisa son regard, s'excusa auprès de son interlocuteur et vint vers elle.

— Céleste ! Comment allez-vous ? lui demanda-t-il en posant une main ferme sur son épaule.

— Ça va.

— Mais vous tremblez ! dit-il. Venez avec moi.

— Mais ne devez-vous pas rester ici ?

— Non, non, dit-il avec légèreté en la guidant hors de la pièce, sa main posée au creux de ses reins comme il l'avait fait plus tôt.

Ils longèrent un corridor couvert de moquette et entrèrent dans un grand bureau qui donnait sur une cour.

— C'est votre bureau ? demanda Céleste.

— Oui, dit-il. Ce n'est pas trop mal, hein ?

— C'est magnifique.

— Et équipé d'un bar, dit-il. Est-ce que je peux vous offrir quelque chose ?

— Non, merci.

— Vous en êtes sûre ? insista-t-il. Je pense que cela vous ferait du bien.

— Une tasse de thé, peut-être ?

— Bien sûr, dit-il en décrochant le téléphone posé sur son bureau. Liza ? Vous voulez bien nous apporter deux tasses de thé, je vous prie ?

— Vous êtes sûr que cela ne vous dérange pas ?

— Céleste, vous êtes l'une de nos plus importantes clientes aujourd'hui. Je pense qu'une tasse de thé n'est pas trop me demander.

Elle esquissa un petit sourire.

— Je me suis inquiété quand je vous ai vue partir, dit-il. J'espère que vous n'êtes pas trop bouleversée. Je pense que nous vous avons obtenu les meilleurs prix.

— Oui, dit-elle. J'en suis convaincue et je ne pourrais jamais assez vous remercier pour tout ce que vous avez fait pour nous.

— Savez-vous que l'un des tableaux part pour le Brésil ?

— Vraiment ?

Il hocha la tête.

— Le Jean-Louis Cassell. C'est un homme d'affaires fasciné par les roses qui l'a acheté, dit-il. Les autres restent au Royaume-Uni.

Elle sourit, étrangement réconfortée par la pensée que les autres tableaux ne seraient pas trop loin de chez elle.

— Vous restez pour dîner, j'espère ?

Son regard exprimait de la crainte comme s'il avait peur de voir Céleste se lever et partir en courant. Il lui était impossible de le décevoir quand bien même elle aurait préféré rentrer.

— Bien sûr, répondit-elle.

— Formidable ! dit-il en joignant les mains, juste au moment où Liza entrait avec les tasses de thé.

****

Au manoir de Little Eleigh, Gertie, Évie et Esther étaient également en train de boire une tasse de thé.

Victoria Connelly

— A-t-elle déjà répondu à ton message ? demanda Évie à Gertie.

Gertie vérifia son téléphone.

— Elle dit juste qu'elle nous embrasse.

— Elle doit se sentir vraiment mal, dit Évie d'un air sombre.

— Sans doute. J'aurais aimé qu'elle rentre tout de suite.

— Moi pas, dit Évie. Julian va lui remonter le moral.

— Peut-être, fit Gertie. J'espère seulement qu'il ne sera pas trop direct. Je crois qu'il est en train de tomber amoureux d'elle.

— Eh bien, moi, je pense que Celly a besoin qu'on soit direct avec elle, et Julian m'a l'air d'être exactement l'homme qu'il lui faut.

— Tu ne peux pas dire ça, dit Gertie.

— Si, je pense qu'elle a besoin de quelqu'un qui la distraie de ses pensées sombres.

— Elle est juste débordée.

— Nous sommes toutes débordées, dit Évie.

Gertie lui lança un regard qui allait certainement l'énerver.

— Quoi ? Tu ne crois pas que faire le travail de trois personnes tout en étant enceinte fait de moi une personne débordée ?

— Je croyais que tu avais dit que Lukas avait accepté le travail.

— Oui, c'est vrai, dit Évie.

— Alors, il commence quand ?

— La semaine prochaine.

— Alors, arrête de râler !

Évie secoua la tête et regarda Esther.

— Non, mais, c'est fou. Personne ne me soutient ici.

La petite dispute entre les deux sœurs fit glousser Esther.

— Bon, dit Gertie. J'y vais. Je dois aller travailler.

Évie hocha la tête.

— Je te rejoins dans un instant, dit-elle.

— Alors ? demanda Esther, à peine Gertie avait-elle quitté la pièce, en se penchant vers sa jeune amie.

Évie sourit avec malice sachant très bien ce qu'Esther voulait savoir.

306

— Je lui ai dit que j'attendais un bébé, dit-elle après une petite pause. Son bébé à lui.

Les yeux d'Esther s'éclairèrent de joie.

— Vraiment ?

— Oui ! Et je lui ai dit autre chose aussi.

— Quoi donc ?

— Que je l'aimais.

Esther hocha la tête, mais à la surprise d'Évie, elle n'eut pas l'air étonnée.

— Je m'en doutais, dit-elle.

— Comment est-ce que vous pouviez vous en douter alors que moi-même je ne le savais pas ? demanda-t-elle.

— Parce que je connais les signes, dit Esther.

— Ah, vraiment ?

— Oui, vraiment, dit-elle. Viens avec moi. Je veux te montrer quelque chose.

Évie et Esther quittèrent la cuisine. Dans sa chambre, Esther se dirigea vers une petite commode, ouvrit le tiroir du haut et en sortit un petit album photo.

— Ceci est la dernière photo de Sally, dit Esther en ouvrant l'album.

Évie s'approcha et regarda le portrait de la jeune femme dont elle avait tant entendu parler. C'était juste avant qu'elle ne tombe malade.

Évie regarda le visage souriant encadré de longs cheveux raides.

— Qui a pris cette photo ?

— Un jeune homme qu'elle avait rencontré et qui s'appelait Paolo. Il venait d'Italie. Il faisait des études de médecine et elle était follement amoureuse de lui. Elle ne me l'a jamais dit, bien sûr, mais je le savais. Regarde-moi ce sourire et ce regard.

Évie étudia la photo et hocha la tête.

— Mais moi, je n'avais pas toujours ce sourire-là.

— Peut-être, mais je m'en suis rendu compte quand même. Il y avait cette aura autour de toi.

— Je n'y crois pas, dit Évie en riant.

— Peu importe. Je l'ai vu, c'est tout.

— Je trouve que vous avez beaucoup d'imagination, Esther, dit Évie avec un sourire malicieux.

— Mais j'ai raison, n'est-ce pas ? Tu étais amoureuse de lui tout ce temps.

Évie regarda par la fenêtre et vit les hirondelles voler haut dans le ciel au-dessus de la roseraie.

— Oui, dit-elle finalement, je crois bien que oui.

****

Quand le repas fut terminé et le café servi, Céleste vit Julian se préparer à poser la question qu'il avait eue en tête tout au long de la soirée sans oser la poser :

— Avez-vous eu le temps de penser à ma proposition ?

— À propos du magasin d'antiquités ? dit-elle, comme s'il lui avait fait une autre proposition.

— Oui, dit-il en hochant la tête.

— Gertie et Évie aiment beaucoup l'idée. Et même Esther a fait part de son enthousiasme quand je lui en ai parlé.

— Mais vous, Céleste, qu'en pensez-vous ?

Elle passa le doigt sur la bordure de sa tasse.

— Ce que j'en pense ? Eh bien, je trouve que ce serait très intéressant d'avoir ce genre d'entreprise au manoir. Ce serait une belle opportunité qui permettrait d'envisager un avenir pour la maison.

— Alors, vous êtes pour ?

— Oui, dit-elle.

— Mais vous avez l'air d'hésiter, dit-il en la regardant avec beaucoup d'intensité.

Elle lui retourna son regard et rencontra ces yeux doux qu'elle avait si souvent vus ces dernières semaines. Elle s'y était tellement habituée. Il lui semblait étrange qu'il y ait un temps où elle ne connaissait pas Julian et où elle ne profitait pas de sa présence si agréable et qu'elle appréciait tant. Malheureusement, elle se sentait tellement peu sûre d'elle, si peu sûre de l'avenir aussi, car elle avait l'impression qu'elle n'avait rien à lui offrir.

— Céleste ? Qu'est-ce qui ne va pas ?

— Julian…je…

— Dites-moi. Si quelque chose vous inquiète, il faut me le dire.

Elle hocha la tête.

— C'est juste que j'ai l'impression que tout va si vite et que je ne suis pas prête.

— D'accord, dit-il. Je peux le comprendre.

— Vraiment ?

Il hocha la tête.

— Bien sûr. Vous voulez parler de moi, n'est-ce pas ?

Ils échangèrent un long regard.

— Oui, dit-elle. Je crois bien.

Julian sentit sa gorge se nouer et il tendit le bras pour saisir la main de Céleste.

— Vous savez ce que je ressens pour vous ? Je suis certain que vous vous en êtes rendu compte.

— Oui, je le sais, dit-elle avec simplicité.

Il hocha la tête.

— Et moi, je sais que vous n'avez pas encore pris votre décision.

Elle se mordit la lèvre.

— Julian, tout est encore si confus. J'ai l'impression que j'arrive à peine à sortir la tête de l'eau, vous comprenez ?

— Je comprends.

Elle prit une profonde inspiration.

— Vous avez été si gentil et patient avec moi. Je tiens à ce que vous sachiez à quel point vous avez compté pour moi.

Julian s'éclaircit la gorge.

— Je suis incroyablement heureux depuis que je vous ai rencontrée et je sais que vous êtes extrêmement occupée ces derniers temps, dit-il la gorge serrée, ses beaux yeux emplis d'émotions. Mais je ne peux pas vous attendre toute ma vie, Céleste.

— Je sais, dit-elle. Je sais.

Quand ils quittèrent le restaurant, Julian héla un taxi et l'accompagna à Liverpool Street Station.

Céleste n'avait pas cessé de se tordre les mains depuis leur départ du restaurant, et les pensées se bousculaient dans sa tête depuis la déclaration de Julian.

Je ne peux pas vous attendre toute ma vie.

Elle savait que dans sa position, c'était une chose très raisonnable à dire et pourtant, elle sentit le poids de la culpabilité l'écraser. Elle se tourna vers lui.

— Julian, commença-t-elle par dire. Je ne veux pas que vous attendiez quelque chose de moi parce que je ne peux rien vous promettre.

— Je le sais, dit-il, et je ne vous demande rien.

— Mais si, dit-elle, la voix frémissante. Vous attendez et c'est une grande pression pour moi. Je ne peux pas prendre cette responsabilité – ni maintenant ni jamais.

Elle le regarda assis-là, si proche d'elle dans ce taxi, et soudain elle souhaita être n'importe où ailleurs.

— D'accord, dit-il finalement. J'ai compris.

Sa voix avait changé ; elle était devenue plus froide et plus contrôlée, et son regard avait perdu un peu de sa chaleur. Céleste eut l'affreuse impression qu'elle ne reverrait plus jamais son ancien visage, souriant et empreint de gentillesse.

— Au revoir, Céleste, dit-il en détachant sa ceinture et en se penchant pour lui ouvrir la portière.

— Julian…

— Au revoir.

30.

Le monde était devenu un lieu étrange et solitaire sans les messages et les appels téléphoniques de Julian, mais Céleste ne pouvait guère s'attendre à en recevoir depuis la dernière fois. Elle ferma les yeux quand elle se rappela l'expression de son visage dans le taxi, ces beaux yeux bleus devenus glacés en l'espace d'une seconde, démunis de toute expression de chaleur. Pourquoi avait-elle agi ainsi ? Mais à quoi pensait-elle donc ?

À elle. Elle n'avait songé qu'à elle et à sa façon de ressentir les choses. Elle ne s'était pas souciée une seule fois de ce que Julian pouvait éprouver. Elle ne le lui avait même jamais demandé. Il avait été tellement à son écoute, si attentif et avait fait de son mieux pour comprendre ce qu'elle vivait, mais elle, elle ne lui avait pas rendu la pareille. Au lieu de cela, elle l'avait repoussé encore et encore.

Assise à son bureau dans l'atelier, elle pensa l'appeler, mais pour lui dire quoi ? Elle sentit les larmes lui monter aux yeux, mais les chassa instamment lorsqu'elle entendit quelqu'un frapper doucement à la porte.

— Celly ? fit la voix de Gertie.

— Entre.

Gertie entra dans la pièce.

— C'est un peu sombre ici, tu ne trouves pas ? dit-elle en allant à la fenêtre pour ouvrir les rideaux.

Céleste se souvint alors que Julian lui avait conseillé de changer la décoration de la pièce pour la rendre plus claire.

— Tu as besoin de moi ? lui demanda Céleste.

— Euh, oui. Je viens d'avoir un appel de Tom Parker. Il veut savoir si nous participons à la foire en septembre. Il n'a pas encore reçu notre demande d'inscription et il en a besoin pour nous réserver une place.

— Oui. Réponds-lui oui, dit Céleste en pensant à la petite foire locale à laquelle Roses Hamilton participait chaque année pour récolter des fonds.

C'était un événement charmant où les artisans des environs exposaient leurs œuvres, remplissant l'église de produits et d'objets uniques.

— J'ai dû égarer la feuille d'inscription, dit Céleste. Juste quand je pensais que je commençais à m'en sortir.

— Tu t'en sors très bien, dit Gertie. Tu t'en sors merveilleusement.

— Tu crois ?

— Mais oui ! dit Gertie en observant attentivement Céleste. Tu vas bien ?

— Oui, je vais bien.

— Vraiment ? Tu n'en as pas l'air.

Céleste regarda sa sœur et songea à lui mentir en disant qu'elle était seulement fatiguée. C'était une solution, mais elle savait aussi que cela ne serait pas bien. De plus, elle avait désespérément envie de se confier à quelqu'un.

— Je crois que j'ai tout gâché, dit-elle finalement.

— Qu'est-ce que tu veux dire ? demanda Gertie. La comptabilité ?

— Non, pas la comptabilité, répondit-elle en prenant une profonde inspiration. Julian.

Le seul fait de prononcer son nom souleva en elle une vague d'émotion.

— Comment ça ? demanda Gertie en se perchant sur le coin du bureau à côté de sa sœur.

— Je lui ai dit qu'il valait mieux qu'on se sépare, confia-t-elle à Gertie.

— Une séparation ? Mais je ne savais même pas que vous étiez ensemble, dit Gertie.

— Je sais. Je te l'ai dit. J'ai tout gâché.

— Qu'est-ce que tu lui as dit exactement ?

Elle ferma les yeux en essayant de se souvenir de ses paroles exactes.

— Je lui ai dit que j'avais l'impression qu'il me mettait sous pression et que je ne voulais pas qu'il attende quelque chose de moi.

— Oh, Celly ! Quand est-ce que c'est arrivé ?

— Après la vente aux enchères.

— Mais je croyais que vous étiez allés dîner ?

— Oui. Mais ensuite, il m'a conduite à la gare et c'est à ce moment que je lui ai expliqué tout ça.

— Mais pourquoi ne m'en as-tu pas parlé avant ?

— J'étais…

— Ne me dis pas que tu étais trop occupée ! s'exclama Gertie, parce que c'est ton excuse préférée.

— Mais c'est vrai.

Gertie secoua la tête.

— Tu as essayé d'enfouir cette histoire au fond de toi, je me trompe ? Tu espérais pouvoir la cacher et l'oublier.

Elle se pencha vers Céleste et vit sa sœur acquiescer lentement d'un signe de la tête.

— Je pense sans cesse à lui, ça me désespère, dit Céleste, un éclat sauvage dans ses grands yeux.

— Tu ne devrais pas ! Ce n'est pas naturel de vouloir étouffer ses sentiments, Est-ce que tu lui as parlé depuis ?

— Non, répondit-elle, faisant résonner toute son angoisse à travers ce simple mot.

— Celly, il t'adore ! Il te suffit de décrocher le téléphone pour qu'il revienne en courant.

Céleste secoua la tête.

— Tu n'as pas vu comme il m'a regardée. C'était horrible, Gertie, et je ne peux n'en vouloir qu'à moi-même. C'est à cause de moi qu'il est devenu ainsi !

Gertie se leva et serra sa sœur dans ses bras.

— Tu l'aimes, n'est-ce pas ?

— Et je ne savais pas à quel point jusqu'à ce que je dise ces choses stupides.

— Eh bien, va le voir ! Dis-lui que tu t'es comportée comme une idiote. Il comprendra.

Céleste eut un drôle de petit sanglot et Gertie la serra plus fort contre elle.

— J'ai trop peur de l'appeler. J'ai tout fichu en l'air. Il était si patient avec moi, mais je suis allée trop loin. Je ne peux plus rien lui demander.

— Je crois que tu as tort, dit Gertie. Je suis certaine que s'il savait comment tu te sens en ce moment, il serait à tes côtés en moins d'une minute.

Céleste secoua la tête.

— Je ne peux pas faire ça. Il me déteste sans doute cordialement à cette heure-ci.

— Mais non, il ne te déteste pas.

— Je suis sûre qu'il a fabriqué une poupée vaudou et qu'il lui enfonce des aiguilles partout, ce qui explique sans doute pourquoi j'ai si mal !

Gertie lui tapota l'épaule.

— Quand on est amoureuse et que les choses ne marchent pas comme on veut, la souffrance est insupportable.

Céleste leva la tête.

— Tu parles comme quelqu'un qui s'y connaît.

— Ah bon, tu trouves ?

C'était au tour de Céleste de regarder attentivement sa sœur.

— Y a-t-il quelque chose dont tu voudrais me parler ?

Gertie sourit.

— Non. La seule chose que je voudrais te dire c'est que tu as tort – entièrement tort – de penser que Julian ne veut plus entendre parler de toi, et que tu devrais l'appeler.

Céleste secoua à nouveau la tête.

— Je ne peux pas.

— D'accord ! dit Gertie en se dirigeant vers la porte.

— Et toi non plus, tu n'as pas intérêt à l'appeler, Gertie !

Gertie s'arrêta juste avant de quitter la pièce.

— Je ne l'appellerai pas.

— Promis ?

— Promis, répondit Gertie.

Mais c'était une promesse destinée à être rompue.

****

Céleste n'était pas la seule à s'inquiéter de ne pas recevoir de nouvelles d'un homme. Gertie avait passé plus de temps à regarder son téléphone, pour vérifier si James lui avait envoyé un message, que ses roses, ce qui était profondément irresponsable pour une rosiériste à cette époque de l'année.

Elle ne comptait plus les fois où elle s'endormait en pleurant. Elle n'arrivait plus à croire en rien puisqu'elle ne pouvait s'appuyer sur rien. Aussi, avait-elle continué à garder son secret bien que Céleste lui ait demandé plusieurs fois si elle ne voulait pas se confier à elle.

Pauvre Céleste. Tout comme Évie, Gertie adorait Julian et savait que lui et Céleste formeraient un très beau couple, mais Gertie craignait que leur histoire ne soit terminée. Au moins, Évie a-t-elle réussi à arranger les choses avec Lukas, se dit-elle en rentrant au manoir dans la nuit presque tombée après avoir passé la journée au jardin. Elle portait un petit panier rempli d'œufs. Ses jambes nues étaient bronzées et elle ressentait la bonne fatigue de ceux qui travaillaient au grand air.

La grande horloge sonnait sept heures quand elle traversa le hall et vit Céleste.

— Je suis rentrée pour prendre le thé, dit Gertie.

— Moi aussi, je ne me suis pas rendu compte de l'heure qu'il était.

— Tu devrais vraiment quitter ton bureau de temps en temps et prendre l'air. C'était une journée magnifique.

Céleste se frotta les yeux.

— Tu as sans doute raison.

— Bien sûr que j'ai raison. L'été ne durera pas éternellement, tu sais.

On entendait des rires provenant de la cuisine. Gertie et Céleste découvrirent rapidement qu'Évie et Esther étaient en train de préparer le repas.

— Ah, vous voilà vous deux ! s'écria Évie. On allait envoyer une équipe de recherche !

— Qu'est-ce que vous préparez ? demanda Gertie, s'inquiétant de les voir abîmer l'ancien fourneau qu'elle adorait.

— Comment ça s'appelle déjà, Esther ? demanda Évie.

— La soupe du jardinier. En fait, on la prépare avec tous les légumes de saison à disposition.

— Hum, drôle de soupe, dit Céleste.

— En tout cas, j'ai rapporté des œufs. Si jamais, il y a un problème avec la soupe, dit Gertie en posant son panier sur la table.

— Il n'y aura pas de problème avec la soupe. Esther est une excellente cuisinière !

— Ah bon ? dit Gertie qui avait l'impression qu'on lui volait sa place en cuisine.

— Hé ! Est-ce que vous avez entendu les dernières nouvelles ? dit Évie.

— Non, qu'est-ce que c'est ? demanda Céleste.

— James et Samantha ont vendu leur maison, dit-elle l'air de rien.

— Vraiment ? s'étonna Céleste. Je ne savais même pas qu'elle avait été mise en vente.

Évie hocha la tête.

— Ils quittent Little Eleigh.

Le sang se retira du visage de Gertie.

— Non, tu as dû mal comprendre. Il t'arrive souvent de mal comprendre, Évie.

— Cette fois, j'ai très bien compris. J'ai vu James à la poste. C'est lui qui me l'a dit.

— Tu as parlé à James ?

— Oui. Il m'a dit de vous prévenir. Il voulait que tout le monde soit au courant avant qu'ils ne partent la semaine prochaine.

— Qu'ils ne partent où ? demanda Gertie.

— En France, répondit Évie. Ils ont acheté une sorte de mas – une maison avec des volets, perdue au milieu des collines, comme celle dont tu parles tout le temps. Hé ! Peut-être qu'ils nous inviteront. Qu'est-ce que vous en pensez ?

Céleste avait observé Gertie et remarqué la pâleur de son visage et son expression abasourdie.

— Nous n'allons pas essayer de nous faire inviter, Évie, la prévint Céleste. Est-ce que tu ne leur as pas vendu quelques rosiers la semaine dernière, Gertie ?

Gertie hocha affirmativement la tête.

— Ils voulaient sans doute rendre le jardin plus attrayant pour les acheteurs, dit Évie.

Gertie, qui venait juste de s'asseoir, se remit debout.

— Où tu vas ? demanda Évie.

— Je n'ai pas faim.

— Mais nous avons des litres de soupe ! dit Évie à sa sœur qui avait déjà quitté la cuisine. Qu'est-ce qu'elle a ?

Céleste soupira.

— Je ne sais pas, mais je crois que je ferais mieux d'aller voir.

Céleste fit de son mieux pour trouver Gertie, mais elle avait dû quitter le manoir, car elle ne la trouva nulle part. Elle ne la revit que très tard dans la soirée quand elle entendit un tintamarre incroyable s'échapper de la cuisine à l'heure où il n'y avait souvent plus personne.

Prenant une profonde inspiration et n'étant pas sûre de ce qu'elle allait découvrir, Céleste entra dans la pièce.

— Salut, dit-elle doucement.

— Salut, répliqua Gertie sans lever la tête.

— Qu'est-ce que tu fais ?

— Du pain. Ça ne se voit pas ?

Céleste tressaillit au ton de sa voix. Du pain. La situation devait être grave. Bien plus grave que lors de la soirée des scones ou du gâteau au citron. Il était évident que Gertie avait beaucoup de colère à évacuer vu comme elle pétrissait la pâte au beau milieu de la nuit.

— Je t'ai cherchée, dit-elle.

— Ah ouais ? Eh bien, je ne voulais pas qu'on me trouve.

— C'est ce que je me suis dit, répondit Céleste, en s'asseyant sur le banc de l'autre côté de la table qu'elle sentait vibrer sous les coups de Gertie.

Elle regardait Gertie travailler avec vigueur l'énorme masse de pâte. Son visage avait fortement rougi sous le coup de l'effort que nécessitait le pétrissage.

— Est-ce que tu vas me parler ? demanda finalement Céleste.

— De quoi veux-tu que nous parlions ? répliqua froidement Gertie.

— Et pourquoi pas de James Stanton ?

Gertie cessa de pétrir la pâte et s'essuya le front en y laissant une trace de farine.

— Et pourquoi lui ?

— Je pense que tu sais pourquoi.

Les deux sœurs échangèrent un long regard et puis les larmes montèrent aux yeux de Gertie.

— Oh, ma chérie !

Céleste se leva immédiatement, fit le tour de la table et prit sa sœur dans ses bras. Elle resserra son étreinte quand Gertie se mit à sangloter à cœur perdu.

— Il m'a dit qu'il m'aimait ! s'écria-t-elle. Il a dit qu'on vivrait ensemble et je l'ai cru.

Elle pleura de plus belle et Céleste continua à la tenir contre elle jusqu'à ce qu'elle soit capable à nouveau de parler.

— J'aurais préféré que tu m'en parles, dit finalement Céleste.

Gertie renifla avant d'essuyer ses yeux avec un mouchoir qu'elle tira de la poche de son tablier. Elle leva les yeux vers sa sœur.

— Tu n'avais rien dit pour Julian.

Céleste hocha la tête.

— Ah oui, dit-elle, et Évie ne nous avait pas parlé du bébé non plus.

Elles se regardèrent avec tristesse, mais aussi avec un petit sourire aux lèvres.

— On dirait qu'on est très fortes pour garder les secrets, dit Gertie en se mouchant avec force.

— Je me demande bien pourquoi, dit Céleste avec une pointe d'ironie.

— Peut-être parce que maman ne nous a jamais laissées exprimer nos sentiments ?

Céleste hocha affirmativement la tête.

— Quand j'essayais de lui dire quelque chose qui me tenait à cœur, elle me repoussait systématiquement. Il m'était impossible de lui confier quelque chose.

— Mais nous ne devons pas devenir comme elle, dit Gertie. Jamais !

— Je sais. Bon, tu me racontes ce qui s'est passé avec James ?

Gertie prit une profonde inspiration. Les deux sœurs se rassirent autour de la table de la cuisine et Céleste écouta sa sœur lui parler de l'homme qu'elle aimait.

— J'ai finalement réussi à le voir cet après-midi, dit-elle, dévoilant l'histoire au grand jour. On lui a offert un poste en France. Je lui ai proposé de partir avec lui. Tu te rends compte ? J'aurais tout abandonné pour le suivre, mais il m'a dit qu'il voulait donner une nouvelle chance à son couple. Il a dit que le climat ferait du bien à Samantha et qu'il allait tout faire pour que ça marche entre eux. Qu'il le lui devait.

— Oh, Gertie ! Je suis tellement désolée.

Céleste tendit le bras pour prendre la main de sa sœur.

— Il me disait toujours qu'il était malheureux, qu'il ne pouvait pas vivre sans moi et que Samantha lui gâchait la vie. Est-ce qu'il mentait tout le temps ? Est-ce qu'il ne faisait que se servir de moi ?

Céleste se mordit les lèvres.

— Il devait certainement exagérer un peu, dit-elle.

— Je croyais qu'il m'aimait, Celly. Je croyais que nous avions un avenir.

Ses yeux sombres s'emplirent à nouveau de larmes, mais elle réussit à les retenir.

— J'ai été si stupide. Je n'aurais jamais dû avoir une liaison avec un homme marié ! Pourquoi ai-je fait ça ? Pourquoi ?

— Parce que tu es une romantique, lui dit Céleste. Tu réfléchis avec ton cœur et pas avec ta tête – tu as toujours été comme ça.

— Eh bien, je ne le serai plus parce que mon cœur est brisé.

Céleste la regarda se lever et se mettre à ramasser toute la pâte à pain étalée sur la table.

— Qu'est-ce que tu fais ? demanda-t-elle.

— Je vais jeter la pâte. De toute façon, j'ai oublié d'ajouter la levure, ça n'aurait pas été bon.

31.

Le lendemain matin, Évie se précipita dans l'atelier sans même prendre la peine de toquer à la porte.

— Pourquoi est-ce que le recueil des poèmes d'amour de Tennyson est en train de flotter dans l'eau des douves ? demanda-t-elle.

Céleste leva les yeux de la facture qu'elle essayait de déchiffrer.

— Il appartient sans doute à Gertie. Est-ce que tu l'as sorti de l'eau ?

— Non, mais un nénuphar l'empêche de couler, alors, si elle a envie, elle peut le récupérer.

— Je ne suis pas sûre qu'elle le veuille. Le recueil se trouve bien là, finalement.

— Tu as pu découvrir les raisons de son attitude ? demanda Évie.

— Oui, et c'est à cause de quelqu'un : James Stanton.

— Tu veux dire que…

— Eh oui, dit Céleste.

— Ah, il avait bien une liaison, alors ! dit Évie, ses yeux s'éclairant. Dis donc ! Je n'aurais jamais cru que ce serait Gertie !

Céleste secoua la tête.

— Écoute, n'en fait pas trop, tu veux bien ? Elle avait vraiment des sentiments pour lui.

— En même temps, c'est un bel homme, dit Évie en s'affalant dans la chaise de sa mère. Un imbécile, c'est évident, mais très séduisant. Pauvre Gertie ! Heureusement qu'il a déjà quitté Little Eleigh, sinon je lui aurais mis mon poing dans la figure.

Céleste soupira.

— Ce qui n'aurait servi à rien.

— Peut-être, mais il l'aurait mérité.

— Évelyne, il faut que tu arrêtes de vouloir réparer tous les torts. Tu finis toujours par t'attirer des ennuis.

Évie soupira et posa sa main sur son ventre.

— Tu vas bien ? demanda Céleste.

— Oui, tata Celly, je vais bien, dit Évie, faisant naître un sourire sur le visage de sa sœur. En fait, j'ai eu un petit malaise ce matin, mais ça va déjà mieux.

— Est-ce que tu sens déjà le bébé ?

— Non, seulement l'indigestion. Gertie va me préparer une énorme tasse de thé à la menthe et elle veut que je boive tout. C'est dégoûtant.

— Moi, j'ai ordre de boire du thé à la camomille pour combattre le stress, dit Céleste en souriant.

— Vive les tisanes !

— Évie, dit Céleste, tu ne dois parler à personne de Gertie et James, d'accord ?

— Ne me dis pas que pour toi, cette histoire déshonore la famille, dit Évie, soudain sérieuse.

Céleste eut l'air choquée en se rappelant les fréquentes réprimandes de leur mère.

— Je ne dirais jamais ça ! *Jamais* !

— D'accord, dit Évie, apaisée par le regard horrifié de sa sœur.

— Mais nous vivons dans un si petit village, tu sais comment c'est. Gertie est si réservée que ce serait affreux si elle devenait la victime des commères du village. Je crois que cela la briserait.

Évie eut le bon sens d'acquiescer.

— Pauvre Gertie, dit-elle à nouveau. Peut-être devrais-je lui parler ?
— Si tu la trouves, dit Céleste.

****

Il était tard dans l'après-midi quand les trois sœurs se retrouvèrent dans le salon. Un peu plus tôt, Évie avait trouvé Gertie dans un coin du potager en train de câliner une de ses poules, son visage en pleurs enfoui dans les plumes de l'animal, et les deux sœurs avaient parlé à cœur ouvert avant de retourner ensemble à la maison.

— Il fait trop chaud pour travailler, se plaignit Évie en s'affalant sur le canapé, ses cheveux blonds collés contre son front qui portait la marque de son chapeau de soleil. En tout cas, j'ai fini la commande de Mme Peters. Son mari peut venir la récupérer demain.

— Moi, je me suis attaquée à la mouche verte. Pauvre *Madame Pierre Oger*, j'ai été obligée de l'asphyxier ! dit Gertie.

— Et moi, j'ai continué à ranger la paperasse, dit Céleste. Je commence presque à distinguer un bout du bureau !

Ses sœurs lui sourirent.

— Eh bien, dès que tu auras fini, tu pourras venir nous aider au jardin, dit Gertie.

— Oui, il y a cette bordure avec du liseron qui nous embête, dit Évie.

— Super ! dit Céleste.

Les trois sœurs éclatèrent de rire en même temps.

Céleste balaya la pièce du regard, s'arrêtant sur le catalogue que Julian avait apporté. Elle se pencha en avant et le ramassa en se rappelant que Julian, lui aussi, l'avait tenu entre ses mains il n'y avait pas si longtemps. Son esprit s'attarda sur les moments qu'ils avaient passés ensemble – de brefs moments arrachés à un emploi du temps chargé. *Est-ce que les choses auraient été différentes si elle lui avait consacré plus de temps ?* Mais elle était alors persuadée que ce n'était pas ce qu'elle

323

voulait. *Oh, pourquoi, avait-elle été si idiote ? Pourquoi n'avait-elle pas vu quel homme remarquable il était ? Pourquoi n'avait-elle pas pris conscience qu'elle l'aimait avant qu'il ne soit trop tard ?*

— Tu devrais vraiment l'appeler, dit Gertie.

— Non, fit Céleste en reposant le catalogue.

— Il me manque, dit Évie. J'aurais tellement aimé l'avoir pour beau-frère.

— Évie ! s'exclama Céleste en levant les yeux au ciel.

— Quoi ? Je croyais que tu voulais qu'on soit plus franches et plus ouvertes les unes avec les autres ?

— Oui, mais pas de cette façon.

Évie fronça les sourcils et joua avec sa boucle d'oreille.

— Oh, non ! dit-elle un moment plus tard en se jetant sur le sol. J'ai perdu mon attache !

Elle la chercha sur le tapis, et c'est alors que quelque chose attira son attention sous le canapé. C'était un livre et elle s'en saisit.

— Est-ce qu'il est à toi, Gertie ? demanda-t-elle.

Gertie prit le livre, un roman moderne, et le regarda.

— Non. Je crois qu'il appartenait à maman, dit-elle en le feuilletant. Eh ! Regardez ça !

Évie se pencha en avant pour voir la photo que Gertie tenait entre ses doigts.

— C'est maman ! Où a-t-elle été prise ? Je ne reconnais pas l'endroit.

Céleste rejoignit ses sœurs sur le canapé. Elles se passèrent la photo et contemplèrent le visage souriant de leur mère. Elle portait une jolie robe d'un jaune pâle et ses longs cheveux étaient lâchés et brillaient sous le soleil. La photo avait été prise une quinzaine d'années plus tôt et Céleste la reconnut immédiatement.

— Elle est belle, dit Évie.

— Elle était toujours belle, dit Céleste. C'était le plus important pour elle et elle réussissait toujours à l'être.

— Je me demande où elle a été prise, dit Gertie.

— Vous ne vous en souvenez pas ? demanda Céleste.

Évie et Gertie la regardèrent en secouant la tête négativement.

— Dis-nous, lui demanda Gertie.

— C'était à la fête de tante Leda pendant un été. Elle avait installé une marquise dans le jardin et un drôle de petit groupe jouait du jazz. Maman passait son temps à se plaindre en disant qu'elle aurait fait beaucoup mieux, mais que tante Leda n'avait voulu en faire qu'à sa tête – ce qui était naturel puisque c'était son anniversaire. Mais vous savez comment était maman – si ce n'était pas elle qui décidait ou si elle n'avait pas été consultée, elle critiquait tout.

— Mais elle avait l'air de bien s'amuser, dit Évie.

— Oh oui, elle avait rencontré quelqu'un à la fête. Il n'arrêtait pas de lui apporter à boire et de lui faire la cour. C'est lui qui a pris la photo. C'est pour ça qu'elle sourit. Parce qu'il lui faisait la cour.

Les sœurs contemplèrent à nouveau la photo.

— Vous ne vous en souvenez vraiment pas ? demanda Céleste.

— Non, dit Gertie.

— Négatif, fit Évie.

— Eh bien, vous devriez, parce que nous aussi, nous sommes sur la photo.

— Mais non, on n'y est pas, dit Évie.

— Non, nous n'y sommes plus, mais c'est parce qu'elle a découpé la photo.

Les yeux de Céleste prirent un éclat étrange et elle se leva, la photo toujours à la main, pour quitter la pièce.

— Celly ? appela Gertie.

Mais elle ne répondit pas.

****

Deux heures plus tard, Gertie commença à s'inquiéter.

— Celly ? dit-elle en frappant à la porte de l'atelier. S'il te plaît, sors de là, il faut qu'on parle.

Évie apparut au bout du couloir.

— Elle est toujours là-dedans ? chuchota-t-elle.

Gertie acquiesça et frappa de nouveau à la porte.

— Dis quelque chose ! On est vraiment inquiètes pour toi.

Évie s'avança.

— Laisse-moi essayer, dit-elle à Gertie avant de frapper à la porte comme un pivert énervé.

— Évie, siffla Gertie.

— Celly ? appela Évie. Tu es là ?

Elle essaya de tourner la poignée, mais la porte avait été fermée à clé.

— Il faut que tu nous parles. Nous t'avons dit tous nos secrets. On voudrait entendre les tiens maintenant !

— Très bien, dit Gertie en hochant la tête d'un air approbateur.

— Oui, mais elle ne répond toujours pas. Elle ne ferait pas quelque chose d'idiot, si ?

— De quel genre ? Qu'est-ce qu'elle pourrait faire ? demanda Gertie.

— Je ne sais pas. Se taillader les veines avec une facture impayée ?

— Ce n'est pas drôle, Évie. Qu'est-ce qu'on va faire ?

— Je trouve qu'on devrait appeler Julian, dit Évie. Je crois que Celly avait commencé à lui raconter ce qui s'était passé avec maman. Peut-être qu'il pourrait l'aider.

Gertie hocha la tête.

— C'est une bonne idée !

Elles se dirigèrent vers le hall.

— Appelle-le, toi, dit Évie.

Gertie décrocha le téléphone.

— Zut ! C'est quoi son numéro ?

— Je l'ai, dit Évie en sortant son portable. Je me suis arrangée pour qu'il me le donne parce que je savais que Celly ne le ferait pas.

Gertie fit le numéro et attendit.

— Julian ? Vous êtes dans le Suffolk ? Ah, très bien ! Je m'inquiète au sujet de Céleste. Elle s'est enfermée dans l'atelier et ne veut pas nous parler, dit Gertie. Je ne sais pas trop ce qui se passe. Ça fait des heures qu'elle est là-dedans.

Il y eut un silence.

— D'accord. Au revoir, dit-elle en raccrochant le téléphone. Il arrive immédiatement.

32.

Julian arriva au manoir le visage pâle et les lèvres pincées.

— Elle y est toujours ?

— Oui, dit Gertie. Elle n'a jamais fait ça. Je ne suis pas sûre de comprendre. On a trouvé une vieille photo de maman et Céleste a commencé à se comporter de façon étrange, et puis elle est partie brusquement.

— Je vais aller lui parler, dit Julian en se hâtant le long du couloir, laissant Gertie et Évie derrière lui.

****

— Céleste ?

La voix de Julian lui parvint de derrière la porte fermée et l'arracha à ses pensées.

— C'est moi, Julian.

Elle était restée debout près de la fenêtre pour observer le jardin, mais revint au centre de la pièce tout en pestant contre ses sœurs qui avaient dû l'appeler.

— Est-ce que vous êtes là ? demanda Julian. Pouvez-vous ouvrir la porte ? Je voudrais vous parler.

— Je vous en prie, allez-vous-en, dit-elle d'une voix blanche.

— Je n'irai nulle part. Je resterai ici jusqu'à ce que vous ouvriez cette porte.

Elle ne broncha pas.

— Céleste ? l'appela à nouveau Julian. Il y a des gens de ce côté de la porte qui s'inquiètent pour vous.

Il y eut une pause – une longue pause – et Céleste se demanda s'il allait abandonner ou essayer d'enfoncer la porte, mais il ne fit ni l'un ni l'autre. Au contraire, elle l'entendit s'éclaircir la gorge et dire :

— Et puis, il y a aussi quelqu'un qui est peut-être un peu amoureux de vous.

Céleste ouvrit de grands yeux. Avait-elle bien entendu ? Venait-il de dire qu'il était amoureux d'elle ? Elle fixa la porte en bois massif qui les séparait.

— Alors, allez-vous me laisser entrer ou vais-je être obligé de parler à cette porte pendant toute la soirée ?

Comme elle était certaine que Julian serait capable de le faire, elle alla, gorge nouée, ouvrir la porte.

— Hé ! dit-il quand il la vit.

— Bonjour, dit-elle. C'est Gertie qui vous a appelé, c'est ça ?

— Oui, dit-il. Elle est très inquiète à votre sujet.

Céleste s'effaça pour le laisser entrer.

— Est-ce que vous voulez me raconter ce qui s'est passé ? demanda-t-il en fermant la porte derrière lui, mais sans la verrouiller. Céleste ?

Elle prit une profonde inspiration.

— J'ai trouvé une photo, dit-elle.

— C'est ce que Gertie m'a dit. Vous voulez bien me la montrer ? demanda-t-il.

Elle alla au bureau, prit la photo et la lui tendit.

— C'est votre mère ?

Céleste acquiesça d'un signe de la tête.

— Allez-y, vous pouvez le dire. Tout le monde le dit.

— Dire quoi ? demanda Julian.

— Qu'elle est très belle.

Les yeux de Julian s'agrandirent

— D'accord, elle l'est sans doute, dit-il en plissant les yeux. Mais ce n'est pas la première chose qui me viendrait à l'esprit si je devais la décrire.

— Non ? Qu'est-ce que vous diriez ? voulut savoir Céleste.

— Je dirais qu'elle est fière. Fière et vaniteuse. Regardez la façon dont elle tient sa tête.

— Elle essaye d'avoir l'air plus grande. Elle faisait souvent ça sur les photos. Gertie et moi, on était plus grandes qu'elle, vous savez. On tient notre taille de papa, et maman détestait ça. Elle s'en plaignait toujours.

— C'est bizarre comme attitude, dit Julian avec un sourire empreint d'ironie.

Céleste hocha la tête pour marquer son approbation.

— Elle ne s'intéressait qu'aux apparences. Elle était toujours en train de s'arranger les cheveux ou d'ajuster ses vêtements, ou de se regarder dans le miroir. Elle était incapable de vivre le présent parce qu'elle s'inquiétait toujours de la façon dont les gens la percevaient.

— Et c'est à cause de cette photo que vous vous êtes enfermée ?

Céleste ne sut pas quoi dire. Comment expliquer ce que la photo avait provoqué en elle ?

— C'est seulement la moitié de la photo, dit-elle finalement, se décidant à raconter toute l'histoire depuis le début. Vous voyez là où elle a été coupée ?

Julian regarda à nouveau.

— Ah, oui, en effet.

— Gertie, Évie et moi, on se tenait à côté d'elle.

Julian fixa Céleste.

— Vous voulez dire qu'elle a coupé le bout de la photo sur laquelle vous étiez ?

Céleste hocha la tête.

— Pourquoi a-t-elle fait ça ?

Elle haussa les épaules.

— Je peux seulement le supposer, dit-elle, mais je me souviens de cette journée, contrairement à Gertie et à Évie, ce qui vaut peut-être mieux pour elles. Maman avait bu beaucoup de champagne et un homme lui faisait la cour. C'est lui qui a pris la photo.

— Et votre père, il n'était pas là ?

— Oh, si, mais il était… je ne sais pas exactement où, mais je suppose qu'il était sans doute en train d'essayer de se trouver un coin tranquille à bonne distance de maman. En tout cas, ce type n'arrêtait pas de dire à maman à quel point elle était belle et qu'il ne la croyait pas quand elle disait avoir trois enfants, Elle buvait ses paroles, racontant qu'elle s'était sacrifiée pour nous et qu'elle se demandait si on en valait la peine.

— Oh, Céleste ! dit Julian. C'est horrible.

Elle hocha la tête.

— Mais vous savez ce qui m'ennuie le plus ? C'est ce qu'elle a fait du morceau de la photo où nous étions. Est-ce qu'elle l'a coupé en petits morceaux ? Jeté ? Ou même brûlé ?

— Céleste.

Julian tendit les bras et la prit par les épaules.

— On ne comptait pas pour elle, vous comprenez ? s'écria-t-elle. Pourquoi ne nous aimait-elle pas ? Pourquoi ?

— Parce qu'elle en était incapable, dit Julian. Vous le savez maintenant, n'est-ce pas ? Vous le comprenez ? Ce n'était pas de votre faute. Et ce n'était pas non plus la faute de Gertie ou d'Évie. Vous n'auriez rien pu faire. Elle n'aurait jamais changé.

— Je sais, chuchota Céleste. Je sais tout ça, mais ça fait quand même mal.

Julian hocha la tête.

— Il faudra du temps pour tout surmonter et il y aura des jours comme aujourd'hui où le passé reviendra vous hanter – alors que vous pensiez avoir réussi à vous en sortir. Mais je sais que vous réussirez et je veux vous aider. Je veux que vous sachiez que je serai toujours là pour vous.

Elle le regarda.

— Même si je vous ai repoussé ?

— Céleste, vous pourriez me pousser dans l'eau des douves et je reviendrai quand même.

Elle eut un petit rire et renifla.

— Je suis tellement désolée, Julian.

— Ne vous excusez pas, mais il faut me promettre de me parler la prochaine fois. Je veux savoir ce qui se passe là-dedans, dit-il en posant son doigt sur le front de Céleste. Il faut que vous exprimiez ces choses-là. Il faut les faire remonter à la surface.

Tout à coup, une étrange lumière vint habiter ses yeux, et il se tourna vers le bureau et la deuxième chaise.

— Qu'est-ce que vous avez envie de lui dire ? demanda-t-il.

Céleste fronça les sourcils.

— Qu'est-ce que vous voulez dire ?

— Si elle était ici maintenant – que lui diriez-vous ?

— Je ne lui dirais rien du tout, dit Céleste perplexe.

Julian fit le tour du grand bureau victorien et tira la chaise de Pénélope.

— Qu'est-ce que vous faites ? demanda Céleste, instantanément sur ses gardes.

— Parlez-lui, dit-il. Elle est assise sur cette chaise en ce moment même, prête à vous écouter.

— Non, Julian – ne faites pas ça ! s'écria Céleste. Je ne peux pas !

— Mais si, vous pouvez ! Dites-lui ! Dites-lui ce que vous ressentez !

Céleste scruta le visage de Julian, son cœur battant à tout rompre. Il était on ne peut plus sérieux.

— Allez-y, Celly ! Dites-lui ce que vous ressentez !

Elle avait du mal à respirer, son souffle était court et sa bouche sèche, mais soudain, l'émotion l'envahit.

— Je voudrais savoir, dit-elle lentement, je voudrais vraiment savoir pourquoi tu nous as eues alors que tu n'avais pas envie de nous connaître – alors que tu ne nous aimais pas. Pourquoi, maman ? *Pourquoi ?* Et comment pouvais-tu nous dire toutes ces choses ? Ne voyais-tu pas le mal que tu faisais ? Ne voyais-tu pas la souffrance que tu provoquais ? Ou est-ce que ça n'avait aucune importance pour toi ? Est-ce qu'il n'y avait que toi qui comptais à tes yeux ? Est-ce que c'était ça ? cria-t-elle. Mon Dieu ! J'aimerais tellement comprendre et j'essaye – j'essaye *vraiment* –, mais je me sens si démunie. Je suis en colère, aussi. Je suis tellement en colère contre toi parce que même morte, tu me fais toujours le même effet !

Soudain, l'énergie qui l'avait portée reflua et elle s'effondra, un torrent de larmes jaillissant de ses yeux.

— Tout va bien, dit Julian en allant vers elle pour la prendre dans ses bras et lui caresser les cheveux. Tout va bien. Vous avez contenu cette douleur trop longtemps.

— Je suis désolée, dit-elle entre deux sanglots. Je ne voulais pas…

— Vous ne vouliez pas quoi ? dit-il. Ne vous excusez surtout pas ! Il fallait que vous évacuiez tout ça, et je sais que vous devez vous sentir très mal en ce moment, mais ça va s'arranger. J'en suis persuadé.

— Mais j'aurais dû m'en sortir mieux, dit-elle en essuyant ses yeux avec la manche de son chemisier.

— Vous vous en sortez très bien, je vous assure. Mais vous avez essayé de vous en sortir toute seule, ce qui n'était pas une bonne chose. Vous devez en parler avec quelqu'un sinon vous allez devenir cinglée.

— Je sais, dit-elle, sa tête posée contre l'épaule de Julian. Je le ferai, promis.

— Très bien, dit-il en continuant de caresser ses cheveux d'une main ferme, mais douce.

Ils restèrent ainsi pendant quelques minutes avant que Céleste ne reprenne la parole.

— Tout change si vite, dit-elle. Savez-vous qu'Évie attend un enfant ?

— Vraiment ?

— Et Lukas – c'est le père – va vivre avec elle. Esther habite déjà avec nous, et puis il y aura votre magasin d'antiquités.

— Vous voulez dire que vous êtes toujours d'accord ? demanda-t-il en se reculant pour la regarder dans les yeux.

Elle hocha la tête.

— Bien sûr que oui.

Julian lui répondit par un grand sourire.

— Mais cela va être le chaos. Les allées et venues de tous ces gens plus le bébé plus…

— Mais ce sont de bonnes nouvelles, non ? l'interrompit Julian. C'est exactement ce dont cette vieille maison a besoin – d'un peu de chaos et de bruit. De vie !

— Ça m'inquiète un peu, dit Céleste.

— Mais ça ne devrait pas, lui dit Julian avec un grand sourire. Ça signifie seulement qu'il y aura plus de monde pour vous aider. Je suis tellement heureux que vous ne vendiez pas cet endroit. Je sais qu'il vous a laissé beaucoup de mauvais souvenirs, mais il vous en a laissé aussi de merveilleux. J'ai vu votre expression quand vous y pensez. Vous adorez cet endroit.

— Je sais. Je l'ai compris grâce à vous.

— Et vous allez le faire fonctionner. Je sais que vous en êtes capable.

— Pourquoi ne vois-je pas les choses comme vous ? dit-elle avec un sourire empreint d'ironie. Vous voyez toujours les aspects positifs et moi, je ne vois que les problèmes.

— Je vous apprendrai, et je pense que nous devrions commencer par cette pièce.

— Qu'est-ce que vous voulez dire ?

— Eh bien, elle est tellement sombre et lugubre ! répondit-il en se mettant à aller et venir dans l'atelier. Vous ne trouvez pas ?

— Je…euh…

— Elle a besoin d'être modifiée, dit-il en passant le doigt le long des étagères poussiéreuses de la bibliothèque. Entièrement modifiée. Commençons par ces rideaux, d'accord ?

— C'est-à-dire…

Avant qu'elle n'ait pu finir sa phrase, Julian avait arraché les vieux rideaux en tirant de tout son poids sur le lourd tissu jusqu'à ce qu'ils tombent à terre en un gros tas poussiéreux. La tringle à rideaux et plusieurs morceaux de plâtre les suivirent de près.

Céleste le regarda abasourdie.

— Oups ! dit-il avec un sourire timide qui illumina son visage.

— Julian ! s'exclama Céleste en portant la main à sa bouche.

Il traversa la pièce pour venir à elle.

— Écoutez-moi, dit-il, soudain sérieux. Vous ne vous rendez pas service en vous enfermant dans cette pièce. Cela vous oppresse. Vous ne vous autorisez pas à être vous-même. Vous serez toujours la fille de Pénélope ici et ce n'est pas assez bien pour vous. Vous devez être vous-même, Céleste. Vous en valez la peine. Vous devez accepter de vivre.

Elle se tint devant lui, les yeux écarquillés, le regard apeuré.

— Mais, je…

— Débarrassez-vous des rideaux. Débarrassez-vous de tous ces livres poussiéreux…

— Mais ces livres sont importants pour l'entreprise.

— Mais ils n'ont pas besoin d'être ici. Je ne vous demande pas de vous en débarrasser définitivement – mettez-les seulement là où ils ne vous rappelleront pas votre passé à chaque instant. Est-ce que vous n'en avez pas envie ? De faire de cette pièce la vôtre ?

Elle le fixa pendant un très long moment, et puis elle hocha la tête tandis qu'elle sentait l'enthousiasme monter en elle.

— Attendez, dit-il, j'ai un petit quelque chose pour vous. Attendez-moi, ici !

Il quitta la pièce et elle l'entendit courir le long du couloir jusqu'au hall d'entrée. « Oui », l'entendit-elle dire. « Elle va bien. Non, pas maintenant. Laissez-moi encore quelques minutes avec elle, d'accord ? » Elle imagina Gertie et Évie en train d'attendre dans le hall pour être rassurées sur son état, et bien qu'elle ait très envie d'aller les voir pour s'excuser, pour les serrer dans ses bras et leur dire qu'elle les aimait et que tout allait bien se passer – car elles n'allaient pas vendre le manoir –, elle resta là où elle se trouvait parce que Julian lui avait dit de ne pas bouger.

Quand il revint, il portait un grand paquet enveloppé de papier d'emballage.

— Voilà pour vous, dit-il. Bon, ne vous réjouissez pas trop vite, ce n'est pas l'original – que j'aurais beaucoup aimé vous offrir, d'ailleurs. Mais je pense que c'est une copie plutôt réussie, dit-il en lui tendant le paquet.

Céleste défit le cadeau qui était entouré d'un large ruban de la couleur d'un ciel d'été.

— Julian ! s'écria-t-elle un moment plus tard quand elle contempla le Fantin-Latour.

— C'est seulement une reproduction. Mais c'est un ami qui est peintre et…

— Il est magnifique, dit Céleste. Je l'adore !

— Vraiment ?

— Quel cadeau adorable, dit-elle, des larmes de joie faisant scintiller ses yeux.

Ils échangèrent un long regard et Céleste aurait pu jurer que les yeux de Julian s'étaient embués, les faisant briller plus que d'habitude, et elle ne put attendre plus longtemps.

Il était difficile de dire qui le baiser surprit le plus – Céleste, qui le donna ou Julian, qui le reçut –, mais ce moment-là changea tout et décida de l'avenir, un avenir parfait. Céleste n'avait jamais été aussi heureuse de toute son existence.

Quand ils se séparèrent, tenant encore la peinture entre eux deux, ils éclatèrent de rire.

— Je ne m'attendais vraiment pas à ça, dit Julian.

— Vous auriez dû, dit Céleste, et moi, j'aurais dû le faire plus tôt.

Le sourire qui illumina son visage – celui qu'elle craignait de ne plus jamais revoir – inonda son cœur de joie et d'amour.

— Allez, venez, dit Julian. Allons partager ces bonnes nouvelles avec vos sœurs.

Main dans la main, ils quittèrent l'atelier et arrivèrent dans le hall où Céleste jeta un regard au baromètre. Comme toujours, il indiquait « Changement », et elle ne put s'empêcher de sourire, car pour une fois, il avait raison.

UN AN PLUS TARD

Dans l'atelier, Céleste ouvrit une fenêtre. La pièce avait été débarrassée de ses vieux meubles et c'était maintenant un espace de travail magnifique et très lumineux. Le bureau à deux places de l'époque victorienne avait été transféré dans une autre pièce parce que Céleste n'avait pas été capable de s'en séparer, peu importaient les souvenirs qui y étaient liés. Il avait été remplacé par une table plus modeste qu'elle s'était appropriée en la décorant de photos et de vases de fleurs.

Julian avait eu raison de la pousser à faire ces modifications. Le processus avait été douloureux, mais nécessaire.

Tant de choses ont changé au manoir de Little Eleigh, se dit Céleste. Lukas avait emménagé et Évie et lui s'étaient fiancés.

— Je n'ai pas besoin de me marier, avait protesté Évie.

— On le sait ! avaient répété ses deux sœurs.

— Mais ce serait chouette pour Alba, vous ne pensez pas ? avait dit Évie.

Céleste sourit en pensant à sa magnifique nièce, Alba Rose. Lukas était resté avec Évie pendant les neuf heures qu'avait duré l'accouchement et elle avait vraiment l'impression qu'il faisait partie de la famille désormais.

C'était formidable d'avoir un bébé au manoir. Céleste avait été absolument terrifiée quand elle avait appris que sa plus jeune sœur était enceinte, mais Évie, rousse à présent, était une mère incroyable.

Il y avait aussi eu un revirement dans la vie de Gertie. Après le départ en France de James et de sa femme, elle donna tous ses recueils de poésies à une librairie de livres d'occasion et se mit à prendre des cours de kick-boxing. Elle y rencontra un homme qui non seulement était charmant, mais aussi célibataire. Depuis, tous deux faisaient des voyages en Italie, Suisse et Espagne, mais jamais en France, un pays que Gertie n'avait plus du tout envie de visiter.

Pendant ce temps, M. Ludkin avait fini la rénovation de l'aile nord. Julian y exposa ses meubles et objets anciens, ce qui fascina tant Esther qu'elle offrit de l'aider quand tout fut en place.

— Est-ce que vous savez combien j'ai passé d'années assise dans une chaise ? Laissez-moi être utile, je vous en supplie ! avait-elle dit à Julian et Céleste qui s'étaient inquiétés pour sa santé.

La reproduction du Fantin-Latour – ou le Fantôme-Latour comme ils l'appelaient affectueusement, parce que c'était le tableau fantôme d'une œuvre véritable – était fièrement accrochée dans le bureau de Céleste. Un bureau qui était véritablement devenu le sien grâce à des murs fraîchement repeints en rose *New Dawn*, des meubles légers et clairs ainsi que des rideaux magnifiques qui s'envolaient au moindre courant d'air – un bureau où elle avait grand plaisir à travailler.

Céleste sourit. *Et quoi d'autre ?* Eh bien, elle passait plus de temps avec Julian – beaucoup plus de temps. Ils se promenaient, bavardaient, riaient et s'embrassaient, et elle n'avait jamais été aussi heureuse de toute sa vie.

Penchée par la fenêtre, ses bras nus appuyés sur la rambarde chauffée par le soleil, Céleste contempla le jardin par-delà les douves, et soupira d'aise en respirant le parfum des roses qui montait vers elle. Julian promenait Frinton. Gertie, Esther, Évie et Lukas étaient dans le jardin avec Alba. Céleste avait promis de les rejoindre dès qu'elle aurait fini.

Ce qui est le cas, se dit-elle en quittant la fenêtre. Jadis, elle serait restée une heure de plus au bureau pour classer, organiser et planifier, mais ce temps était révolu : elle avait finalement appris à se détendre et à profiter du temps qui passait, et pour cela, il n'y avait pas mieux que la compagnie de ses sœurs et de sa famille dans la roseraie.

REMERCIEMENTS

Je remercie Émilie, Sophie et Jennifer de chez Amazon Publishing d'avoir cru en ce livre et de m'avoir aidée à mener à bien ce projet. Je remercie également les rosiéristes Richard Stubbs, Jo Skehan et Nattaporn Vichitrananda. Je remercie Adele Geras pour son magnifique roman *Watching the Roses,* et Alison pour son histoire *Teddy Bananas* dont je me suis inspirée pour l'histoire du « plafond qui s'effondre ». Je remercie Judy de m'avoir écoutée parler de ce livre pendant deux ans, et Roy pour m'avoir conduite à maintes expositions de roses, puis pour avoir creusé un nombre incalculable de trous dans mon jardin pour que je puisse planter ma propre collection qui ne cesse de s'agrandir !

À PROPOS DE L'AUTEUR

Victoria Connelly a étudié la littérature anglaise à l'université de Worcester, avant de se marier dans un château médiéval du Yorkshire puis de s'installer à la campagne. Elle vit entourée de son mari artiste et de leurs animaux.

Elle a écrit plusieurs comédies romantiques qui ont connu un succès international mais aussi des romans, des nouvelles, des livres pour enfants et même son autobiographie.

Victoria Connelly est passionnée par la littérature, les animaux, les monuments historiques, mais aussi par les roses, dont sa maison est entourée !

Suivez-la sur Twitter @VictoriaDarcy et facebook.com/victoriaconnelly.

36014053R00208

Made in the USA
Middletown, DE
10 February 2019